浙江省文艺发展基金扶持项目

余杭区
文艺发展基金 扶持项目
YUHANG LITERATURE AND ART
DEVELOPMENT FUND

N Ü Z H E N G W E I

女政委

纪风 \ 著

作家出版社

图书在版编目（CIP）数据

女政委 / 纪风著. -- 北京：作家出版社，2024. 1
ISBN 978-7-5212-2631-7

Ⅰ. ①女… Ⅱ. ①纪… Ⅲ. ①长篇小说 - 中国 - 当代
Ⅳ. ①I247.5

中国国家版本馆CIP数据核字（2023）第241324号

女政委

作　　者： 纪　风
责任编辑： 兴　安　赵文文
装帧设计： 牛播文化 +牛依河
出版发行： 作家出版社有限公司
社　　址： 北京农展馆南里10号　　**邮　　编：** 100125
电话传真： 86-10-65067186（发行中心及邮购部）
86-10-65004079（总编室）
E-mail:zuojia@zuojia.net.cn
http://www.zuojiachubanshe.com
印　　刷： 河北京平诚乾印刷有限公司
成品尺寸： 152×230
字　　数： 173千
印　　张： 16.75
版　　次： 2024年1月第1版
印　　次： 2024年1月第1次印刷
ISBN　978-7-5212-2631-7
定　　价： 52.00元

引言：生命总是不可阻挡地冲破苦难和灾难。

第一章

1

民国廿三年（一九三四年），闽浙赣三省交界大山深处的春天，似乎结束得格外早。春禾还没灌上浆，羊羔儿还没断掉奶，端午水还没发，漫山沟就涌动起初夏的温热。

一大片倒伏的金丝草丛上，两具青春胴体的动态显得慌乱笨拙而又活力四射，在大片翠绿里格外耀眼。

天空中匆匆扯过的丝丝白云，把司琴的心绪撕扯得乱麻般纷繁杂乱，让她说不出是欣慰还是悲凉。她意识到，从这一刻起，那个整天在司家戏班里说说笑笑、跳跳闹闹的少女司琴，就像这匆匆掠过的白云一样，永远不会再回来了。

“你就是我的女人了，”金虎紧紧地抱着司琴，眼里含着热泪，“谁也夺不走！”

司琴的眼神有些空洞和茫然。她默默地起身，又默默地一件一件地穿好衣裳，套上了她那套最爱穿的青衣蝴蝶衫，最后仔细地一颗一颗扣好衣纽。

金虎全身微微发抖：“我现在就怕万一……”

“没有万一！”司琴的口吻突然变了，简直是一口咬断铁。

“可有些事情由不得我们想着来的。陈德贵可是又恶又精的鬼。”

“那我就去死！”

司琴是司家戏班班主司明尔的独生囡儿。司明尔早年间是个私塾先生。娶了裁缝人家的白嫩囡儿做堂客，一年后生了个同样白嫩的囡儿。一家三口过的日子说不上富足，倒也还滋润暖和。但是“人无千日好，花无百日红”。民国六年（一九一七年）的清明天，司明尔突然诗兴大发，带着堂客抱着囡儿到离乡三十多里外的县城联城镇去踏青，附带买些只有城里才买得到的洋货。时过午后，一家三口喜气洋洋地雇了一辆牛车回乡，哪承想刚离了县城不到五里地，就碰上一大队的官军剿匪回来。望着官军挑着的几十颗人脑壳，司明尔的白嫩堂客吓得尖叫起来。尖叫声吸引了全队官军的注意，看着这白嫩的司家仙女，他们齐齐地把魂儿飞了。

回到联城镇的当夜，官军的团长就病了，一连十几天，整夜地说胡话。军医看了，说是虚惊一场，团长只是犯了花痴，并不影响他的指挥能力和对部队的控制能力，但这样失眠下去，会影响团长的身体健康。副官经过认真谋划，把根治此病的方案呈报给团长。团长在病榻上默不作声，但露出了久违的笑容。

副官动用侦缉队和警察局，费尽九牛二虎之力，查找遍了全县的牛车车夫，终于找到了那天拉司明尔全家回乡的牛车车夫。在牛车车夫的指路下，副官带着一队大头兵来到司明尔家所在的村里，一纸委任书，要司明尔到他们团部当书记官，并且必须得全家去，以示全心全意效国力、赴国难。司明尔惊得半天转不过弯来。副官以军情紧迫为由，把司明尔全家连拖带拽地拉到了县城。

司明尔从军第二天就被强派出去剿匪。半个月回来后，一具上好的楠木棺材横在他的面前，里头殓的是他那白嫩的堂客。副官告诉他，他堂客在军营水土不服，不适应军旅生活，更耐不住对他的挂念，以致神经错乱，于前天深夜投井身亡。副官含泪特别强调团长历来爱兵如子，十分痛惜司明尔堂客的不幸，个人掏腰包买了昂贵的棺木厚殓了他堂客。司明尔疯了一般地要打开棺材把堂客拉出来。

司明尔得了疯癫病。族人请郎中花了多年时间，散尽了他的家财才治好了他的疯癫病。病好了的司明尔知道了他堂客之死的真相：他那白嫩的堂客性情温婉，但性格刚烈，受不了官军团长半夜的"慰问"，决然跳井。司明尔提刀要到县城找那淫棍团长报仇，但人们告诉他，淫棍团长早已死于北伐军之手，司明尔只能仰天扼腕浩叹。

家是破了，但生活总要继续。近年新学兴起，私塾式微，再加上司明尔疯癫过，就再没人延他教私塾。司明尔年轻的时候会哼曲唱戏，于是就办了个唱乡戏的草台班。这种草台班，基本上是半年种田半年唱戏。唱戏主要是在年节过后和秋收过后这段时间，说起来赚的也是血泪钱。草台班最大的威胁是来自财主的欺凌，往往是唱戏以后欠钱不给。尤其是草台班里的女角儿，经常会受乡村权霸和地痞恶棍的欺负，甚至有的女角儿被绿林掳去做了压寨夫人。所以良人之家没人愿意把囡儿送到草台班里来唱戏。司明尔就买上几个贫穷人家的囡儿，从小把她们培养成能演戏的角儿。不能演戏的，就先做一些活儿，大了以后就转卖给人家当童养媳。

司琴是司明尔和他那白嫩堂客的亲生女儿。他不愿意女儿唱戏，怕走了那些女角儿的霉运。所以只让她在班里管一些杂活儿和帮助记记账。但没想到司琴生来就是一个唱戏的料，光凭着一双眼睛和两只耳朵，半年里便把戏班里的十几本戏生生地学了个滚瓜烂熟。十三岁那年，戏班里两位女角儿三天内逃离了戏班，差点让刚接了五家大财主半个月祝寿和庆生共二十台戏的司家戏班砸了台，生死危难之际，司琴精灵般地蹦了出来，半个月二十台戏，行云流水一气呵成。舞台上那些孟姜女、杜十娘等悲角儿自是如泣如诉又摧肝裂胆，李翠莲、花木兰等柔情侠义直抒胸臆让人大呼快哉。尤其是那威风八面的穆桂英一扫脂粉雌伏之气，英气逼人威震四方，让司琴直觉得活脱脱把自己演成了戏里的角儿。

于是司琴自打懂点事儿起，心坎上就活着个穆桂英！她渴望自己长大后能成为穆桂英。这种渴望来自阿爹伸手向财主讨要欠费的那份卑微，来自淫棍们向她伸来的黑手和淫笑，来自流氓地痞明火执仗敲诈时的毒打……总之，她无数次在心里对自己说，长大后一定要学会不受人欺负的本事，把自己活成穆桂英！

2

余村就浮沉在大山的深处。这是一个有着近两千人的大村。这个村，别看它隐迹山丛，却是一个世间热闹所在。从明末开始，它就是闽浙赣三省交界深山里的小商埠，自然汇集了四里八乡的人流、物流和资金流。近些年来，闽赣两省共产党掀起“赤潮”，余村的热闹劲顿时在明面上失去了往日的喧嚣，但是政府明令禁止的一些生意却开始在地下暗流涌动，比如私盐、西药、粮食，甚至枪械弹药等，这些货物大部分的最终流向，毫无疑问是闽赣共产党的根据地。国民政府对这些走私等违法行为明面上打得非常厉害，但是暗地里根本禁不了，因为做这些生意的，正是当地国民政府和军事部门以及乡村的实权人员。余村的大财主、民团团总陈德贵，就是其中主要的一个。

陈德贵此刻眯眼靠在客厅的太师椅里，悠然地咕噜着水烟。他沉浸在逼司家父女就范的喜悦之中。此刻，他不但感到自己的脑瓜像后生一样好使，而且身体也开始涌动起后生般的燥热。

陈德贵以前不太相信命理之说，但是自大房前年过世后，慈光寺的高僧光云和联城镇头号风水大师刘耕雨，不约而同地算出他三年内命里必须再娶一房。他心里就由不得开始记挂起了这事。话传出去，媒公媒婆自是踏破了门槛，他没有一个看得上。但自从今年正月请司家戏班来家里唱堂会后，他就忘不了司家戏班的那个囡儿。囡儿的青衣演得活灵活现，把他的老魂儿彻底地勾了去。他也曾暗自笑话自己是半截黄土埋上身的人了，还会对女人动这么闹猛的骚劲头。但一转念，又觉得这证明自己的身体还有后生的那么一股野劲！他不得不相信这就是高僧和风水大师所说的命理。

陈德贵更加认为他命里该遭遇司家父女。他曾托人到戏班说媒，但万没想到这囡儿是司家戏班班主司明尔的独生女，年方二八，名叫司琴。司班主一听就炸，把媒婆骂了个地覆天翻。一是因为他根本不忍心让宝贝囡儿去做人家的填房，二是因为囡儿是戏班的台柱子，她要一走，这小戏班就垮了。他要对得起这班跟着他风里来雨里去像野狗一样到处讨生活的亲人们。

对于陈德贵来说，天无绝人之路。陈德贵这些年来一直偷偷在做着贩私盐和西药的生意。半个月前，他到联城和上家谈生意的时候，意外得知司家班班主司明尔也在暗地里进私盐和西药。陈德贵知道，做这一行最大的下家，是邻省的匪区。匪区仿佛被晒焦了的土地渴望灰天落雨，疯狂地偷收私盐和西药，有多少要多少，即使价格高到天上去。不少的走私贩子被官军捉去敲了脑壳。但是因为这生意太值了，走私贩子就像被割的韭菜一样，一茬一茬地生长出来。司家戏班因为今年年景不好，加上匪区有不断向四周扩大的趋势，“闹红”闹得三省九地、四里八乡人心惶惶，没人有心思请戏班唱什么戏了。戏班要活下去，铤而走险贩点私便成了情理之中的事。

陈德贵花了二百光洋，请驻扎在联城的省保安三团团长麻天道手下的蔡队长做了一个局，轻轻松松地让司明尔入了瓮。陈德贵把司明尔押在后厢的一间空屋里，派了四个团丁日夜守着。在司明尔饿了两天、眼冒金星的时候，陈德贵左手里攥着一大把的“通匪”铁证，右手端着水烟悠然地踱进“牢房”里，和司明尔做起了生意。他的条件很简单：同意司琴做填房，他给司明尔一千光洋。如果不从，他就把司明尔交官。

“司班主，向匪区贩私盐和西药，到了麻团长那里，结果只有一个，那就是押到大水门外，用枪子儿打碎脑壳。你死了以后，你囡儿落在麻团长麻天道手里，会是什么结果，你自己心里应该晓得吧？”

司明尔浑身发颤，像一摊鼻涕瘫在地上。

陈德贵趁热打铁：“如果我们做了翁婿，除了我年纪大点外，对你我，对囡儿来说，都是天大的好事。所以，你何苦来哉？”

司家戏班班主司明尔听完女儿的打算，心头像被刀剜了一样。他知道只有答应了陈德贵的条件，才不会挨枪子儿。但是，司琴偷偷排的阵，他不相信能够实现。毕竟，陈德贵是一只老掉毛的狐狸，满身都是脑汁，不是轻易能够被骗的。但现在，只能走一步看一步了。

司琴跪在司明尔身边，口气坚决地说：“阿爹，横竖只有这么一个办法了。听陈财主的，我去做小。”

“囡儿啊，我怎么对得起你娘啊，你这是剜阿爹的心啊！”

“要救阿爹和戏班，只能这么做了。”

她又俯在阿爹的耳旁，轻轻地说了什么。

司明尔苦笑："陈德贵是一只老掉毛的狐狸，满身的脑汁，他不会轻易上当的。"

"我和金虎哥商量过的，只能如此。"

司明尔无奈地摇摇手："罢、罢、罢！只能如此，走一步看一步。"

司琴回到戏班，拉着金虎的手，一直把他拉到了山岙，走进了这片金丝草丛。

金虎长司琴三岁，他是司明尔在街头搭救的一个快饿死的小要饭，后来成了司明尔的义子。他和司琴是青梅竹马的一对。虽说他不是个胆大之人，但每每在司琴受到恶棍欺负时，他都会舍了命似的挺身而出，好几次差点搭上了命。司琴早就和他私订了终身。司琴这次舍身救父只是一种计谋，但为防万一失策，她决心做一件她认为最重要的事情。

司琴脱光了衣服："师哥，我答应过你，今生只做你的女人。今天，我就把身子给你了！"

金虎跪倒在地，大哭："皇天有眼！"

3

签约、画押、交钱、交人，三位中人一直不离左右地见证着。这套上千年来乡间一直延续下来的契约公证仪式显示出不可抗拒的威严。

陈德贵笑意吟吟地挽留司明尔："你们总要喝了喜酒再走。"

司明尔把头扭到一边："司家祖宗在上，明尔还有何颜面在此地久留?!"

司明尔拿了一千块光洋，带了戏班头也不回地走了。

刚开始，司琴不哭也不闹地待在厢房里，两个女佣一刻不离地守在身旁劝导她：

"陈家的家业大到了天边，你的福啊几辈子都受用不完。"

"女人嘛，一辈子嫁谁都是嫁，为什么不嫁个好人家?"

"陈老爷人好德行高，你在他身边待了以后就知道了。"

"跟你说句悄悄的。陈老爷这把年岁了，你才这么大，他宠你都来不及。等哪一天他过了，那些三房四房的，也都已经老了，这当家的就是你!"

……

头天，司琴一言不发。

第二天一早醒来，司琴突然开窍了一般，冲着两位女佣要饭吃。满满的一大碗水面，卧了三个鸡蛋，吃得渣儿都不剩。抹了嘴后，司琴开始向两个女佣问东问西，全是陈家府上的各种家什事儿。

陈德贵听了女佣的学嘴，微微一笑。他叮嘱管家，在端午水过了以后的第七天，就把纳新的喜事给办了。他特别叮嘱，麻天道团长的请柬他要亲自送。他非常清楚，这些年来，陈家所做的这些生意，如果没有麻天道在暗中的大力照应，不，应该是通力合作，陈家早就翻船了。

司琴主动要求两位女佣带着她，看遍了陈家府上的门门道道，俨然有了些许女主人的模样。

今晚的天空墨漆墨漆黑，一弯半弦月懒懒地钩在半空中。

女佣睡梦中被尿憋醒，摸着黑到了茅房。完了事又摸回到了厢房。她感到了什么，俯身一摸司琴的床，空空笼着的一床被子！她惊叫起来，推醒了另一个睡死了的女佣。

陈家府上，点点烛影中，到处是忙乱的身影和慌乱的嘈杂声。

陈德贵披衣坐在太师椅上，听完了管家和两位女佣的报告。他懒懒地点上了一壶水烟，翻了翻眼，叹口气道："不懂事的囡儿，学的是三房的那一套。"

当年，三房娶回来时也是一个黄毛丫头。但她心性高，不愿意嫁到陈家当妾。说起这做妾，在旧年头对女人来说，算是最惨的一个归宿。大多数是在荒年的时候，穷人家通过卖儿卖女寻活路。这个三房是通过十斗米换来的。因为这妾是通过买卖得来的，明面上说是娶，实际上和牲口买卖差不多，既然是买卖，这女人做了妾自然跟娘家断了关系，从此生死归男方所有。这对性格刚烈的女子来说，是咽不下这口气的。三房是一个性格刚烈的女子，而且早就有了相好。于是在临近喜事的一天晚上，在相好的策应下，她逃出了陈家。但第二天就被捉了回来，陈德贵叫人捉了一条菜花蛇，塞进她的上衣褂里，上下和袖管都扎牢，捂了两天，蛇死了，人也被调教得服服帖帖了。

这次对于司琴的出逃，陈德贵似乎并没有当作一件特别大的事情来对待。

管家："我已经差人去追了。"

陈德贵："进出余村就是一条道，她自然是跑不了的。"

陈德贵早就防了司家父女的这一手。他这个团总不是白当的，在进出余村这条明道上，三道隘口都有他的团丁在把守着。但他料到司琴不会走明道，一定会走后山的那条小道。所以早在两天前，他在小道过山腰处布了个暗卡。

果然，第二天一早，司琴和金虎就被几个团丁捆到了陈家府上。司琴的一只胳膊摔坏了。

司琴和金虎被压着跪在陈德贵跟前。金虎瑟瑟发抖。

司琴则拧着头，狠狠地对陈德贵说："没想到，你在小路上留着这么一招。不过我也告诉你，我也留了一招！"

"你也留了一招，什么招？"陈德贵非常好奇。

司琴："我的身子已经给了虎哥了！"

陈德贵听了哈哈大笑："我当是什么呢，老夫不在乎！"

陈德贵嘴上说不在乎，可心里又恨又惊。他觉得眼前的这个囡儿，绝非一般女人可比，有心劲又有狠劲。如果陈德贵在年轻时，遇到敢干出这样的事来的囡儿，他肯定会剁了她或者沉了她。但是，他现在老了，火气敛了，又是第一次碰到这样的女人，这对他调教女人的本事是个考验，他更有兴趣试一试。

陈德贵交代，明天麻天道团长的税班来收税，顺带把金虎带走。罪名是金虎向匪区贩私，这罪名足以让他被押到大水门外敲脑壳。至于司琴，他叫管家找医先把她的胳膊看好，同时叫人去捉来两条大的菜花蛇备着。

4

洪仙姑来到余村收草药已经有几天了。在临时租用的收购草药铺前，她那幅细布做的“专治跌打损伤”招牌，在初夏的山风中猎猎地招摇着。她边收草药边给人看病。虽然来了没几天，但她专治跌打损伤的本领已经有些名声了。

陈家的管家差人把洪仙姑叫到府上来。

管家十分惊异：“看你也是一个不大的小娘子，怎么会有此等本事？”

洪仙姑：“你一定听说过联城洪启灵药师的名字吧？”

“洪启灵药师谁人不知，哪个不晓？”

“正是先父。”

“难怪！”

“先父过世后，我们兄妹几个就各自分道行医了。”

洪仙姑认真看了司琴的伤，不轻也不重。她先为她正了骨，然后对管家说：“我要在府上住两天。她有内伤，必须隔一两个时辰就要揉开和拔火，把伤邪逼出来。”

洪仙姑知道了司琴的事，她轻轻地揉着司琴的伤处：“傻囡儿，这世道虎狼遍地，你能跑哪里去？”

“不管，只要有口气，还要跑！”

“好有心劲的囡儿！”

“少爷回来了！”

门丁的一声惊呼，轰动了整个陈府。

陈家少爷陈泽，到省城去读医科大学已有五年时间。前三年，每到假期都会回转来家，可近两年来，就没见过他的人影。陈德贵无奈地跟人说，我们这邻省“赤匪”闹腾得厉害，泽儿不放心回来。再说，省城他三叔药店有些生意需要他帮衬着。

陈德贵心里其实很清楚，他这宝贝独子，打小就是个癫公子，在他看来注定是个不成器的东西。在联城学堂读书的时候，被一些留洋回来的新派老师带坏了，小小年纪就大把大把地诳着家里的钱，学会了带小囡儿搞劳什子的“自由恋爱”，成了远近闻名的“情公子”，真正辱没门风。在学堂准备开除他之际，陈德贵涎着个老脸，拎着一大袋的光洋，好说歹说地让校长把陈泽转到了省城的中学去，后来又买进了医科大学。

到了医科大学，“情公子”依然本色不改，变本加厉地诳家里的钱带囡儿玩。陈德贵耳朵起了茧，痛定思痛，毅然决然地把给陈泽的钱砍去七成，只够他吃饭和学费所用。这简直断了陈泽的情路。陈泽写信威胁阿爹：不给足钱，干脆让他死了算了。陈德贵可是十里八乡出了名的一条“倔牛”，他认定的事这辈子从来没听说更改过，所以，对于“情种”儿子的威胁，陈德贵根本不为所动。讵料青出于蓝而胜于蓝，爹倔儿更倔，陈泽两年前干脆退了学，整天跑东跑西地做起药材生意。但对陈泽这个“情种”来说，情海易渡，商船难行。他到底还是没赚到什么钱，有两次竟被人绑了票，陈德贵花了巨款才把他给赎出来。但陈泽不思悔改，继续做他的药材生意。陈德贵几次在信里申斥陈泽，警告甚至是哀求他别生发财梦，身逢乱世，保身家安全要紧，老老实实地把大学读完，到中央军队伍里做个医官，或者就在省城医院里做个医师。但儿大不由爹，许是听烦了陈德贵的唠叨，陈泽后来干脆和家里断了音讯。

“你还能活着回来？”陈德贵气得胡须乱颤，“这两年来，我这老命，我这老命……唉，气死老夫也！”

陈泽嗫嚅地说道：“儿子不孝，少不更事。事非经过不知难。这两年，懂事了。这次回来就想好好在家待一段时间，尽尽孝，补上这两年对阿爹的亏欠。”

听了陈泽这话，陈德贵大感意外，儿子突然洞明世事了？于是，这两年对儿子所有的怨和怒都甩到了九霄云外。

陈德贵叮嘱管家：“晚上大摆八桌，把家里的喜气闹起来！”

陈泽似乎感觉到了一些什么，管家悄悄告诉他再过几天他父亲要纳新的事情。陈泽当场和陈德贵嚷开了：“阿爹，你这把年纪了，能不能歇歇？我这次回来，你又让我多个阿娘？！”

陈德贵哼了一声：“你这是让新学坏了脑子，老辈的规矩你也敢管？不是说回来尽尽孝吗？孝者先顺！”

陈泽语塞。

管家吩咐，洪仙姑作为客人，可以参加今晚的大宴，就安排在女眷的那一桌。

司琴听说了陈府晚上大宴的事，她躺在床上，痴痴地盯了房梁两个时辰后，把心一横。她咬了牙，撑起身来，大声地跟两个女佣和洪仙姑说：“你们去跟老爷说，我顺了他，但我要吃今晚的大宴，让公子和亲眷们都认识认识我。”

“这小女子回心转意了很好，那两条菜花蛇也派不上什么用场了，杀了炖汤，给她补补身子。但她要参加这席宴，是不合规矩的。今天因为是泽儿回来办的家宴，又不是什么婚丧嫁娶和过节。她还没有过门，就没有个名头。”陈德贵听了后直摇头。

“但小娘子倔得很。她说否则她就要把自己饿死。”管家担心地说。

陈德贵思前想后：“那就让她在女眷那一桌。你们要管着她。”

5

一袭灰色的长袍罩在了司琴的身上，也挡住了司琴胳膊的伤。她规矩地坐在女眷桌旁，神情淡然但用力地吃着菜肴。对她来说，这辈子头一次遇到这么好吃的物事。

今晚摆的是六碗席。山里人钱少规矩多，山里的大户人家摆席根据办事内容分为十碗席、八碗席和六碗席三个等级。十碗席是办红白喜事，自是最高的规格。八碗席是为老人寿庆、婴儿百日，以及春节端午和中秋三节过的。而六碗席，是遇到平时有小喜庆的事情才摆的，但其实六碗席的讲究一点都不亚于八碗席和十碗席。这六碗席的核心菜肴和八碗席十碗席是一样的，其中必有芋头焖草鸭、糖腌桂花蒸鸡、紫苏红烧鲳鱼、红烧方块大肉、冰糖炖团鱼、牛肝菌爆腊肉。在此基础上，如果加酒糟蒸带鱼、茶油炸萝卜丸，就成了八大碗。如果再加蒸黄鱼鲞、冬菇炒菜心，就成了十大碗。纯粹的青菜是不能算在内的，当季的时蔬上来即可，没有讲究。当然，八大碗和十大碗，后面的两个菜和四个菜，各地可以有所不同，但是前面的六大碗，在余村这周围山区十里八乡，是雷打不动的。

司琴不顾旁人的眼色，酣畅淋漓地吃着六大碗。满堂闹闹哄哄、熙熙攘攘的气氛好像跟她无关。

陈德贵酒色满面，喜气盎然。这是他近年来少有的欢喜相。爽朗的笑声到处肆意荡漾着，陈德贵接受着亲朋们的敬酒。

陈泽也喜气洋洋地挨桌敬着酒。到了女眷这一桌，按规矩他本可以绕过去的，但模样俊俏的洪仙姑引起了他的注意。

他绕到了洪仙姑的身边，笑得满面春风："这位姐姐，好面熟，是谁家的亲眷？"

陪在一旁的管家，急忙做了介绍。

陈泽笑得更欢了："原来是药师姐姐！可治得了我的心病？"

"敢问公子是什么心病？"

"想姐姐的心病。"

众人哄笑起来。

堂妹笑道："我阿泽哥哥的花痴病又犯了。"

洪仙姑把脸涨得通红，不悦地盯着陈泽："公子的心病我可治不了。"

陈泽显出失望的神情，很洋派地耸了耸肩。

陈泽又看到了洪仙姑身旁的司琴："这位小姐姐又是？"

众人不知道应该怎么介绍，一时冷场。

陈泽有点尴尬，便一脸嬉笑地：“我想起来了，前几日我在梦里见过你，没想到今日得见。”

众女眷便哄笑起来。

司琴的脸涨成了猪肝色，她一把掀了灰袍，站了起来，冷冷地盯着陈泽：“我是你娘！”

众人大惊。

陈泽这时方才明白：“你就是……”

司琴：“没错，接下去我就是你娘！”

一片哗然。

女眷这一桌的异常，引起了陈德贵等人的关注。司琴突然起身，用力把整桌酒席给掀了。她大吼：“陈德贵欺男霸女，丧尽天良，陈家上下都不得好死！”

陈德贵一拍脑瓜：司琴大闹宴席是蓄意而为，决意求死！

陈德贵十分懊悔自己老糊涂了，色令智昏，竟然没有了解清楚这个囡儿的性情，以致出了今晚这样让他下不来台的倒霉事。他长叹：“忤逆恶女，大逆不道。遂了她的愿吧，明天把她和野男人一起交官！”

这个喜庆的夜晚被司琴闹得一塌糊涂，陈德贵气得差点背过气去。他的胸口疼得要炸裂了。懂点医的陈泽帮着洪仙姑忙上忙下的，煮汤熬膏，终于把陈德贵的气调平顺了，送入房中歇息。

司琴既已打入死牢，洪仙姑就没有必要待在陈府了。但她对管家说，晚上迟了，再加上担心陈老爷有个临时召唤，所以想明天一早再离开。管家允了。

洪仙姑回到厢房刚整了行装，陈家公子陈泽就偷偷地摸了进来。

管家提了灯笼，刚好走近厢房，就听得里面传来洪仙姑的责骂声："好大的色胆，你们陈家怎么都是一路货色?!"

房门被撞开，陈泽连滚带爬地被推了出来，跌倒在地上。

陈泽狼狈地望着管家："我有病，想让药师看看。"

洪仙姑云鬓散乱，倚着门框，冷冷地说："病入膏肓，治不好。"

管家扶起陈泽："公子，明天我另找高手替你看看。"

陈泽只好悻悻地走人。

管家又折回来："药师，此事切莫对外人说起，陈家门风要紧。"

洪仙姑冷笑："要紧的岂止是门风!"

司琴和金虎被五花大绑着，拴在一张大桌的两条腿上。

金虎："到了保安团，就是个死啊!"

司琴："不如死去。"

金虎哭泣："都说好死不如赖活着。"

司琴有些火了："你后悔了？那我明天就真的答应去做小。"

看守的团丁拿藤鞭敲门框："再说话，就让你们皮肉开花!"

忽然，团丁大叫："什么人?"

几条黑影应声把团丁扑翻在地。

6

陈府客厅里，烛火通明。一大班持枪握刀的人围着陈德贵和陈泽。陈德贵和陈泽双手被反绑着坐在地上。

洪仙姑坐在太师椅上，变了个人似的，黑煞着脸在问着话。

陈德贵倔强地昂着头，斩钉截铁地说：“要命有一条，要光洋和西药，一星半点也没有！”

洪仙姑变得轻声柔语地说：“老爷，你错了。‘要命有一条’？不，是两条。”

洪仙姑突然站起来，一脚踹翻陈泽：“这条色狼的命，许是更值钱吧！”

陈泽哭号：“阿爹，救命来哉！”

陈德贵大骂：“赤匪鼠辈，打家劫舍，天地不容！我陈家父子岂能屈从尔等宵小？”

司琴和金虎挤在人群里，看着这一幕那叫一个解气！她没想到，看着温婉可人医术高超的洪仙姑，现在满脸杀气，完全是一个劫富济贫、行侠江湖的女强人做派。更让司琴惊骇的是，她竟然是“赤匪”的头目！司琴后来才知道，洪仙姑这几天来以行医采药的名义潜入余村摸情况，是她司琴负伤，让洪仙姑获得天赐良机进入陈府成了内应。洪仙姑选准机会，半夜开门揖勇，一举擒获陈家父子。

不管洪仙姑如何软硬兼施，陈德贵抵死不说出光洋和西药藏匿之处。洪仙姑只好叹了口气："那行吧，陈老爷，天晚了，也就不为难你了。我们把贵公子带走，明天中午之前，给我们一个回话。我们都痛快点。"

洪仙姑说了一声撤，几个人拖起陈泽就走。

陈泽蹬着腿大叫："阿爹，你想让陈家绝后吗？"

陈泽被拖出大门之际，厅堂里发出了陈德贵炸雷似的一声号叫："天杀的，我说！"

搜刮出来的光洋和西药之多，令洪仙姑喜极而泣，拊掌直呼：好极好极！

洪仙姑传令马上放了陈家爷俩！

天色微明，陈泽背着陈德贵，气喘吁吁地行走在后山小路上。陈德贵喃喃地说："这些光洋和西药就是我们陈家的命啊，我们不能走啊。"

陈泽："阿爹，不走的话，共产党是要清算我们的。那些仇家和穷人能饶得过我们吗？"

转过一个弯，薄雾中，隐隐地出现了两个人拿着棍棒，挡在前路。陈泽也走不动了，他放下父亲，自己也瘫坐在路边，喘着粗气，看着那两个人过来。

近了，陈泽看清是司琴、金虎！

陈泽吃惊地看着他们，不知道他们要干什么。

金虎上来朝着陈德贵就是一棍，陈泽急忙扑到父亲身上，跟着重重地挨了几棍。

陈泽："你们要干什么？"

金虎："你们不是要我们的命吗？现在，我们就要你爷俩儿的命！"

"兄弟，杀人不过头点地，得饶人处且饶人。"

"如何饶你？"

陈泽把绑在腰间的包袱扔了过去："里面还有一些财物，你们尽可以拿去。"

金虎解开包袱，里面一大堆的金银细软。金虎眼睛发亮。

司琴一把夺过："虎哥，我们不要这些，我们还是要报仇。"

金虎："金银财宝要，仇也要报！"

金虎抡起棍棒，继续狠揍陈家父子。陈泽拼命护着父亲。但金虎毕竟是武生出身，一招一式都很致命。陈泽抵挡不住，陈德贵被一棍打翻下高坎。陈泽惊呼一声，跳下高坎，抱起父亲。

陈德贵已是满脸鲜血，他盯着陈泽喃喃地说出："血海深仇！"一把老骨头就散架在儿子的身上。

陈泽大哭："阿爹！"

洪仙姑带着几个人赶将过来。她一把夺过金虎手上的棍棒，气得直跺脚："谁让你打死他的?!"

金虎嘟哝着："是他要把我们送保安团，敲我们的脑壳。"

洪仙姑心情复杂地看着陈泽："陈公子，事已至此，都是命啊。你赶紧走吧，你们陈家那些仇家正在赶来的路上。令尊的后事，我们会办好的。"

陈泽跪下，对父亲重重地磕了三个响头，起身恨恨地看了司琴和金虎一眼，夺过司琴手中装着金银细软的包袱，转身飞快地跑了。

金虎想要追回，洪仙姑阻止道：“不要赶尽杀绝，给人家留条活路。”

陈德贵的后事，陈府管家办得还是隆重的。洪仙姑还从起获的光洋中专门拨了一笔，购了一口三寸厚的楠木棺材，盛殓了陈德贵。

司琴不解地问：“他是你们红军的仇家，为什么你还要这样待他?”

洪仙姑叹了一口气：“他对我们没有血债。况且他把光洋和西药都交出来了。我们共产党不能没有人情味啊，这也是政策。”

什么是共产党？什么是政策？司琴很想问，但是看着洪仙姑忙上忙下的样子，一时又不知道怎么问和问什么。

洪仙姑他们一帮人就在陈家开火吃饭。其实他们吃的都是昨天陈家办六大碗剩下的。但这对几天来像饿鬼一般的洪仙姑那帮弟兄们来说，已是凡间至味。司琴远远地站着望着，眼神里满是神往和艳羡的样子。

洪仙姑看到这一幕，她招呼司琴和金虎：“过来，你们过来一起吃呀。”

司琴吃完了，呆呆地还坐在那里。

洪仙姑；“囡儿，还没吃饱吗?”

司琴仰起头：“现在饱了。不过我想一直跟着你们吃饭。”

洪仙姑愣了一下，然后笑将起来：“你想要入我们的伙?”

司琴点点头，金虎赶忙扯司琴衣袖，被司琴一把推开。

洪仙姑：“为什么？”

司琴：“跟你学本事。学好本事，不怕财主欺负，带着戏班闯江湖！年年能吃上一顿六大碗！”

第二章

1

驻扎在联城的省保安三团团长麻天道，一早就知道了余村被红军游击队袭击的消息，余村民团团总陈德贵被打死，民团的二十多条枪也被缴了。他感到十分震惊。他知道红军游击队早晚会打到他的地界来，但没想到这么快，而且这么迅猛地解决了余村的民团。他感到了害怕。从前年秋后开始，省保安三团驻扎在联城，就是为了防范邻省的“赤焰”燃烧过来。去年年末，他的三团七个连被中央军调走，参加对邻省匪区的围剿，留守联城的只有两个连。此番红军游击队在余村的战斗力表现得这么强悍，一看就是从邻省匪区过来的主力。目的看来是筹集给养和药品。接下去的目标或许就是打联城，以筹集更丰厚的经费和物资。他一面向联省绥靖公署发报，一面紧闭城门，只准出不准进，严密防范红军游击队渗透进来。

洪仙姑对拿下余村、缴获了大量的光洋和西药感到满意。但她懊恼的是陈德贵死了。因为陈德贵之死惊动了周边的土豪劣绅。一时传言四起，说红军游击队不但要财还要命。于是一夜之间，各个村寨都成了铜墙铁壁，防范严密得一丝风儿都吹不进。

这些村寨之所以难打，是因为每个村寨里的土豪人家，都建有碉楼院子。这种碉楼院子，一般边长有十余丈，大户的土豪人家甚至有二三十丈。有四个角，每个角都建有一个方形碉楼。方形碉楼墙脚由花岗岩条石垒成，高有一丈余。其上二尺厚的碉墙用黄色黏土拌上糯米饭和石灰夹以木模夯砸而成，高约三丈。碉楼跟碉楼之间以土墙连接。土墙上设有女墙，四个碉楼之间的守卫家丁可通过土墙运动。土豪人家的正屋就在这碉楼院中，其间还有水井用于饮用和防火。这种碉楼院，着实是个易守难攻之地。一般山匪见了往往绕道而走。

洪仙姑想方设法啃了几个村寨，下口不利，还差点儿崩坏了牙齿。

洪仙姑决意以静待动。她把富裕的余村作为临时游击根据地。部队暂时收拢，在余村休整几天。

司琴整天跟在洪仙姑身边，听她的吩咐，忙一些跑上跑下的琐碎事。

司琴对洪仙姑的名字感到很好奇："仙姑姐，他们为什么要叫你政委？"

洪仙姑一笑："这也是我的名字。"

司琴琢磨着："这不是你的名字，这应该是你的官号。就像戏文里称穆桂英大帅一样。"

洪仙姑愣了一下："穆桂英，我像穆桂英吗？"

司琴道："你就是穆桂英！"

和洪仙姑的游击队在一起的几天里，司琴和金虎感到是在天上过日子。司琴的胳膊好得很快，于是她就像长了一双翅膀似的，欢快得想要飞。而金虎整天肉足饭饱，身上男人的骚火劲儿绷得要炸，这两天，司琴一直陪在洪仙姑的房间里，金虎找不到发泄的空儿。今晚，洪仙姑对司琴说："囡儿，你饶了我吧，这两晚被你问事儿问到半夜，问到头疼！你得让我好好睡一觉了。"

洪仙姑把司琴撵回了厢房。

司琴刚上床，金虎就悄悄地挑了木门闩，偷偷地溜进来，三下五除二，把自己脱了个赤条精精的，还没等司琴反应过来，就已经把司琴压到了身子下面。

司琴的嘴被金虎的舌头堵了个结结实实，她想叫却叫不出来。她使出吃奶的气力，把金虎掀了下来，用双手把金虎挠了个满脸花。

金虎捂着脸惊愕地说："你已经是我的人了，怎么不让我上你的身子？"

司琴愣了。

金虎："你我还光溜身子叫太阳晒过的，你忘了？是你把我拉进后山那个坳里的！"

司琴忽然就哭了："那是让那老死鬼给逼的。"

"可他逼成了好事。"

"不成。虎哥，接下去要做夫妻的事，你得明媒正娶以后我们才能做。"

金虎急道："那我这两天就明媒正娶。"

司琴反驳："可还没有找到我阿爹。"

这两天，司琴一直在找爹和戏班，但是没有一丝半点的消息。金虎说，自从司琴安排的计谋被陈德贵识破以后，戏班哪里还敢在这地方待着？肯定是远走高飞了。司琴也深以为然，她和阿爹约过，如果事情败露，就尽量各自逃生，越远越好。等彻底风平浪静后，再图团聚。

“我不管，明媒正娶必须有阿爹在。”

金虎：“我想好了，我们明天一早就去找你阿爹。”

司琴：“就我们两个空着两手怎么去找？饿都要饿死！”

金虎不知从什么地方掏出一个小布包来，摊开，露出一大捧的金银细软来！

司琴惊呆了。原来，金虎也是戏班里的魔术演员。他在那天夺下陈泽手中包袱的时候，已经变戏法似的神不知鬼不觉地偷了一大把的金银细软。

司琴想了一下：“不行，仙姑姐说过，这世道虎狼遍地，就算有钱，但本事不强还是会被虎狼吃了去。”

金虎：“那你要……？”

司琴：“我要先跟仙姑姐学本事。没有本事的人，到哪里都是要被虎狼吃掉的。”

金虎：“你要跟仙姑学本事？”

司琴：“对，仙姑姐就是穆桂英再世，我跟定她了，一定要把本事学到手，一定要成为政委。”

“政委？”

“对，就是戏文里叫的大帅，很厉害的角色。”

金虎："可你是我的女人了，想学本事，做政委也不妨碍我们做夫妻。"

金虎又要霸王硬上弓。一番搏斗后，金虎龇牙咧嘴地捂着裆部嗷嗷叫着蹲在了地上。

司琴又可气又可笑："再使蛮，我就扯下你的鸡公物件，让你鸡公变鸡婆！"

洪仙姑是不经意间看着金虎狼狈地拎着上衣从司琴厢房里出来的，她似乎看出了什么，心里一乐。

洪仙姑把司琴叫过来睡在一起："你们是私下定了终身吗？"

司琴用力点点头。

"你心里头爱他吗？"

司琴依然用力点点头。

"那你为什么要把他打出去？"

司琴："做这些事情，一定得在明媒正娶以后。"

洪仙姑笑了："你这叫封建思想！两个真心相爱的人在一起，自然就会做这些事情。"

司琴："仙姑姐是这样想的吗？"

洪仙姑点点头："不但是共产党这么想，有新思想的人都这么想。两个真正相爱的人在一起，做什么都是纯洁的。不过，把心给了对方后，就永远不能背叛了。"

司琴："你有相爱的人吗？你跟他做这些事情吗？"

洪仙姑："有啊，我都怀孕了。你看我的肚子，都五个月了。"

司琴："那你男人呢？在哪里？做什么事情呢？"

洪仙姑：“在红军队伍里，天天在打仗。”

司琴：“天天打仗？打仗要死人的。你们共产党喜欢打仗？”

“谁会喜欢打仗？但这个世道不公平，只有通过打仗才能扫掉遍地虎狼。”

司琴：“打仗，那死了怎么办？”

洪仙姑：“这个，说实话，我们都想过，但又没时间真正去想。是的，闹革命随时有可能死掉。所以要珍惜自己心爱的人，抓紧时间去爱，明白了吗？拜不拜天地，都是不需要太当真的事，要在心里，真正把他当自己一辈子的男人、亲人。”

司琴似懂非懂地点点头：“抓紧时间去爱？”

司琴想了一下又说：“仙姑姐，是你救了我的命。我觉得，我要跟定你学本事。我要成为穆桂英，成为女政委。”

洪仙姑：“我有什么本事啊？其实，人人都有各自的本事。要紧的是互相学习，把别人的本事学来，变成自己的本事。同时，要把自己的本事好好地显露出来。对了，你不是演戏的吗？我们非常需要你通过演戏，向穷人宣传我们红军的主张，动员后生们加入红军队伍。”

金虎被司琴挠破了皮肉伤了心，一天到晚都像被阉了的小公鸡，做什么事都是灰头土脸的。入夜，他翻来覆去地把自己在床板上煎着烙着，思前想后，一个鲤鱼打挺坐将起来，把心横下来：找戏班去，再让师傅来把司琴拉回去！

一道影子轻轻闪了进来，一把抱住他，金虎惊讶地刚想喊出声，一张湿湿的嘴儿已紧紧地堵上了他的嘴。金虎分明听到了司琴温润的轻声呼唤："来，我们做夫妻。"

前些天在后山坳里，在金丝草堆上的第一次，那是浸在悲哀中的第一次，两人根本就没有尝到味道就结束了。而今晚的这一次，在司琴看来，是她作为女人真正的第一次，是仙姑姐的一番话打开了她女人世界的窗口，这个窗口外面阳光遍地，亮堂得晃眼。这一夜，司琴感觉自己像一苗刚破土的春禾，得到了丰润春雨的浇灌。

接下来的每天晚上，是两人浓烈而欢畅的雨露滋润的世界，在这个只属于他俩的世界里，他们是如此张扬和放肆。

得到春雨浇灌的司琴和金虎，就像整天摇曳在春风里的禾苗，在白天，在舞台上五光十色地放射着他们的光彩。他们承担的说唱宣传任务，吸引了一堆又一堆的观众，尤其是年轻人。他们在说唱中完成了宣传任务，游击队新吸收了二十多个青壮年参军。

洪仙姑高兴地搂着司琴说："你俩立了大功了，我们提前完成了扩红任务。"

2

洪仙姑把司琴拉到了自己的身边睡，司琴一副好像很不情愿的样子。

洪仙姑笑着戳了她脑壳一指头："一晚上离了你那男人都不行？"

司琴：“我觉得仙姑姐说的‘抓紧去爱’很有道理。”

“天哪！我叫你抓紧去爱，就是让你天天晚上和你男人做那事儿？”

司琴：“我听的就是这意思，这样，我才觉得我们两个人谁都离不开谁了。”

洪仙姑叹了一口气：“唉，你现在这样的觉悟啊，也只能这么理解了。不过你要加入我们的革命队伍，我真的要好好跟你说说，什么是革命的爱情。”

司琴：“那你现在就跟我说说，我就按你们革命爱情说的去做。”

“这哪是一两句话就能说清楚的呢？”洪仙姑突然想起了特别重要的事情，叮咛道，“兵荒马乱的，你们俩，可要注意不要怀上孩子。”她不禁轻轻抚摸着自己已经隆起的肚子，叹道，“像我现在身上的这累赘，多麻烦。”

司琴倒没想过这事，有些慌张：“那怎么办？”

洪仙姑悄悄地在她耳边说了一大堆：“你就照着我说的去做，但我也不能保证百分之百不怀上。最好的办法是小母鸡和小公鸡不能老挤在一起。”

司琴把脸红了：“那我熬不住的。”

洪仙姑把小母鸡放回到了小公鸡的窝里。

小母鸡娇喘吁吁地对小公鸡说了洪仙姑关于“革命爱情”的道理。小公鸡一听，立即萎了，他颓然地从小母鸡身上下来，平息了气喘后，坚定地说：“听说要和保安团打仗了，要死人的。

我们还是赶紧离开吧。”

“你是说去找我爹和戏班？”

“对啊。我们还是去演我们的戏，过我们的日子，做我们的恩爱夫妻。”

司琴想了一下，叹了一口气：“我何尝不想过我们的日子，做我们的恩爱夫妻。但我一想起以前我们受的苦受的气，就觉得仙姑姐说得对，不把虎狼扫尽，哪有我们穷人出头的日子？我觉得我们还是要学到本事以后再走。”

金虎：“什么本事，难道是打仗的本事？这学来又有什么用？”

看来是真要打仗了。第二天一早，司琴看到游击队开始把新招来的队员和金虎等青壮男人召在一起学打枪和扔手榴弹。司琴所在的五个人的宣传队暂时解散了。洪仙姑要他们跟着卫生员学怎么处理和包扎伤口。

司琴看到，洪仙姑和一个叫福建佬的为首的几个老兵聚在一起，在地上摆着石子和泥块，指指点点商量着什么。后来，洪仙姑告诉司琴，这叫“战前军事讨论会”，就是会打仗的一些人聚在一起商量仗怎么打。共产党打仗都是这么做的，其实就是靠大家的脑瓜子一起想办法。

中饭以后，洪仙姑突然对司琴说：“你跟我来。”

洪仙姑给了司琴一个任务，给老兵福建佬牵驴子。福建佬是个断了一条腿的伤兵。司琴会牵驴子，先前戏班里那头装道具的驴子，就是司琴经常牵着走的。

在山路上，福建佬兴致勃勃地和司琴说笑着。他突然说起了她和金虎的事。

福建佬大大咧咧地说：“按道理，你们两公母是不能睡在一起的。但你们还没有正式参加我们的队伍，就还是老百姓。睡在一起嘛，也就没人说去。”

司琴奇怪了：“我俩怎么还没算正式参加你们的队伍呢？”

福建佬：“参加我们的队伍是要在纸上摁手印的。你男人不肯摁。”

司琴奇怪了：“是他不肯摁手印？”

福建佬：“这还能有假？你们两公母，自己演戏宣传‘扩红’，自己又不参加红军！我们的队伍才不会勉强你。不过我说囡儿，你这男人我就看不上，这两天和我们做事，我看他做事磕磕巴巴婆婆妈妈的，净想着些被窝和灶锅的事儿，哪像个男儿后生，没屌儿的样！”

司琴一下把脸涨红：“不许你这么说我家男人！”

福建佬依然大嘴臭炮：“囡儿，找男人得找像我这样的。别看我丢了一条腿，我还有两条腿，比他三条腿的好使。”

司琴一把扔了缰绳，跑了。

小驴跟着跑，就猛地把福建佬颠进了沟里。

洪仙姑听了司琴的告状，把福建佬狠狠地训斥了一通：“你这嘴骚的老毛病怎么就改不了？！我警告你，大敌当前，再惹出些事来，接下来对你就不是处分了。”

福建佬悻悻地：“我也就是开个玩笑。”

洪仙姑：“她还是个囡儿，还不是我们正式的同志，怎么可以轻易开玩笑？”

司琴曾经听金虎说起过福建佬。他说福建佬其实没有两条腿了，只剩下了那条还看得到的腿。他有一个绰号叫“没卵货”。听老兵们偷偷说，他曾是赵博生的警卫员，宁都暴动参加红军后，打仗很勇敢。在一次作战中打掉了两个卵子，当中那条腿除了放尿水，没有其他用处，这辈子没办法娶婆娘了，就剩下嘴巴很骚。他嘲笑金虎是“背着老婆打仗，迈不开腿”，不是个男子汉。金虎很不服气地对司琴说：“自己没卵子了，还笑人家没卵子！”

从此他俩把福建佬当作了冤家。

3

洪仙姑训斥福建佬后，司琴长出了一口恶气。但她发现，洪仙姑对福建佬训斥归训斥，其实还是非常听福建佬的话的，尤其是在山坡上，和几个人听福建佬指指点点说着什么的时候，洪仙姑不住地点头，并且最后说：“行，我看就照你说的打。”

司琴后来才知道，此行是洪仙姑带着几个老兵来看打仗的地形。这段时间，麻天道的保安团，一直龟缩在联城按兵不动。洪仙姑决心把麻天道保安团引诱出来予以痛歼，以打开僵持的局面。她放出了风声：游击队的主力撤回深山里了，只留下善后的人在收拾，一两天后也会悄悄撤离。

司琴是从洪仙姑和福建佬的口中才知道自己和金虎并没有真

的入伙游击队。这大出她的意料。金虎说他们动员过他入伙，但他不想入。

司琴："这事你为什么不和我说一声？"

金虎说他还是想和司琴回去找戏班。

司琴恼了，她感到这段时间在游击队里白待了。难怪这么长时间，学不到打仗的本领，一定是因为没入伙游击队不肯教他们。

她拉着金虎去找洪仙姑要求入伙。洪仙姑笑着说，我们只要男的，不要女的。

司琴说："那我男人先入你们的伙，我先帮你们做些事，你们觉得我够格了，就让我入伙。"

洪仙姑没有吱声，莞尔一笑。

金虎经不起司琴一逼，报名入了游击队的伙。负责文书的人和他说："你这大名一画下去，生死便交给红军了，悔不得的。"金虎长叹一声，心里头已经悔得不得了。

麻天道在揣摩着刚刚收到的情报。他一直在密切注视着余村红军游击队的动向。先前得到的情报是游击队有近一百号人的规模，人数没有他保安团两个连的人多。尽管联省绥靖公署几次责令他立即进攻余村扫清红军游击队，但他顾忌的是，根据他的进剿经验，出击在外的游击队里大部分是红军老兵，虽然他的保安团人数占优，但真要大打起来肯定两败俱伤。所以他在等待时机。这两天联省绥靖公署又催得急了，并且拿军令说事。他有点急了。今天得到的情报是红军游击队的主力撤走了，留下善后的小队也要在一两天内撤走，麻天道觉得这是天赐良机。但他又心存疑虑，这会不会是红军游击队的诡计？

麻天道思前想后，脑汁被熬得发焦之际，陈泽哭号着上门来了。

麻陈两家是世交，说起来麻天道还是陈德贵的远房表兄。近些年来，陈德贵和麻天道在合着做西药和贩私盐的生意，麻天道做上家，陈德贵做下家。麻天道对于陈德贵的最终下家可能是邻省匪区的情况，是睁一只眼闭一只眼的。对他来说，这毕竟是最主要的财路。令他非常惊讶的是，去年入秋，还在省城读大学的陈泽，竟然也做起了西药的生意。更让他纳闷的是陈泽竟然要求他不要跟他爹说，他说他爹是万不会同意做这种生意的，但他需要钱。麻天道笑了：花花公子必须得用银子养着。在收了陈泽更高的分成后，麻天道自然帮他在陈德贵前打了埋伏。但今天陈泽哭号着上门来，是因为走投无路了，父子二人一起被游击队绑了票，他阿爹死了不算，剩下的最后一点盘缠也几乎被游击队掠光。他历经千难万险，吃尽了苦头才逃出了游击队的根据地。他说麻叔公今后就是他的依靠。他现在最缺的就是钱，希望麻天道先借他一笔钱。

对于麻天道来说，陈泽来得正是时候。陈泽是和游击队照过面的，他急切地想要了解红军游击队的第一手情况。从陈泽介绍的情况，他了解到，这次红军游击队来并不是要抢他的地盘，完全是针对他们急需的西药和经费来的。这样的话，他就相信红军游击队主力这两天撤走的情报绝对是准确的。所以他下令立即奔袭余村。

关于陈泽要借一大笔钱的事，他要陈泽和他一同行动，打下了余村，钱就根本不是问题。陈泽一听就拒绝了，显然，被游击队绑过一次票后，他已经吓破了胆。

麻天道在天还麻麻亮的时候，带着两个连的保安团，倾巢出动，杀向余村。

金虎领到了一条枪，他和青壮年的主力队员被分到了一线。他紧张得全身发抖。司琴握着他的手："虎哥，打起来的时候多长点眼睛。"

司琴分到了卫生班。她非常不甘心，因为她很想学打仗的本领。洪仙姑说："救伤员，这就是女人家打仗的本领。要不然，你还想学着男人的样，跟敌人拼刺刀？"

司琴一时竟噎住了，但她还是不甘心。卫生班的任务是密切注视着战斗的发展，随时准备救护伤员。但对司琴来说，这就意味着看不到一线的仗是怎么打的了。

凌晨的时候，突然下起了一阵雨。好在刚入夏，对大家来说，淋点雨也没什么，权作一阵凉风吹过消消暑。但对洪仙姑来说，却非常难受，淋雨受了激，肚子里就有了动静，这动静随着雨点越来越大，洪仙姑止不住干呕起来。

雨中，司琴突然想起了什么，她觉得机会来了。她赶紧扯出一大片包医药器械的油纸，冒雨跑出茅草丛，去找洪仙姑。

洪仙姑努力强止干呕，痛苦地发着呜叫声。她和福建佬等几个人伏在草丛里努力地观察着山沟里的情况。

司琴悄悄而快速地潜到了洪仙姑身旁，把油纸摊开，披在洪仙姑身上。

洪仙姑看着司琴，低声而严厉地呵斥："好大的胆子！谁让你来的？你要干什么？"

司琴："你大着肚子，小心别让雨淋着。"

洪仙姑一把扯掉油纸："赶紧滚回去！"

司琴："我，我很想看看你们是怎么打仗的。"

福建佬嘿嘿地冲她冷笑："你擅离岗位，在阵地上乱跑，是要杀头的！"

司琴只好扭头猫腰回去，洪仙姑一把摁住她的头："你给我爬回去！"

洪仙姑冷峻的口气，让司琴感到了阵地气氛的严肃和危险。众目睽睽之下，她只好乖乖地往回爬。她边爬边努力寻找着金虎的隐身所在。但她看到的只是细雨中随着风势起伏的茂盛的茅草绿浪。

突然，她听到了身后远处响起一声清脆的枪声，接着又响起了冲锋号。随着一大片猛烈的枪声响起，山坡上的茅草绿浪中跃起一条条身影，打着枪呼啸着冲下山去。

司琴几乎被阵阵猛烈的枪声震晕了，她起身不顾一切地想冲下山去看。突然，她被一只手扯着腿，掀翻在地上，一个人扑到她的身上，把她压在身下。原来是福建佬！

福建佬把司琴裹压得严严实实的。福建佬的衣服里、身上都散发出令人恶心的熏臭味，那是捂久了发馊的体液和汗臭味。司琴感觉自己被罩在一个刚刚倒空的马桶里，她不由自主地狂呕起来。她拼命地想挣脱出来。

“子弹不长眼睛，给我老老实实待着！”福建佬严厉地呵斥。

哪怕被子弹打死也比被这臭味熏死强！司琴攒足了吃奶的气力，猛地掀起福建佬，从福建佬身下挣脱出来。

司琴挣脱了福建佬，起身准备往下冲的时候，枪声已经稀落了。然后是一些零星的枪声。

在司琴还没看清楚怎么回事的时候，这场伏击战就结束了。

一袋烟的工夫，游击队取得了伏击战的胜利。这场战斗打死了十几个保安团的人，俘虏了二十几个。麻天道和他的主力还是跑掉了。洪仙姑遗憾地望着麻天道逃跑的方向，感到无可奈何。但这个战果完全是在她的预料之中的，因为以这一百多个人和简陋的武器装备打伏击，只能打成这样的击溃战。

司琴好奇地看着游击队在打扫战场。她第一次看见死人，血糊糊的样子让她心里感到害怕。她突然想起了金虎，望遍四周，没看到金虎的影子。她顿时慌了神。她边大声喊着金虎的名字，边四处跑着，焦急地寻找着。

洪仙姑看到了司琴，一把拉住：“金虎受了伤，不过没什么大关系。现在正在卫生班那儿包扎。”司琴脑壳一下子炸了，她疯了似的往卫生班的方向跑。

游击队在这次作战中只牺牲了一个，伤了五个。而金虎就是其中伤了的一个。但他的伤并不重，只是右肩膀上掉了一小块肉。

游击队回到了余村。在陈府临时设的伤病房内，洪仙姑蹲在金虎的身旁验了伤情，长舒了一口气："金虎为我挡了子弹，可以说救了我一命。"

"什么，金虎为仙姑姐挡了子弹，救了仙姑姐的命？"司琴惊异地望着洪仙姑和金虎，一副不可思议的样子。

原来，战斗的时候，金虎双腿发软，怎么都站不起来。洪仙姑一把把他拎了起来，命令他往前冲。正在这时候，一颗子弹飞来，打中了金虎的肩膀。如果不是金虎在前挡着，打中的可能就是洪仙姑的脑袋。不过，洪仙姑没有说前面金虎怯战的事情，因为她感到新兵第一次怯战完全是正常的事。她只说了后面，金虎成了她的救命恩人。

司琴觉得金虎真是个大英雄。金虎参加了打仗，那他一定学到了打仗的本事。司琴急切地问他是怎么打的仗。金虎支支吾吾地说不出个所以然来。他说他都忘了，记不起来了。但是金虎显然感到了后怕，他说这颗枪子儿如果正一点和再稍高一点，他的脑壳就会被打出一个大洞。

"我真的不想再打仗了。"金虎喃喃地说。

司琴很失望："那就学不到不受人欺负的本事了。"

4

司琴在伏击战中没有参加直接的战斗，但表现出了不亚于男兵的胆量和干练劲儿，这让洪仙姑多少感到有些意外。虽然这次出击余村等地筹集战略物资的行动中有扩红的任务，但上级明确要求不要女兵。这让打心眼里喜欢司琴的洪仙姑不敢答应司琴的“入伙”请求。这一仗下来，洪仙姑下了决心，为司琴破个例。毕竟，红军中粗通文墨的士兵，尤其是女兵还是不多的。

司琴欢天喜地地在“入伙”登记册上签上了自己的大名。她感到这下终于有了学打仗本事的资格。

“为了不让人欺负，你就要学打仗的本事？”洪仙姑感到好笑。

司琴：“我们讨江湖生活的，比不得那些在家的种田人。跑江湖总是要被人欺负的，我和阿爹是被欺负怕了。”

“你现在参加了红军，我们就是集体的人了。我们面对的是国民党反动派。你已经不再是江湖上的人，而是共产党的同志。”

“共产党？那我就是共产党的人了？”

洪仙姑：“你现在不是，但以后会是。”

“为什么现在不能是？我想现在就是！”

洪仙姑：“共产党有共产党的规矩和做法。你现在一门心思只想着自己能够学到本事去跑江湖，说明思想觉悟还不够格。等你够格了，才可以加入共产党。”

司琴：“那我怎么才能够格？”

“你要为党为红军做很多的事情，把这些事情做好了，你就够格了。”

司琴：“那我就照着你说的去做。”

保安三团中了红军游击队的埋伏后，麻天道才觉察到红军游击队的厉害。他庆幸自己反应快，掉头就跑，没被红军捉了去。但自此他也着实成了惊弓之鸟，龟缩在联城，把城门闭得更紧了，一只蚂蚁也爬不进去。陈泽跟麻天道叹息，说他眼巴巴盼着能打下余村，捞回点钱财，也能报杀父之仇。这下成了空想。言下之意对麻天道满是失望和抱怨。他死乞白赖地向麻天道“借”二百多光洋，连夜要走。麻天道这次中了埋伏，把一半的原因归咎于陈泽提供了不实情报，他感到这只丧家犬是不祥的扫帚星，早就想撵走他。所以陈泽一提出“借”钱，经过一番“穷哭穷”，打了个折后，麻天道派了几个兵，连夜把陈泽“护送”出了联城。

麻天道的保安三团被红军游击队伏击，龟缩在联城不敢再出动，这事震动了周边的土豪。他们感受到了红军游击队战斗力的威猛，一些自保能力不强的，赶紧收拾细软，带上家眷跑到安全之地暂避风头。一些自保能力强的则再招兵勇，广积粮、高筑墙，把碉楼院子箍得铁桶似的，试图扛过风头。

洪仙姑感到时机已到，开始收拾余村周边的这些碉楼院子。

在攻击这些碉楼院子的时候，福建佬坐在担架上，现场指挥着游击队员们的攻击。一天时间接连拿下了两个碉楼院子，获得了很大的收获。

游击队在围攻秦家围子的时候，遇到了麻烦。秦家围子的财主秦大胖，养着三十多个家丁，还有两挺机枪。碉楼院子做得又高又厚，游击队围攻了一个下午，没有什么进展，反而伤了两个人。福建佬对洪仙姑说，还是撤吧，这是块“硬骨头”，看来啃不动。

洪仙姑不同意撤，她说是块硬骨头，但也是一块大肥肉。

硬的不行，那就软硬兼施。洪仙姑命令收罗来上百担的干柴枝，扎成捆，在十几位枪手的掩护下，推滚到围墙下，不断叠高。

天开始擦黑，洪仙姑命令在秦家围子四周燃起大堆的篝火，明显是准备火攻的架势。

围子里拼命地往外打枪，明显地开始慌张。

洪仙姑按照预定的计划，拿着一个竹篾做的话筒，接近了碉楼院子里一棵大树后面，对着上面喊："秦财主，我们是谋财不谋命！请你想清楚，你们如果不投降，我们就把你这个碉楼院子给烧了，到时候你们财命两失！我们已经准备了五百多担的柴枝。我给你一个时辰考虑。"

碉楼院子里不朝外打枪了。

过了一个时辰，秦大胖子亲自登上围墙大喊："请你们的头儿进来谈。"

洪仙姑把手枪解下来交给司琴，准备进去谈判。

福建佬等一帮老队员坚决反对。

"你难道忘了前年'番薯田事件'的教训？"福建佬说的"番薯田"事件是一起白军扣留红军谈判首长为人质，漫天要价，最后又杀害人质的事件。

"你是我们的主心骨，万一伤了怎么办？"福建佬严厉警告洪仙姑。

洪仙姑叹了一口气："我知道这么做是危险的，可只能我去，因为你们不懂这里的方言，怎么和他们谈？”

周围一阵沉默。

“我会说这里的方言。我们戏班年年正月都会进秦财主家唱戏。他认得我，不会伤害我。”司琴站了出来。

洪仙姑笑了：“你知道怎么谈判？”

“仙姑姐告诉我怎么说，我学着说就是了。我其他事情不会，但照戏文演戏可是我的本领。只要给我一句词儿，我就能给你演出一片天来。”

福建佬说：“这能行！”

洪仙姑想了一下：“不需要你演戏。既然你和他认识，我写封信，你带进去交给他就成。”

洪仙姑写好了信，递给了司琴。司琴把它揣进了衣襟里。

洪仙姑看司琴满头大汗，问：“你心里怕吗？”

司琴点点头：“有点。”

福建佬说：“来，喝口酒。”每每打仗，福建佬都会灌上一葫芦酒带上。

洪仙姑笑了：“你能喝吗？能喝的话就喝口定定心。”

“我会喝。”司琴接过福建佬的酒葫芦，那酒葫芦的脖儿口浸透了主人的口水，闪着亮，远远地散发着熏人的口臭味。司琴需要壮胆，她就顾不得这些，一仰脖咕咚咕咚地喝了一半。

司琴转身要走，金虎冲上来一把扯住：“这太危险了，我和你同去！”

司琴一把挥开：“既然危险，又何必搭上两个？！”

秦大胖子见来的是一个囡儿，非常奇怪："好面熟啊。你，你不是司家戏班班主的囡儿吗？"

司琴说："我是在边上看热闹的。我说我和秦财主认识，他们就让我送信给你。"

秦大胖子："送信给我，信呢？"

司琴把手揣进怀里，大吃一惊，那封信摸不着了。司琴迅速摸遍全身也找不到那封信。她这才意识到，肯定是刚才和金虎拉扯过程中，那封信顺着身子滑丢了。

司琴吓得酒汗全部蒸发了。

秦大胖子一头雾水："你全身摸猴似的，信呢？"

秦大胖子问话的瞬间，司琴冷静了下来。

司琴："对了，我带的是口信。"

秦大胖子："口信，什么条件？"

司琴："红军的头儿说了，他们是要财不要命。只要你们，只要你们……"司琴想起了前面两个碉楼院子打掉后，缴了二十杆枪和一些光洋，就说，"只要你们把枪和光洋都交出来，他们就退兵。"

秦大胖子："那他们到底要多少枪和光洋？"

司琴一下子呆住了，她确实说不清楚应该是多少："反正，你们有多少交多少。"

秦大胖子："好大口气，这是要我的老命，我不如把这条老命拼了算了！"

司琴突然哭出声来，一下跪倒在地："叔公啊，你们可不能出人命啊。我阿爹说，你是我们戏班的衣食父母。每年都是靠你接济，才让我们司家戏班活下去的。你要出了事，我们戏班可怎么活得下去呀!”

秦大胖子被感动了，连忙扶起司琴，不禁老泪纵横：“哎呀，看来我秦某人平素没有白疼你们司家班。囡儿，你一定要帮帮我，告诉我他们的真实情况。”

司琴用力点头。

“他们有多少人枪?”

司琴摇摇头：“不知道，反正几条山沟里都是拿枪背炮的人。”

“什么，还有炮?”

“反正我也不知道是不是，就是那种由驴子背来的大铁筒子，他们说是炮。”

“哎哟，就是了就是了!”

“他们说，先用火烧，不成的话就用炮打。”

秦大胖子眼神明显不对了。

“还有，我听到他们悄悄说，说是后半夜，有很多叫‘朱丽’的人过来一起打。”司琴添油加醋。

“‘朱丽’? 半夜还有很多叫‘朱丽’的人一起过来打?”

“是的，他们好像很喜欢‘朱丽’，所以就很高兴的样子。”

秦大胖子眼珠一转，一拍脑壳：“什么‘朱丽’，是主力!”

秦家大院外边的大树下，洪仙姑手里拿着从地上刚刚发现捡起的那封信，惊得和大家面面相觑。司琴临走时，许是因为天黑，谁都没有发现这封信从司琴身上滑落。

福建佬气得拿手指指着金虎破口大骂："你这骚卵鸡公，什么时候都要和鸡婆拉扯！这下爽死了吧？ 鸡婆的小命都要叫你玩完！"

金虎六神失了主，哆嗦得说不出一句话。

洪仙姑让福建佬闭嘴。她想了一下："现在我们什么也别做，看一下事情怎么发展再定。"

秦大胖子足足抽了三袋水烟后，下了决心："光洋，可以全部给他们，但枪不可能全给。我要全给了，他们打进来怎么办？"

司琴想了一下："那，叔公，你要说个数。"

秦大胖子："光洋，我家里也就两千多块，然后再加五十匹洋布，枪共六十条，给他们三十条，再加子弹二十箱。"

司琴也不知道这数算多还是少："叔公，我回去学给他们听。"

司琴从碉楼院子里一跑出来，一头扎进洪仙姑的怀里，全身抖得厉害。

洪仙姑把她搂得紧紧的："囡儿别怕。"

司琴几乎是一口气把事情说完，说得那么顺畅、那么清爽，洪仙姑把两只眼睛瞪得田螺那么大，她觉得太不可思议了："事情就这么简单，两千块光洋，五十匹洋布，三十条枪，再加子弹二十箱？"

司琴小心问："我也不知道，这算多了还是少了？"

洪仙姑一把撕了手中的信，扬到夜风中，然后抱着司琴脑壳就亲："我的亲阿娘啊，答应答应，我们答应！"

洪仙姑万没想到会演戏的司琴把秦大胖子吓得吐出这么大一

块肥肉，而且知道了秦大胖子的底牌。为了把戏演得更真，洪仙姑坚持要秦大胖子再加五条长枪和一挺机枪。

游击队满载而归。

深夜，上百号人围着几口大锅在打边炉。司琴这一行人你一言我一语地在追问着，她是如何靠表演取得秦大胖子的信任，最后被她吓唬住的。金虎自始至终咧着的嘴就没闭拢过。福建佬乐得连喝了两葫芦的番薯烧……

在人们的欢声笑语中，唯有洪仙姑嘴角微微带着一些笑意，她并不言语，只是在仔细地观察着司琴的一言一行。事实上，这些天来司琴一直跟在她的身边。她感到，这囡儿不同于普通人家的囡儿。她对这个世界充满了好奇，尤其对共产党、对红军有问不完的问题。她的悟性极高，对新事物接受极快。她见过一定的世面，很懂江湖上的人情世故和规矩，为人热情中有冷静，处事能够随机应变，老练甚至有点圆滑。洪仙姑认为，这是自小跟着戏班跑江湖锻炼出来的特质。难能可贵的是，司琴身上江湖味虽然浓，但她又有正直率真和性情刚烈的一面。她还读过两年私塾，能看懂戏文。“孺子可教也！”洪仙姑心里越想越感到欣慰。

秦大胖子的碉楼院子拿下以后，游击队顺势而下，不动干戈地连取了三个大的寨子，斩获颇巨。每次行动前，洪仙姑都有意让司琴参加骨干讨论会，还让司琴学着记录。行动时都先让司琴借戏班熟人优势，送信入寨。

晚上，洪仙姑在松明灯下改着司琴的记录本，时不时地哑然而笑。司琴因为不懂许多术语和用词，记录中的谬误比比皆是。洪仙姑耐心地逐一改过来。

洪仙姑突然感到背后有动静，她本能地从屉格下拔出手枪。扭头一看，是司琴蹑手蹑脚地进来。

“夜鬼似的，吓我一跳。”

司琴一指洪仙姑高高隆起的腹部，调皮地一笑：“我怕惊到你娃儿。”

“月亮都吊到了屋顶，怎么还不睡？”

“睡不着。”

“想你男人了？”

“也是，也不是。”

“没男人就熬醒着？没出息！”洪仙姑笑道。这两天，金虎和一班人被派出去拉粮食了。

司琴脸红了：“才不是！上次你说了以后，不知为了啥，我都不想那些事儿了。”

“那为什么睡不着？”

“我老在想，你们老在开会商量怎么打仗，可到了财主寨围子下，又不打了，光靠送信就让人认输了。这太没看头了。我好想看看你们是怎么打的仗，怎么把坏人给打败的。”

洪仙姑笑了：“我说你一个女孩子家，怎么净想着男人的事情，打仗有这么好玩吗？打仗是要死人的。能不打仗就让敌人认输，这叫‘不战而屈人之兵’，不是更好的事情吗？”

司琴叹息：“可我就想学点打仗的本领。”

洪仙姑："傻囡儿，其实你正在学打仗，也学会了一点。"

"我会一点打仗了？"

"打仗并不仅仅是开枪使炮，靠动脑筋骗敌人，靠嘴巴说话说动敌人投降，也是打仗，而且是更高级的打仗。"

司琴猛地开窍："哦，我们演的'空城计''七擒孟获''长坂坡'，其实都是打仗。"

"对头。你说'三英战吕布'高明，还是'空城计'高明？"

"当然是'空城计'高明！"

"那诸葛亮要空城计靠的是什么？"

"兵书，戏文上说他整天看兵书。"

洪仙姑被逗笑了："看兵书？嗯，这也没错。但看兵书要和实际打仗结合起来，不断吸取教训，不断总结，掌握规律……"

司琴打断洪仙姑："听不懂了，我听不懂了。"

洪仙姑愣了一下，继而笑了："对啊，我原来是对牛弹琴了。看来是我不看对象说话，犯了教条的错误。其实这些道理都是很容易明白的，只要你识字再多些，再多懂一些词儿，自然就可以做到。"

司琴着急地："那仙姑姐赶紧多教我识些字，懂些词。"

"没问题。我就好为人师。我马上就教你。不过，依你目前的识字水平，过几天，我们回红区根据地后，就可以送你到干部学校去学习。"

"过几天就回红区根据地？"司琴意外得几乎要叫出声来。这几个月来和洪仙姑他们在一起，司琴时不时地听洪仙姑和福建佬等人无意中说起红区根据地的事，星星点点地串起来，给司琴的印象是，红区根据地是天朗气清之所在，那里没有土豪劣绅，没有人压迫人、欺负人，穷人们翻身做主，丰衣足食，个个扬眉吐气，女人们什么事情都可以自己做主，恋爱自由、婚姻自由等等，那是一个神仙福地，那是一个人间天堂……

5

司琴躺在床上，两眼失神地望着天花板。望着望着，她的眼前就真真切切地展现着洪仙姑口中神仙福地和人间天堂——红区根据地的景象。游走在这样的景象里，她感觉到自己就是戏文里的仙女，幸福极了。

司琴在仙女的幻象中迷迷糊糊入梦了。

突然，一阵暴动的枪声惊醒了她。紧接着就是混杂的声音和更加激烈的枪声。

正当司琴惊愕之际，金虎突然撞门而入，拉起司琴就走。原本今晚金虎参加了巡逻队，说好了不回来睡觉。司琴就把门窗给闭了，没想到门框被齐齐地撞断。

陈家院子里的人正在往后院的方向跑。洪仙姑在后边指挥着游击队员边打边向后门撤去。

洪仙姑带着大家一直撤到了村头。驻守村头大樟树底下祠堂的游击队主力接应了他们。游击队的指挥机关二十多号人驻在陈家院子，而在村东头跟村西头各驻了三十多号人，形成犄角之势。但半夜里这股敌人不知道是从哪儿钻出来的，绕过了村东村西的游击队主力，直奔陈家院子来。幸亏巡逻队示警及时，否则洪仙姑他们在劫难逃。

一瞬间被打蒙了的洪仙姑迅速镇定下来。洪仙姑和福建佬跟几个老兵碰了一下头，立即集结兵力向陈家院子进攻。但陈家院子已经空无一人。洪仙姑冲了进去，发现堆放光洋和西药的房间基本已被扫清一空，而隔壁厢房堆放着的粮食动都没动。

洪仙姑走出陈府大门，茫然地望着夜空。她半天才反应过来，这肯定不是麻天道干的。因为只要麻天道一有动静，内线就会发回情报。这是谁干的？不管怎么说，一定是个狡猾的对手。他对游击队的驻地情况摸得很熟，进攻迅猛，撤退得干净利落，而且目标就盯着西药和光洋。

独眼老四悄悄来了，他是红军游击队在余村的秘密联络员。早年，他一直向红军根据地走私盐和西药，后来被发展为地下党员。这次洪仙姑的游击队从进入余村开始，独眼老四就成了他们的耳目。独眼老四明确跟洪仙姑讲，这是黑狐狸朱大龙干的。他是刚刚从在朱大龙那儿干的侄儿嘴巴里知道的。他侄儿参加了今晚的袭击行动。行动完成后，侄儿顺道偷偷到他家里看了他，把在行动中昧下的十几块光洋寄放在他这后，才去追赶朱大龙的队伍。

黑狐狸朱大龙是余村这方圆几十里有名的绿林头目。他早就盯上了洪仙姑这一群人。红军游击队到余村地区到处活动，筹集经费和药品，等于是在他的地盘里抢饭吃。前些天，和他暗中有勾连的麻天道派了人来，详细提供了红军游击队的情况，明确告诉他红军游击队不走，坐大后最终也要把他们干掉。朱大龙筹划了将近一个月，把红军游击队的驻地情况搞了个一清二楚，然后今天晚上带了六十多个弟兄，不走大路，而是从村中央的一条小路，衔枚疾走，绕过巡逻队，直扑陈家大院。红军游击队里有他的内应，这个内应就是前段时间红军游击队招去的一个人，名叫潘三宝。朱大龙亲自率队冲击，不到一袋烟的工夫，以迅雷不及掩耳之势，打退了驻扎在陈家大院的红军游击队，直扑放置西药和光洋的房间，把这些贵重的军用物资劫掠后，立即往山上扬长而去。

洪仙姑为自己的轻敌深深地懊悔。她庆幸绿林武装只是盯着财物而来，如果是麻天道的部队偷袭，那她必定死无葬身之地。但她心里咽不下这口气，这些军用物资被劫掠一空，她这段时间的努力全部白费了。

洪仙姑和福建佬等几个人关在小房间里，埋头商议了一天多也没商议出个子丑寅卯来。半夜，独眼老四穿着蓑衣，趁着雨暗从后门进来。他带来了一个消息，他说他的侄儿又来了，这次是要来余村找戏班唱戏，因为朱大龙的母亲要过七十大寿，要办八大碗席。朱大龙是个孝子，他趁这次劫掠游击队的物资发了横财，准备在母亲的寿辰上好好庆贺一下。他央求独眼老四帮忙找找。

天助我也！洪仙姑觉得机会来了，她决意利用这次朱大龙为母祝寿之机，夺回光洋和西药。

余村附近除了司家戏班，再无别的戏班。而司家戏班已经不知所踪。到哪里去找其他戏班？洪仙姑他们几个又商量了半天。洪仙姑心生一计。她要司琴和金虎前去唱戏，目的是去带路。只要找到朱大龙的驻地，游击队就可以直捣黄龙。朱大龙的绰号之所以叫黑狐狸，就是因为他生性狡猾，驻地从没有固定的地方，是真正的“狡兔三窟”。这次按照约定找到戏班，戏班的人先由独眼老四带到三望栏村，有人在那等。然后，再由人带到朱大龙新的驻地。主意既定，司琴和金虎就跟着他们出发了，到了三望栏村，在那等候的朱大龙的人很警惕，他要独眼老四回去。独眼老四佯装答应，但在背后偷偷尾随。独眼老四尾随了十多里山路，入夜时分，他看着司琴和金虎被领进了八面山的通山大殿。通山大殿已布置得灯火辉煌。

这深山老林里的通山大殿说起来也是个奇怪所在，因为它既不是庙，也不是殿。之前，在世道安宁的时候，往山里谋生的人很多，有打猎的，有收山货的，有做水碓草纸的，有养做椴木香菇的，有采草药的，有烧炭的，等等。这穿行在山林树间的人多了，就要有歇脚吃饭的地方。这通山大殿，刚开始就是山民开设的一个客栈，后来又发展成交易山货的一个场所，再后来又扩大为规模更大的综合商业社交、赌博甚至医疗场所。这些年，随着世道的不安宁，兵灾屡起，土匪出没，这个通山大殿也就荒芜了，后来成了朱大龙等绿林股匪经常占用的场所。

在深山野林里唱戏祝寿，自然少了市镇上祝寿的各种贺喜等活动的喧闹和热腾劲儿。于是，司琴和金虎唱戏就成了祝寿活动的重中之重。

祝寿宴席拉开。

“敲酒坛、散杯盘、走灯盏——”随着司仪夸张而悠长的起调响起，热烈嘈杂的气氛开始点燃。八大碗席有模有样地在这荒山间的夜色中摆开了。

今晚朱大龙点了十出折子戏。随着一声锣响，司琴和金虎登场。

刚上得台来，司琴和金虎就惊得魂飞天外。原来台下竟然坐着陈泽，真是冤家路窄！

但是陈泽并没有看出是他俩。司琴和金虎意识到应该是他俩化了装，陈泽没有认出来。

第一折戏是《四郎探母》。因为陈泽给他俩造成了极大的心理震撼，虽然没有被认出，但他俩的表演还是失了态。尤其是金虎在演到跪拜“杨母”时，竟然忘了唱词，直接愣怔着跪在台上没有了反应。尽管司琴一再提词，他还是缓不过神来。

朱大龙的母亲早就气白了脸：“怎么请了这么两个活宝？晦气到祖宗了！”在丫鬟的搀扶下，她起身走了。

“晦气，晦气！”朱大龙气得一脚踢翻了跟前的茶几，大吼着要手下把司琴和金虎绑了沉山塘。

独眼老四有一条黄色的钻山狗，这条狗是鼻子极灵的猎犬。钻山狗沿路嗅着独眼老四的气味，引领着洪仙姑的队伍像一条蓄势待发的巨蛇，悄无声息地潜到了通山大殿后的树林里。

通山大殿里，司琴和金虎被捆成了两个肉粽。他俩嘶喊着，挣扎着，一会儿就把妆脸弄成了花面狸。满堂的绿林好汉围观着他俩的狼狈样，笑得前仰后合，有的甚至开始对司琴动起了手脚。

这时陈泽也认出了司琴和金虎。惊异过后，他连连冷笑：“冤家路窄啊！”他两脚把司琴和金虎踢得滴溜转。

“陈老板，你认识他俩？”朱大龙好奇地问。

“岂止认识！这对狗男女谋财害命，要了阿爹的命。交给我处理吧！”

司琴和金虎感到天要塌下来了！本来他俩都以为朱大龙嚷着要杀他们只是吓唬而已，无非是为了泄愤。即使真的沉山塘也死得痛快。但这下到了陈泽手里，可以想见那是什么样的惨死法。一种任人宰割的感觉，从司琴的脚底直冲上天灵盖。她知道，因为演砸了戏而露馅，洪仙姑的计划也就没戏了。既然在劫难逃，那就是命中注定，哭也没用。司琴死死地盯着陈泽，眼神里的那股寒意，冰冷得能刺穿陈泽的心脏。陈泽从这眼神里感到了什么叫女人的仇恨，那真是这个世界上最可怕的东西。

正当陈泽准备叫人把这对男女拖出大殿，由他处置时，通山大殿后山树林里的那条“巨蛇”猛扑了过来，把通山大殿箍得死死的，朱大龙的整个绿林队伍被一锅端了。

这下轮到朱大龙和陈泽等六十多号人被捆成肉粽，扔在大殿的地上。

朱大龙恨恨地对洪仙姑说：“可叹可叹，没想到我朱大龙半生迎风顶浪都闯过来了，今天竟然栽在了一个女人的手里！我命如此，要杀要剐随你的便。”

洪仙姑笑道：“你放心，我们是为财来。只要你把抢来的东西都吐出来，我就不会动你和你弟兄们的一根手指头。”

朱大龙不相信地梗起了脖子：“自古劫人钱财，自家就要备棺材。我随时都在等着仇家取我这条性命。今天总算有仇家找上门了。你就不要啰唆了！”

洪仙姑把朱母带了出来，跟她说：“老人家，你都看见了，你儿子不信我的话。你看怎么办？他劫了我的财物不还给我，就算我依了，可我这帮弟兄们也不会依呀。弟兄们，你们说是不是呀？”

满堂炸雷般的吼声：“不依，杀了他！”

朱母大恐，哭着拿拐杖击向朱大龙：“孽障，劫人钱财本身就是你的不对，还给人家就是了。人家是怀着胎的妇人家，断不会杀生的，人家一定会保你一条命的。”

朱大龙大哭：“姆妈，你别哭了。罢罢罢，我听你的吧！”

洪仙姑顺利地在后山坟地里起出了全部被劫的光洋和西药。

洪仙姑下令给朱大龙和他的弟兄们全部松绑。朱大龙惊讶得说不出话来。

一个角落里。司琴和金虎对着陈泽拳打脚踢。

司琴：“没良心的东西，上次放过你，今天你竟然要亲手弄死我们。看不打死你！”

陈泽手脚被捆，无法动弹，早已鼻青脸肿。洪仙姑发现后过去拦住了。

洪仙姑十分好奇："陈公子，果然冤家路窄呀！你为什么会出现在这儿？"

陈泽一声不吭，只是冷冷地盯着洪仙姑。

朱大龙说："你们也放了陈老板吧。他是听说我这里有货，准备来跟我做生意的，他这是刚刚到。我们是老顾客了。"

洪仙姑听了哈哈大笑："陈公子呀，我看你真是倒了大霉运了！上回我们到了你家，你刚好撞上我们。今天我们到了通山大殿，你刚到，又撞上我们。下回，你是不是还想撞上我们呀？我想，应该事不过三啊。"

陈泽全身发抖，不知是气的还是怕的。

"既然你是来做生意的，那肯定是带了钱的。你只要把钱交了，我就饶你。"

陈泽："你说话可算数？"

洪仙姑一指朱大龙他们："你看我对他们说话有没有算数？我就是要让你们知道，我们共产党和红军说话从来都算数。"

洪仙姑命令司琴和金虎把陈泽的绑绳解了。

金虎大叫："仙姑姐，这人不除，下次如果落在他的手里，他是不会客气的，不能留他呀！"

洪仙姑有点不耐烦了："叫你松绑你就松绑，这是命令！"

司琴和金虎知道"命令"是很厉害的，于是很不情愿地给陈泽松了绑。陈泽让随从拎出一大袋光洋，递给了洪仙姑。

洪仙姑他们果然没动朱大龙、陈泽等人的一根毫毛。但是游击队员们毫不客气地消受了一顿八大碗席盛宴。洪仙姑把朱母请到了上桌，亲自带着队员们给朱母行了拜寿礼。朱母老泪纵横："这一晚把我一惊一乍的！原来我碰到了女侠，遇到了观音。"

刚开始，朱大龙一声不吭地喝着闷酒。听了母亲这话，他马上倒满一大碗酒，对洪仙姑说："女侠，就为老母这句话，我敬你。"

洪仙姑："你是怎么知道我们有这些东西的，抢了就跑？"

朱大龙："明人不说暗话，是麻团长告诉我的。"

洪仙姑："我说呢！不过我很奇怪，麻天道不也是要来剿灭你们的吗？"

朱大龙："江湖上的事，哪有你想的这么简单？"

洪仙姑："我们也算是不打不相识。江湖上的规矩，我们之间再加一条，今后不管谁来挑拨，我们井水不犯河水，你看可好？"

朱大龙："这话该我说。"

洪仙姑把一碗酒换成水："我有孕在身，只能以茶代酒。从此我们井水不犯河水，一言为定。"

"从此我和红军井水不犯河水，一言为定！"

洪仙姑又对着边上闷声坐着滴酒未进的陈泽说："陈公子，我们对您可算是二擒孟获了。希望以后在江湖上走道，什么地方平安，什么地方凶险，心里要有个数。"

陈泽看着洪仙姑冷冷地说："多谢你的提醒。但记住，你们永远欠我们陈家一笔债。”

洪仙姑叹一口气：“我知道你说的什么，我们也是无心之过。请你不要在心里跟自己过不去，更不要记恨共产党。我们是在为穷苦人办事，请你多多海涵。”

敬过拜寿酒，游击队把缴获的所有长短枪、刀棍等武器还给朱大龙，只带着拿回的财物扬长下山。

临别时朱大龙不解地问洪仙姑：“请问侠女，你是如何找到我这窝的？”

洪仙姑哈哈大笑：“不是说我是观音吗？那我就是观音指路！”

朱大龙望着隐入夜幕的洪仙姑他们，跪地磕了三个响头：“谢侠女不杀之恩，朱某日后有机会定当回报！”

第三章

1

洪仙姑的肚子眼见着迅速地大了起来。她的行动越来越不方便，但她脸上的笑意越来越浓。随着洪仙姑的笑意渐浓，游击队也明显地忙了起来，呈现出一副收拾行装将要转移营地的样子。

虽然在“入伙”后，司琴知道了游击队的很多规矩，包括不能随便问事情，但看着这一切，司琴实在拗不过好奇心。

“仙姑姐，啊，不，洪政委，是要换地方生孩子吗?”

洪仙姑一愣，继而笑了:“对，是要换地方生孩子了。”

“到哪去?”

“现在可以解密了。我们回家去。”

“哪儿的家?是你说的，红区根据地?”司琴小心翼翼地问。

洪仙姑说:“对呀。我们已经完成任务了，我们要把这些缴获和筹集的军需物资运回红区根据地去。”

司琴不禁狂喜，几乎要跳了起来。精明的她早就猜到了。她对那个天朗气清之所在一直神往不已，更重要的是那是一个遍地英雄之所在!

一转身，司琴就告诉了金虎。金虎忧心忡忡:“这跟他们一走，我们什么时候才能回得来去找戏班？”

“现在不知道阿爹他们在哪里，索性就先到根据地去看看呗。”

晚上大家吃饭的时候，司琴和金虎突然被叫到另外一桌。之前，洪仙姑都是把他俩叫到一桌吃的。

司琴突然发现洪仙姑那桌上多了一个戴眼镜的人。奇怪的是，洪仙姑以及桌上的人都在默默地吃着饭，洪仙姑的眼圈还有些红。

晚饭后，戴眼镜的人和洪仙姑等人在开会。一直到半夜，堂屋里的蜡烛都在点着。

金虎担忧地对司琴说：“看这样子可能有不好的事情。”

司琴也非常有同感。

这一晚，两人竟都是两眼闭闭睁睁地到了天亮。

第二天一早，司琴和金虎来到了福建佬的房间，想从他嘴里问出点东西。福建佬刚起床。司琴和金虎连忙帮福建佬穿衣服。

福建佬并不买账，他冷冷地说：“你们两公母，趁早赶紧再去睡一觉，要不就来不及了。”

司琴问：“到底发生了什么事情？”

福建佬嘿嘿一笑：“吃过早饭就开会了，到时候你们就知道了。反正你们夫妻俩的好日子也到头了。”

吃过早饭以后，一百多号人都聚集在陈府的天井里。洪仙姑表情凝重，对戴眼镜的人说：“李特派员，人都在这了，请你讲话吧。”

戴眼镜的李特派员操着一口浓重的四川话，叽里咕噜了大半天，遇到听不懂的地方，洪仙姑跟大家补充解释着。

司琴听懂了。特派员的意思是，根据地的红军主力马上要到外线作战了，洪仙姑红军游击队里的八十多号青壮年队员要立即参加主力红军。中饭以后，马上押着这段时间缴获的光洋、西药和布匹等军需物资，跟上红军主力到外线作战。而洪仙姑带着剩下的十二个老弱病残队员就地留下，负责照顾特派员刚刚带来的十几位主力红军的伤员，就地转移到山里坚持到红军主力打回来。

下面马上发出了嗡嗡的躁闹声。李特派员大声地说："请大家放心，红军主力到外线作战是战略需要，不会用很长时间，最多两个月就会回来的，到时候你们再回到根据地不迟。"

司琴和金虎面面相觑。根据李特派员说的，青壮年中男的参加主力红军，而女的都要留下。这就意味着，她和金虎两人要分开了。

会后，按照会议的安排，人们立即紧张地投入到起程的准备。

金虎明显地慌了，在厢房里对司琴说："我们赶紧逃吧，赶紧去找你阿爹戏班，否则就来不及了。"

司琴摇摇头："不行，我们不能不听纪律。再说我们现在能到哪里去，遍地都是敌人，走不脱的。"

金虎想了一下："那这样，我先走。等找到戏班以后，我和你阿爹再来找你。"

司琴恼了："我们参加红军都是写了字的，怎么能想走就走?!"

但是，金虎在去集合的路上，还是偷偷跑了。

中饭过后，部队开拔前又被紧急集合起来。金虎等几个要跑的队员被五花大绑押到了队伍前。洪仙姑挺着个大肚子站在前面，她气得大肚子和胸部一起起伏：“你们知道你们这是什么行为吗？这叫临阵脱逃，是贪生怕死！我们红军是有纪律的革命团体，三大纪律八项规定的第一条就是一切行动听指挥，叫你到哪就到哪。当逃兵是要杀头的！看在你们是刚入伍的新兵分上，今天饶你们一命。”

金虎哀求道：“仙姑姐，看在我救过你一命的分上，你就让我走吧。”

洪仙姑瞬间变了脸，她突然拔出枪，打开保险顶着金虎的脑门：“你再说一句我就枪毙你！”

司琴一下子冲上来抱着金虎。她扭头对洪仙姑说：“洪政委，别开枪！他会跟大家一起走的。”这一瞬间，司琴看见洪仙姑眼里隐隐噙着泪，但是铁青的脸上充满着杀气。原来那个一脸慈祥、待他俩如亲姐弟的洪仙姑不见了，现在她看到的完全是一张陌生的、让人不寒而栗的脸。正是这张陌生的脸和严峻到冰点的神情，以及顶在金虎脑门上的枪，让司琴感到了周身的寒意和莫大的敬畏，司琴一瞬间知道了纪律是怎么回事。

戴眼镜的李特派员带着八十多位游击队战士押着军需物资，匆匆忙忙地走了。司琴连追了十几个山弯，看着金虎他们慢慢消失在远方的山丛中。

李特派员带着游击队的主力走后，洪仙姑在村口召开了群众大会。她公开宣布，游击队这次是正式回根据地主力去了。他们剩下的几个人还要在这待两天处理善后事宜，之后也会回根据地去。这些话，洪仙姑是说给敌人听的。会后，洪仙姑把运不走的粮食当众分了。

龟缩在联城的麻天道立即得到了红军游击队主力撤回临省根据地的消息，但这次他坚定不移地相信，这是游击队故伎重演，他根本不相信。他决定按兵不动，不予理睬。

入夜，司琴突然被叫醒，通知说马上开始转移。

剩下的十几个老弱病残的游击队员，加上李特派员新送过来的十几个伤员，洪仙姑一行开始向大山深处出发。

前两天游击队已经征来了几匹驴马。司琴牵来一匹小驴，把挺着大肚子的洪仙姑扶上了小驴，趁着暗夜的星光，他们上了山，消失在茫茫大山中。

几年以后，司琴才知道当时的情况。红军特派员传达了上级的指示，送来了需要安置的主力红军的伤员。上级给洪仙姑的任务是，就地隐蔽下来，不与敌人冲突，不惜一切代价让十几位伤员得到休养，等待主力部队的返回。其实，洪仙姑游击队的主要任务是，隐蔽渗透到敌人兵力空虚的余村地区，筹集以西药为主的军用物资并相机扩红。洪仙姑当时是根据地一个卫生院的政委，因为她懂医药又是联城人，在得知这次行动任务后，她不顾已有身孕，主动请缨。于是就由她带着这支几十人的游击队，潜入余村一带活动。原来上级给他们的任务是不超过三个月，完成任务以后就回老根据地。但是因为随着战局恶化，主力红军不得不跳到外线，老根据地自然要暂时放弃。洪仙姑因为有孕在身，不可能随主力红军活动，只能由她带领游击队的一部分，退到余村附近的大山深处，就地养护伤员。从李特派员传达的任务看，洪仙姑当时已经意识到红军主力不可能在短时期内回来，所以刚开始时，她肯定感到非常绝望，但她不得不挑起这几乎不可能完成的任务。李特派员只留给这支游击队一些疗伤的药、一支短枪和三支破枪，外加十几颗手榴弹。他再三叮嘱，他们没有打游击的任务，绝对不能轻举妄动，要像野兽一样隐藏在深山里，把伤员们照顾养护好。

2

这支队伍悄悄地在深山坳里驻扎了下来。这是一个人迹罕至之处。这个山坳里散落着二十几个处于半废弃状态的香菇寮和木炭寮，独眼老四已经花钱买了下来。按照规矩，这些香菇寮和木炭寮的主人就不会再来这里了。

先期到达的几位游击队员，已经用杉木枝条和茅草修整覆盖了这些香菇寮和木炭寮，成了舒适的野外住所。洪仙姑他们用小毛驴驮来了三十多人两个来月的给养，暂时在这里安顿隐藏起来。

司琴来到了这个深山坳，感到非常新鲜和新奇，一种新生活即将开始的喜悦弥漫在她的心头。洪仙姑给她的任务是和另外两位卫生员负责照顾新来的十几位伤员。这十几位伤员有断腿断胳膊的，重一点的也有胸腹部负伤的。司琴饶有兴趣地开始了她的医护生涯。

令人想不到的是，因为路上的颠簸，洪仙姑在到达山坳的第二天晚上就早产了。这支游击队里懂得生产和医护知识的，只有医科大学毕业的洪仙姑本人，其他几个医护人员都是临时培训的。没有任何接生经验的两个医护人员和司琴显得手忙脚乱。洪仙姑痛苦地挣扎着，指导着她们怎么接生。

是一个女婴！

新生命的诞生，仿佛在这支七零八落的队伍里，诞生了一个小太阳。

洪仙姑捧着新生命，时而欣喜，时而哀伤。她感到这孩子来得太不是时候了。

这孩子名叫阳光，这名字是刚怀孕的时候她爸爸起的。司琴抱着孩子整天阳光阳光地叫着。司琴觉得这名字太好听了，一叫这孩子的名字，司琴就感觉这个山坳，不，是整个世界都是透亮透亮的。

司琴发现阳光的脸突然变得蜡黄蜡黄的，她吓坏了，有点不知所措。洪仙姑看了便笑了，她说这孩子是犯黄疸，挺正常的，过两天就会好的。

深山坳的生活，隐秘而平静，随着秋风渐起，蚊子明显少了，蛇虫也没了踪迹。漫山遍野的各色山花开始争奇斗艳，美醉了人间。野生的浆果也开始熟了，摘一颗扔嘴里，能让人甜透心窝……这三十多人，就生活在这世外桃源里。这里，新生命在茁壮成长，伤员的身体在快速地恢复，司琴在如饥似渴地接受着洪仙姑新知识、新文化的灌溉。总之，在司琴看来，世界上一切美好的事情每天都在这里发生着。唯一能让司琴伤神的，就是对金虎的挂念。这种挂念，尤其发生在老兵们教她打枪时和她在换洗纱布时，更加让她揪心与不安。一想到金虎穿行在枪林弹雨里的情形，她就不敢再想下去。每每在夜深人静时，她都在祈祷金虎的平安，当然，她也会思念她的阿爹，想着想着，心里就会紧紧地发痛。

洪仙姑他们没了踪影的第三天，麻天道率保安三团威风凛凛地开进了余村。他把自己的指挥所搬进了陈家大院。

麻天道做的第一件事就是向三省绥靖公署发了电报。称经过竟日激战，痛歼了红军游击队，斩获颇丰。他命令联城监狱处决了十几个囚犯，割了他们的脑袋，拍了照片，又拿石灰腌了，假称是红军首级，派护兵专程送到三省绥靖公署。

麻天道进驻余村，当然是在摸清楚情况的前提下进行的。他得到的情报是，红军游击队全部撤到邻省的“匪”区去了。但为了慎重起见，他还是派出了七八支搜索队，把余村周围的山区搜了个遍，没有找到什么红军踪迹。于是，他在余村留了一个排的人马专门负责搜刮地皮和征税，然后自己带着大部队敲锣打鼓地回联城去了。

整个余村周围的山区，平平静静地日落日出了一个多月后，一个连的中央军人马和麻天道的保安三团的全部人马，又浩浩荡荡地开进了余村。原来，三省绥靖公署接到围剿红军主力的中央军发来的密报，称据叛变的红军俘虏招供，还有一部分红军游击队，在一位女政委的率领下，掩护着十多位伤员，隐藏在余村深山里养伤。三省绥靖公署得报，紧急调拨一连中央军，在一位中央军团参谋长的带领下，进驻余村，督促麻天道的保安三团，限期一个月，搜捕消灭这老弱病残的红军游击队。

独眼老四接到了中心县委紧急密报，连滚带爬地进了山。

洪仙姑得到了密报，没有显出紧张。她自信可以应对敌人的搜剿。除了这处隐秘的山坳，她还在离此二十里外的大奇山里找到了一个两头通的大山洞。但为稳妥起见，她决定以不变应万变，先冷静观察敌人的搜剿。

中央军负责督办搜剿的团参谋长，要求麻天道按照中央军在邻省“匪”区围剿的经验来推进搜剿。首先，把红军游击队在余村期间过往密切的一些老百姓和有参加红军的家属通通抓起来，还杀了几个，以儆效尤。然后，在严密封锁的基础上。把余村周围地区分成若干区块，按区块封锁，然后一个区块一个区块地逐步推进搜剿。麻天道大呼绝妙：“这下，如果有一个红鬼跑得出去，我麻某人就倒过来写姓！”

3

洪仙姑在山坳里察觉到了情况的变化。因为按照约定，三天后独眼老四要来报告山下敌人的动向。但他没有如约而来。洪仙姑感到不妙，立即决定撤往大奇山方向。但洪仙姑一出动就发现了四周有敌人活动的迹象，只好带大家折了回来。她一时陷入焦头烂额的境地。大家都明白，此地已不可久留。因为谁都不能保证独眼老四有没有被捕叛变。

福建佬在洪仙姑的耳旁嘀咕了一通。

洪仙姑听了，又想了一下，咬咬牙说：“我原来这样想过，只是没有其他合适的人，单靠老刘不行。”

福建佬朝司琴那边努了努嘴。

洪仙姑认真地看了司琴一会，点了点头。

洪仙姑立即和司琴说了这个“金蝉脱壳”的计划。调两个身体矫健头脑灵活的人，把敌人引开，然后，其他人再寻机突围。之所以看中司琴，是因为她满足这个人选的条件，而且她是当地人，熟悉这里的地形和语言，引开敌人后能够回得来。

司琴愣住了：“我没干过这种事情。”

“你怕啦？”福建佬激她。

“我怕？我怕就不当红军！我是不知道怎么去做。”

“刘根才带你去。”

司琴知道刘根才是一个老兵，她点点头。

临出发，洪仙姑又问司琴：“这事很危险，有可能被打死，也有可能被敌人捉去。你想好了吗？”

司琴默默地点头。

“你要有死的准备。如果被敌人捉去，不能叛变，想办法弄死自己。千万不要怕死。”

司琴说：“政委，其实我很怕死，可是如果我的死可以换大家活着的话，我再怕，也会去死的。相信我们山里人说到做到。”

洪仙姑：“当然，死不是目的。完成任务才是目的。你只要听老刘的去做就行。你还有话吗？”

“有。”司琴想了一下，“如果我活着回来，你要让我入你们的党。”

洪仙姑愣了一下，反应过来：“行，我答应你。”

刘根才带着司琴趁着夜暗悄悄出发了。刘根才提着游击队里一支断了后半截的破枪，手里拎了两个空的洋铁桶，背着一条半空的小麻袋，司琴紧紧地在他身后跟着。

大山深处，隐隐约约可以看见四处有点燃的篝火。那是中央军和保安三团分区封锁的哨位。刘根才带着司琴偷偷摸摸过了敌人的两道封锁线，走了大约十多里山路，离洪仙姑他们的隐蔽地远了。

在一条山脊的凹里，他俩停下了。刘根才悄悄地给司琴交代任务。他让司琴拎上两个洋铁桶，从小麻袋里掏出两挂鞭炮，分别系挂在两个洋铁桶的提手上，又给了她一个火篾。他告诉司琴，注意听他的枪声。等他的枪声一响，过半袋烟的工夫，司琴就把一个洋铁桶里面的鞭炮点着，再在半袋烟的时间里，跑到前面那个山头，点燃另外一个洋铁桶里的鞭炮，然后，司琴自己想办法回去找洪仙姑。

“那你怎么办？你人生地不熟的找得回来吗？”

刘根才咧嘴笑了：“你还怕我找不回去？你就放心吧，别管我了。”

刘根才提着那杆破枪，悄悄地隐入夜色中。

过了大约半个时辰，远方传来了两声枪响，接着就响起了大片爆豆一般的枪声。

司琴全身都紧绷起来，她把洋铁桶挂在一棵颗歪脖子小松树上，急忙打着火篾，在哆哆嗦嗦即将点燃鞭炮火捻的一瞬间，又马上灭了。她懊恼地拍了一下自己的脑壳，心里骂着自己的胆小。她发现因为紧张，自己差点忘了刘根才一定要在枪响后半袋烟的工夫再点鞭炮的叮嘱。她让自己定下心来，暗暗算着半袋烟的时间。

时间到了，司琴用火篾点燃了第一个铁桶的鞭炮。在深山的深夜里，洋铁桶里的鞭炮炸得非常清脆和响亮。

司琴拼尽全力沿着山脊跑到前面那个山头，把另一个洋铁桶系挂在树枝上，又点响了鞭炮。第二挺“机枪”开火了。

现在，整个大山丛中到处是枪声和敌人的呐喊声。尽管司琴胆大，但也还是被这种声势震惊了。她知道，这“祸”是她和刘根才闯下的，尽管她心里骇然，但看着这满世界的热腾景象，她情不自禁地产生了一股莫大的成就感，这是她卑微如草芥的人生从来没有过的，她觉得，此时此刻整个世界都在为她欢呼！

枪声突然近了，司琴一头扎进茂密的茅草丛。她捂着耳朵，不敢朝外看。不久，她感到一队队人马急匆匆地从身边的山路经过，冲向更前面的山头。

再过一会，枪声和呐喊声逐渐远去。司琴想起来刘根才的话，先定了定心。然后钻出茅草丛，离开山路，沿着山路边上的低矮灌木草丛，一路向着来的方向逆行。

远方又传来了一阵阵激烈的枪声，虽然隐隐约约的，司琴意识到，那是刘根才还在吸引着敌军远去。

天亮了，整个大山丛里还弥漫着昨夜的硝烟。一些零星的枪声仍然在响着。但很明显，昨夜司琴和刘根才拨弄起的热腾，已经算是消停了。司琴小心翼翼地边观察边摸进。突然，她似乎觉得周围有什么动静，立即俯下身来，认真地听着和观察着。近处除了秋虫的唧唧声和鸟叫声，以及远处阵阵的山风，听不出有别的声响。司琴怀疑是自己的耳朵被枪声震出了问题。于是她站了起来，又仔细看了看望了望，确认周围没有任何问题，她才长长地舒了口气。她看着身边的灌木丛的枝丫上满是花花绿绿的野果，才发现自己的肚子饿了，饿极了。她大把大把地揪着乌饭籽吃。

不一会，司琴就吃得满嘴乌黑。正当她准备起身继续前行时，突然感到腰间被一个硬的物体顶住了。她扭头一看，一位穿着黄色中央军军装的士兵拿枪顶着她。士兵也因为有些紧张，一张年轻稚气的脸扭曲得有点可怕。

士兵低声喝令："把手举起来！"

司琴整个人都蒙了，但瞬间恢复了冷静，她用方言说：

"阿兵哥，我是本乡人，我不是红军。"

士兵冷冷一笑："你不是红军，那你扎着皮带干吗？"

司琴这才反应过来，自己扎的皮带说明了什么。她感到了绝望。

司琴装起可怜："阿兵哥，我，我就是一个护士，你就放了我吧。"

士兵："我饶了你，长官不会饶了我。别废话了，你跟我走。"

士兵用枪口顶着司琴往前走。

"阿兵哥，你饶了我吧。下辈子做牛做马我都会报答你。"

"这话你跟我们的长官说去。"

不远处的山梁上隐约出现一队穿黄色的中央军人马。司琴慢吞吞地一边走着，一边快速地动着脑筋。

在一块大松树下，司琴突然蹲下来，捂着肚子说："我肚子疼，我屙屎。"

士兵用枪捅着司琴的肩膀："不行，你忍着！"

说时迟那时快，司琴一把握住枪管把枪夺了过来。士兵大吃一惊，立即扑了过来，和司琴扭打在一起。

司琴在戏班里整天摸爬滚打练就的体力，这下子用上了。在扭打中，士兵一下子没能够制服司琴。

十几分钟过去了，司琴才渐渐地体力不支。士兵把司琴压在了身下，摸索着解下绑腿，把司琴双手反绞在后背，开始捆绑。司琴扭过头来，拼命地拿腿踢着顶着。突然，司琴看见士兵的身后出现一个人，还没看清是谁，士兵的脖子上就喷出了长长的一条血虹。

士兵叫都没叫一声，像一口麻袋一样，沉重地摔在司琴的身上，热烫的鲜血溅满了司琴的脸和上半身。

士兵身后的那个人，一把把司琴拽了起来。司琴定睛看清楚了，是洪仙姑！洪仙姑一手握着一把明晃晃的手术刀，一手提着手枪。

司琴抱着洪仙姑大哭了起来。洪仙姑立即用握枪的手挡住她的嘴，止住她发声。士兵的身体还在地上拼命地抽搐着，他使劲地蹬着腿。洪仙姑俯下身，认真地检查了士兵颈部的切口，又果断准确地深切了一刀，然后翻开他的眼皮仔细看了看，确认他已死亡。

洪仙姑满手都是鲜血，她用力在地上的草皮上蹭掉。她摇摇晃晃地站了起来，突然哇的一声吐了。

司琴冲到士兵尸体的旁边，狠狠地用脚踢着他，不断地冲他吐口水。

洪仙姑严厉地低声制止司琴："住手!"

司琴不解："他是敌人，他想要我的命。我恨不得把他千刀万剐!"

洪仙姑冷冷地："他已经为自己的错误付出了生命的代价，你为什么还要侮辱他?"

司琴愣住了，天下还有这样的道理?!

洪仙姑看着司琴叹了一口气："我这双手一直是在救人，从来没有杀过人。"洪仙姑看着年轻士兵，眼里有些不易让人察觉的泪花："他跟我小弟弟一般大，但是他走错了路。"

洪仙姑和司琴把士兵的尸体拖进了草丛深处，又拔了茅草和树枝覆盖了现场后，悄然隐去。原来，洪仙姑发现敌人被刘根才和司琴吸引远去，在判定山坳暂时安全后，便悄悄地摸出来，一为进一步摸清外边情况，二是因为放心不下司琴和刘根才，想出来做个接应，没承想救了司琴。

刘根才最终负伤被捕，但他早已把敌人引到了四五十里外的地方。中央军和保安三团的人把刘根才抬下山来。刘根才一路上演着戏。他哀求中央军饶他一命。中央军参谋长见他这么怕死，就好言好语跟他说，只要你说出红军那帮人的下落，一定帮你治好伤。刘根才称自己是因为年纪大落在后面，他们那帮人早就跑到四都去了。他们逃跑的方向就是邻省的“匪”区。他说得非常卑微和诚恳，以至中央军参谋长不得不相信。

到了余村，中央军参谋长最后又以酷刑审了刘根才，刘根才还是可怜兮兮的那几句口供。参谋长就叫麻天道将刘根才砍了头。

为稳妥起见，中央军和保安三团又在山上搜剿了两天，还是一无所获。自此他们确信红军游击队这帮人已经逃出了余村地区。麻天道正准备班师回朝，中央军参谋长向他露了底牌，上峰给他的任务还有一个，就是要彻底肃清朱大龙的绿林武装，因为一直有举报，朱大龙和走私邻省“匪”区的事有勾连。

麻天道一听头就大了。把朱大龙剿了，就等于断了他秘密走私的一条主要的财路，这是万万使不得的。于是他斗胆向中央军参谋长直陈，朱大龙的绿林武装在余村地区有近二十年了。打从民国初年开始剿起，年年剿年年都剿空，原因就在于他是一条地头蛇、山垄狸，你一剿他，他就像山涧里的破丝云撞上过山风一样，一眨眼就不见了。

参谋长警告麻天道：“你别把镬里煮番薯说成炼黄金，哪有那么难的事？共匪主力都给灭了，几个野山毛贼还灭不了？这次如果剿不了，我们两个都向上交不了差。”

麻天道只好无奈地陪参谋长上山剿绿林。

独眼老四一直没现身，是因为最后一次进山送情报时被逮住了。虽然他被威逼诱供，但他坚称是自己老酒喝多了，昏了头，去山里采岩皮。因为他严重违反了进山的禁令，又有着种种说不清道不明的疑点，本着“宁可错杀一千，也不放过一个”的训令，保安三团把他扔进了联城的死牢里。

洪仙姑回到了山坳做了两件事，一是和福建佬等人反复商量后认为，敌人虽然暂时停止了搜剿动静，为不节外生枝和利于伤员养病，决定仍然待在山坳不动，冷静观察。二是发展司琴入党。她认为，经过这小半年的锻炼，司琴已经基本具备了入党的条件。哪料在会上首先遇到了福建佬的反对：“老子参加革命七年以后才入的党。这小囡半年都不到就可以入党?”

接着其他七位党员也开始揭发。

被打瞎一只眼的细田仔反映：“她这人技术太差，每次换药布都把我弄得生疼。”

“对对，护理动作太粗野。看上去小囡一个，但像个男人婆。”

“她没有端正革命的思想，对搞护士工作不安心。老嚷嚷着不是这块料，难道还想当政委不成?”

“她以前和她那个男人晚上都睡在一起，这很影响军心的。”

“对了，她和她男人抱团欺负吴富满同志，还当面骂吴富满同志是‘没卵货’，你有什么资格骂吴富满同志，吴富满同志是为了革命才丢了卵子的，光荣!”

福建佬听不下去了，用拳头狠狠砸了凳子。

“我也提点意见，政委叫她帮我认字，但她跟我提条件，非要我教她打枪，我病没好，手脚还不利索，教不了多少，她就不教我认字了。”

“她负责喂养的那匹驴子，吞了铁钉死了，大口吃肉的时候看她一点都不伤心，我怀疑她就是故意的。”

“打下马家围子时，缴获了一麻袋冰糖，她不单违反纪律当场偷吃，还偷了几块给他男人吃。”

……

党员们的意见让司琴脑袋发蒙，她感到两只耳朵里面都在嗡嗡响。她想不明白这些朝夕相处、生死与共的人，心里竟对自己藏着这么多的意见，说话是这么尖刻不客气，不留一点情面。她在这些党员心中的形象简直就是千疮百孔。她鼻子发酸，有点想哭。

洪仙姑：“你想哭就对了。入党就是一道坎，你必须得接受考验。”

洪仙姑也对司琴提了意见：“其实司琴最大的问题，就是参加革命工作动机不纯，还没有彻底地解决。她因为唱戏在社会上经常受别人的欺负，就想着学本事，要当穆桂英式的女英雄，然后再带着她的那个戏班去混江湖讨生活。抱着这样的动机参加我们的革命，与我们革命队伍的任务和性质是格格不入的。她这种幼稚的梦想在现在这个社会也注定实现不了。好在这个想法经过这段时间的斗争，有了一定的改变，但是还是没有完全改变。”

洪仙姑让司琴对大家的意见作出答复和解释，还要谈自己的认识。司琴对一些事情作了解释，对一些事情也作了承认。大家问她做错了的事能不能改，司琴说肯定会改。

洪仙姑最后说，司琴的缺点，是刚参加革命工作的每一个年轻人都会碰到的问题。她已经意识到了，相信她会改好。同时大家要看到司琴的优点。她参加革命工作时间不长，但表现得很主动积极、很勇敢。交给她的几次关键的任务都完成得很好，这是很不容易的。我们这支伤员为主体组成的队伍，非常需要像她这样年轻体健、有着很强活动能力的年轻党员。况且，她还有文化。

司琴最后抽抽搭搭地说："就凭今天听到这些人对我提了这么多的意见，我是一定要入党的。我不想做穆桂英了，我觉得穆桂英其实没有你们的本事大，而且，她其实主要为杨家做事打仗。我想当一个像样的共产党人，跟你们一样，能为别人家去死，能为穷苦人做事情。"

在最后的表决中，福建佬和细田仔表示了反对，其余党员表示同意。

听了这个结果，司琴忍不住一下哭了出来。这一刻起，她觉得自己要和那个只会唱戏的司琴彻底告别了。

4

因为孩子的问题，洪仙姑和司琴之间发生了争执。

洪仙姑的孩子小阳光长得很快，虽然是个女婴，但因为奶水足和山里的好空气，硬生生地长得像个虎头虎脑的男孩，整天蹬腿踢脚非常有力气，一笑起来春光灿烂，一哭起来翻江倒海。不管高兴还是伤心，性子一来，在洪仙姑和司琴的怀里，踢打起来根本按捺不住。这个活泼的孩子给游击队的人们带来了巨大的欢乐。

只有福建佬一看到小阳光就皱起眉头，司琴曾亲耳听到他在嘀咕："这囡儿来得不是时候。"司琴气黄了脸，很想啐他一脸的唾沫星子，但一想到自己刚入党，就强咽下了这口气。

"其实说真的，这孩子是真的生不逢时。"洪仙姑也经常叹气。她曾经在这孩子出生没几天，就让独眼老四把她抱到山下去送人。但独眼老四在四周人家里转了几圈根本送不出去，因为她是个来历不明的女孩。这个送不出去的女孩日夜饿得哇哇叫，独眼老四只好又送了回来。洪仙姑准备在断奶的时候，再想办法把她送出去。

把孩子送出去，是司琴和洪仙姑之间你死我活的一场争斗。这一刻，她俩互换了角色，仿佛司琴是这孩子的生母。独眼老四要把孩子抱到山下去，孩子是被众人从司琴的怀里生生地活剥出去的，独眼老四的一只胳膊也因此被司琴深深地咬了两个洞。孩子被送回来后，司琴知道了洪仙姑的意思，她怕人们趁她不注意的时候把孩子再次送走，于是时刻把她抱在怀里，哪怕就是晚上睡觉，司琴也会搂着她。这孩子已经成了司琴身上的一部分，任谁都夺不走的。

这孩子也灵性得很，大家感到她与洪仙姑有仇似的，洪仙姑一抱她就哭，司琴一接过来，她就咯咯地笑。久了洪仙姑对司琴就有了气：“怎么好像你是这孩子的妈？”司琴狠狠地回答：“她就知道你是个不要她的坏妈妈！”

让洪仙姑对司琴气到极点的事情发生了。那天，洪仙姑刚喂完奶，司琴就迫不及待地把孩子接了过去。司琴把孩子高高举起，逗得孩子咯咯地笑，一放到怀里，孩子清晰地叫了一声“妈”，司琴惊喜地叫了起来：“政委，你听，她刚才叫什么？她会叫妈了！”洪仙姑激动极了：“快，快给我！”可孩子一到妈妈怀里，就开始撇嘴欲哭了。司琴只好赶紧又把孩子抱过来，她问孩子：“怎么啦，宝贝？”孩子突然又清晰地对着司琴连叫了两声“妈”。司琴尴尬地看着洪仙姑，洪仙姑气坏了：“走开，不想看到你了！”

抱到了外面，孩子欢快地一声一声叫着妈，司琴哭了：“宝贝，我不是你的亲妈。你应该叫你的亲妈呀！”

这一刻起，司琴觉得这孩子就是她的了。

洪仙姑几天都没和司琴说话。

但孩子就是不叫洪仙姑一声妈！洪仙姑感到她的心在深处慢慢裂开，渗出血来。不知怎么搞的，她在心里恨起了司琴。

中央军和保安三团对朱大龙绿林武装的搜剿开始了。

时令已经到了深冬，山里的草木已经枯得发白。洪仙姑她们隐藏的山坳早已没有了巨大绿荫的保护，显露出可疑之处来。中央军参谋长带队路过，他远远地拿望远镜望着，他总感到山坳那一块区域有点说不出什么的感觉。他要求麻天道派出一个排的人马深入那个区域认真地搜一搜。

今天早上一醒来，小阳光就显得特别不安分。喝饱了奶，咿咿呀呀笑了一阵后，就莫名其妙地哇哇哭开了。洪仙姑和司琴怎么哄都哄不住。

洪仙姑急火攻心。因为在一个时辰前，负责在山上放瞭望哨的细田仔就向她报告，说远处山梁上有大队的人马在开动。洪仙姑当即做了紧急动员，把散布在各个炭窑和香菇寮里的伤员和队员都撤进了最里边的两座炭窑里。炭窑后边的岩壁上，有一道被藤蔓遮堵仅可容一人挤过的狭缝，挤过了狭缝，就是一道三丈深的崖壁，万不得已时跳下去，也是一条绝境中的生路。洪仙姑布置了三位基本伤愈的老兵，持三条枪把住两孔炭窑前方的通道，全队做到了绝对的静默。但现在麻烦的是这个孩子，她老是哭。

在这个山坳里，小阳光的哭声显得格外嘹亮，任洪仙姑和司琴怎么逗都不行。司琴把全队仅剩的一小块冰糖往小阳光的嘴里抹，孩子咂巴几下嘴后，又哭了起来。细田仔又来报告说，一队人马直奔这里来了！洪仙姑急得满头大汗，几乎要哭出声来。细田仔警告敌人拐弯就要到了。山坳里，洪仙姑他们的隐藏地是在一大堆的乱石和大片的灌木后边，一般情况下很难被发现，但是不可阻挡的孩子哭声，让人很容易找到声音的源头。

情急之下，洪仙姑把孩子身下的小棉被翻了上来蒙住了孩子的头。顿时，孩子的哭声小了。但孩子的小腿小手开始踢蹬抓挠得厉害了。司琴心疼地扑了过去：“她受不了啊！”

洪仙姑用胳膊肘用力顶开了司琴。司琴打了个趔趄。孩子显然在挣扎。司琴拼命地扑过去，福建佬一把扯住司琴，给了她一个耳光，严厉地盯着她。边上的人一下子摁住了司琴，拿被子捂住了她的嘴。

远远地传来了保安三团士兵的声音：“我看见你了，你给我出来，要不我开枪了！”

洪仙姑怀里的孩子挣扎得越来越厉害。她浑身颤抖，扭过头来，满眼都是泪水，用乞求的目光看着大家。显然她快崩溃了，大家都不敢跟她的目光对视。福建佬扑过去，用双手紧紧地蒙着孩子头上的棉被。洪仙姑松了手，一下子瘫坐在地上。渐渐地，孩子的小手和小腿都软了下来。洪仙姑把头埋在地上，十根手指头死死地抠进土里。司琴两眼泪水哗哗地流下。

突然，一排机枪子弹没有目的地打了进来。外面传来了叫声：“再不出来，我们扔手榴弹了！”

一片静穆，只有轻微的风声和鸟鸣。

几颗手榴弹扔了进来，其中一颗冒着烟刺溜刺溜地在炭窑门口打着转，大家都没动。洪仙姑一个侧身护住福建佬和孩子。一位游击队员用脚轻轻地把门口的手榴弹踢到门边的灌木丛里。紧接着，几颗手榴弹就连续爆炸了。

洪仙姑他们隐身的地方地形过于复杂和诡异，保安三团的士兵连搜了几个菇棚和炭窑，见到的是零乱的驻营现场，他们判定，经过前段时间的搜剿，这里的人早就望风而逃了。再往里搜没什么意义。所以扔几个手榴弹打打枪应付了事。见诈不出什么人来，一众人就继续咋咋呼呼地随意打着枪，向远处去了。

福建佬松开了手，他两眼呆呆地看着大家。司琴挣脱了控制，冲过去掀开被子，孩子整个身体已经软软地挂在福建佬的大腿上。她的左腰部位往外涌着血，显然是被弹片击中了。司琴立即拿一片纱布堵住伤口，俯身扒开孩子的嘴做人工呼吸和按压。一个时辰过去了，孩子一点反应都没有。

“别费事了，没得救了。”福建佬淡淡地说。

司琴冲着福建佬拼命拳打脚踢：“你为什么要弄死她？”

司琴对福建佬一直以来的积怨在这一刻爆发了，她理所当然地认为他要为孩子的死负责。

福建佬刚开始双手抱头，任由司琴打着，后来突然站起，一把挥掉司琴的双手，激动地吼道：“不是我，这是囡儿的命！”他全身颤抖着走出炭窑。

司琴疯了一般扑向福建佬，陈双田一把抱住司琴：“司琴同志，请你冷静！难道你没看到孩子身上流的血吗？！这账要算到反动派的身上！”

司琴突然意识到什么，转过身去寻找洪仙姑。她这才发现，一堆人正在为洪仙姑做着包扎等救治工作。司琴冲过去扒开众人一看，洪仙姑下半身沾满了鲜血，她的腰腹部被绷带包扎了起来。原来，洪仙姑为掩护小阳光，被手榴弹片击中了腹部，她早就昏死过去了。这次还有三人被弹片崩伤，一人被乱枪击中。好在暂时都没有生命危险。

洪仙姑醒过来了。她醒过来的第一件事就是要看她的孩子。司琴把孩子抱过来，洪仙姑抱着孩子拼命地叫着亲着，奈何孩子已没有了任何回应。福建佬低着头，带着哭腔：“我已经捂得很轻了，可是时间太久了。”福建佬的解释引起了大家的愤怒，众人都恨恨地盯着他。洪仙姑泪流满面，冲大家摆摆手，示意大家散开。

洪仙姑两眼死人一样的煞白和空洞。她的魂已经被小阳光牵走了，她望着大家说不出一句话。迷茫恍惚了一阵后，她似乎有些清醒了，她示意司琴解开腹部的绷带，拿酒精擦了伤口和手，然后紧咬着牙用手指头抠进腹部伤口深处，硬是抠出来血糊糊的一块弹片。洪仙姑疼得又昏死了过去。

中央军和保安三团在余村周围的山区搜剿了三天时间，没见到朱大龙绿林武装的一根毫毛。朱大龙早就接到了麻天道的密信，像一股轻烟一样消散在余村茫茫大山的深处。

尽管司琴给洪仙姑打了足量的消炎药，但是洪仙姑依然发着高烧，昏迷了两天多。

为了不刺激大家，福建佬早就让细田仔把孩子用小棉被和衣服裹了，抱出去埋了。

洪仙姑这次醒来，神志已是非常清楚。她首先了解了这两天的情况，明确继续以静制动。因为她判定独眼老四那里尽管出了问题，但肯定不会出现叛变的情况。否则，他们早就被卖了。最后，她发现孩子裹着被子和衣服被埋了，立刻着急起来。她声音微弱，但态度坚决：“一定要把孩子的小棉被和衣服拿回来。里边藏有重要的东西。”

司琴急忙和细田仔跑到远处林子里去找。但是由于细田仔是在半夜埋的，根本记不得具体的地点，两个人怎么也找不到埋孩子的地方。找了半天才看到了一个浅浅的小土坑，一些泥土和散叶被扒在一边，他俩估计，孩子和衣服棉被都可能被野兽叼走了。

俩人回来说起事由，福建佬气得抡起拐杖就要打细田仔："你为什么不埋深一点？为什么不用石头垒个坟？她是条人命啊!"

司琴怒了，她怒骂福建佬："是你弄死了孩子，你还有脸说细田仔!"

这话激起了众怒。大家憋了两天的火气都发泄出来了，你一言我一语地指责起福建佬来。有人甚至说他就是故意的。因为他平时就烦这孩子，这大家都看得出来。听了这话，福建佬立马就炸了，他暴怒地喊道："好，既然你们都说我是故意杀政委的囡儿，那我就是反革命，你们枪毙我好了!"众人一下怔住了。

"你们不杀我，也不相信我，那好，我一个人闹革命去!"福建佬拄着拐杖，恨恨地出了炭窑。

洪仙姑命令细田仔去追回福建佬。

洪仙姑吃力地把大家召集拢来，她提高了声音对大家说："你们不能错怪他。是他救了大家。"

见大家低头不语，洪仙姑接着说："你们知道吗？他因为参加了红军，他的全家人，他的父母、他的妻子还有他的两个孩子，都被反动派杀了。他是一个革命态度坚决的好同志，你们不能这么对待他。"

大家震撼了，这是他们第一次听说福建佬的遭遇。

福建佬回来了。他发现人们突然对他的态度温和了许多，他反而不自在了。就一个人蹲在角落里抽着闷烟，还暗暗流着泪，自言自语着："我就是不识字，跟你们说不出理来。我就是没有错。"

洪仙姑破天荒地要司琴给她打一针吗啡，司琴预感到了一丝不祥。因为她知道，这种针在洪仙姑眼里比金子还珍贵，只给伤痛极重和临死的伤员用。司琴磨磨蹭蹭地拖延着，想知道个究竟。洪仙姑疼得满头冷汗，艰难地说："我命令你，马上给我打！"

司琴边打边流着泪："政委，我很怕。"

洪仙姑："该来的还是要来，有什么好怕？只是对不住组织，我是实在熬不住了，才以权谋私打这针。不过没办法，我要开会。"

打完针后，洪仙姑仿佛恢复如常。她斜躺着，把司琴、福建佬等党员都叫在了跟前。

洪仙姑微微苦笑："我不行了，也就是这一两天的事了。"

司琴哭了："你好好的怎么说这胡话？"

"我是医生，我非常清楚。你们不要再给我浪费药了，留给其他同志用。现在我要跟你们交代的是，今后无论发生什么事情，都要完成组织上交给的任务，把伤员们照顾好，坚持到主力部队回来。"

死一样的寂静，司琴的啜泣就格外清晰。福建佬不耐烦了："政委人还在，你哭谁呀你？晦气！"

洪仙姑轻笑了一下："让我先听见也好，要不以后再怎么哭我也听不见。”

司琴不禁大放悲声。

洪仙姑拍拍司琴：“行了，到此为止。我宣布一件事，我死了以后，由司琴同志负责接替我。”

大家一时反应不过来。

洪仙姑重复了一遍：“也就是说，我们这支队伍由司琴同志负责指挥。”

司琴和福建佬等人惊得目瞪口呆，面面相觑。

“她，她入党才几天？我们这几个党员谁不比她资格老？”福建佬嗷嗷叫起来。

“资格都成了骄傲的资本？这不对！”洪仙姑语气轻微但透着威严。

福建佬嘟哝道：“刚才她还在哭鼻子，就还是囡儿一个嘛！”

洪仙姑不理会福建佬，她接着说：“你们要相信司琴同志，她革命意志很坚决，很能干，又有文化。尤其，她是当地人，熟悉这里的语言、地形和风土人情，这非常重要。综合起来看，我们大多数同志不能跟她比。大家帮帮她，她一定可以胜任的。”

司琴怎么也想不到洪仙姑会说这样的话，她完全不知所措了：“我不知道这是怎么回事，我也不知道怎么干，我干不了啊！”

“司琴同志，这事你想干得干，不想干也得干，干不了也得干。现在只能由你负责。”

“可，可我不知道怎么干？”

“怎么干？记住我的话，一定要做到：第一条，什么时候都要依靠全体党员商量着办事情，靠大家的脑袋一起想，办法总归会有的。第二条，什么时候支部都不能散，它就是主心骨。你答应我。第三条，要发挥你是本地人的优势。”

司琴点点头。

洪仙姑轻松地笑了：“我放心了。我可以放心地去找我的小阳光了。”

司琴用力捂住嘴，不让自己哭出来。

夜深人静，大家都熟睡的时候，洪仙姑拼尽全力，悄悄地爬出炭窑，爬过后面的那条狭窄的石缝，嘴里喊着小阳光的乳名，扑下了悬崖。

只有司琴心里清楚，如果肯用剩下的那些救命药，洪仙姑的伤并不致命，但她决不会和伤员们争药。况且，她欠小阳光一命，母亲不能欠孩子的命，她要陪她的那个不肯叫她一声妈的孩子去了，只有在那个叫天堂的地方，她的孩子才会叫她妈妈。

悬崖下是一个好几丈深的山潭。几天过去了，洪仙姑的尸体也没有浮上来，她就这样永远消失在这片深山里。

司琴意识到洪仙姑和小阳光永远地离开她了，刚开始的几天，她常常在深夜披头散发，赤着脚奔走在山岗，哭喊着她们的名字。半夜里，一遍又一遍地嗅闻着小阳光留下的小褂。一直持续了有半个多月，司琴才从错乱的情绪中恢复过来。

5

司琴记住了洪仙姑的话，有事要靠大家商量着办。于是她学着洪仙姑的模样，把八个党员聚拢来。哪知道她说的第一句话就被福建佬和细田仔等人给戗了。

司琴有些怯生生地说：“我们大家，哦，不，是我们党员开个会。我刚当政委，我想请党员们给我出出主意。”

福建佬不以为然：“司同志，你算什么政委，谁封你的？”

“这个，不是洪政委封的吗？你们都当面听见的呀。”

福建佬哈哈笑了：“她没权封你当政委，我们这个队伍也没有政委。”

细田仔：“对头。她是叫你负责，没封你什么职务。政委是很大的官，不是谁都能当的！”

“是呀。”

“这话没错。”

胡二桃和潘国昌也附和。

司琴一下蒙了，这是怎么回事？怎么这么多人不认她这个政委？

她求援地望向了陈双田。陈双田眯缝着两只眼，把掺了一大半干桑叶的旱烟锅抽完，清了清嗓子说：“司同志，大家说得没错，洪政委没有封你当政委。”

司琴的心一下子沉到了脚底。

“不过，她叫你接替她负责带我们这支队伍，这是大家听得很分明的。大家说是不是呀？”

“这个没错。”大家纷纷点头。

陈双田盯着福建佬问：“吴同志，你当时在不在场呀？”

福建佬不吭声，但点了点头。

陈双田把烟锅使劲往窑壁上一敲，响出很大的声音来。他有点疾言厉色：“我老陈不识字，没什么文化。说话要呛人的。我们都是党员。该认的事要认的。洪政委是没封司同志政委的官，可她让司同志管我们这支队伍，司同志就是我们的头儿！这和当政委是一个意思。大家说是不是？”

大家称是。

“谁不听洪政委的话，谁就是不听共产党的话，谁就是反动派、反革命！我老陈就和他拼命！”

司琴后来在陈双田那才搞清楚，洪仙姑是根据地红军一所后方医院的政委。这支游击队是临时组建的，承担临时短期的任务，不设政委。但人们习惯了，叫她在医院的职务。

陈双田的话镇住了大家。

福建佬悻悻地：“老陈说得对。我们相信司同志能带我们打胜仗。”

胡二桃：“我们的任务不是打仗，是把伤员照顾好。”

福建佬没好气地：“我说的都是错的，那我就一句话也不说了，就听你们说好了。”

福建佬果真就气鼓鼓地一句不说了，在角落里一声不吭地抽着闷烟。

福建佬是不说了，但大家却说了个热火朝天。嘴上的气氛虽然热烈，但大家的心却开始凉了。

大家七嘴八舌地提出了很多的问题。主要是反映在这山上待了两个来月，原来运上来的粮食等给养消耗得差不多了，药品也只能维持个七八天。

大家问司琴怎么办，司琴一脸茫然。她嗫嚅着说："我也不知道怎么办，但洪政委说过要靠大家商量办事情。"

大家面面相觑。细田仔说："现在你是头，大家想不出办法，就该你拿办法。"

司琴小心地说："药品是不是大家再省着点用？粮食嘛，这段时间再挖点葛根凑凑。"

细田仔说："药品再怎么省，也就能再拖个两三天，终归要用完的。葛根这段时间大家把嘴都啃麻了。再说，附近的葛根都已经挖得差不多了。难道你要我们像山老鼠一样，把满山的葛根都挖出来？我们这有手有脚的也就是七八个人。这可是三十多张嘴呀！"

葛根在城里人看来是一味中药，但是在山民们看来，它是荒年的救命粮。这开着好看的紫色或白色的花，长得有点像番薯一样的粗粝山货，它两年生的根茎就粗如大腿和手臂了。挖将出来，洗刷干净，然后拿碾子磨碎，用水泡了，再用纱布沥出浆水来，再把浆水沉淀半天，就能得到像番薯粉一样洁白的粉层，晒干捏碎了，便如番薯粉一样。这东西可以搅糊吃，可以摊小饼吃。尤其是它出粉率非常高，十斤葛根可以洗出两三斤的粉来。更重要的是，这东西你只要肯用心，在山里十步百步之内土里石缝里，总能够寻得着。一年生的嫩根还可以像甘蔗般生嚼，它的汁液有点甜，是可以用来果腹的。但就是费牙齿。常常满口嚼出血来，牙酸腮疼得要命，也没能填饱肚子。司琴他们这段时间就是把葛根挖出来，然后洗了，用石头砸碎搓细，拿麻布加床单做成的袋子，过滤出浆水，放木盆等容器里过滤出粉层来吃。这东西虽然产量也可以，但因为能挖这东西和做这粉层的劳力也就七八个人，但是吃口却有几十个。哪怕这七八个人没日没夜地挖葛根碾磨洗粉，也填不饱大家的肚子。更何况这周边他们脚步所及范围，都让他们翻了个遍。

福建佬磕了烟锅，绝望地长叹一声："罢了罢了。洪政委走了，就指望不上谁了。我的革命也到底了。"

陈双田火了："你这个老落后分子，你不要散布失败气氛。你再这样讲下去，我真就把你当叛徒来看！"

福建佬变了脸色："你说老子是叛徒？"他扑过去要打陈双田。陈双田一闪，福建佬跌倒在地，他那条伤腿立即见了血。福建佬痛得龇牙咧嘴，他带着哭腔喊："我不想活了！"

福建佬这断腿的伤，没有痊愈。进了山后，开始有了炎症，一直是用草药洗敷，但疗效不是太好。这些天，炎症越来越厉害，肿得跟象腿似的，他只能生生硬熬着。

第一次开会，大家就怨气冲天，笼罩着失望甚至是失败的气氛。司琴对此一点也没辙。晚上，大家都睡了。司琴一个人挑着上百斤的葛根，在山溪里洗着。

司琴边洗着葛根，边想着洪仙姑、阿爹，还有虎子。想着想着，她哭了。她想，他们中要是有一个在她身边帮帮她，那该多好！

司琴突然感到有些异样，她发现有两双贼亮的眼睛在十几步远的丛林中盯着她。司琴知道那是山狼。以前戏班在走山路时，经常能看到。

两只山狼试探着逼近，司琴这时候不知道为什么，一点也没感到害怕。她从溪里捡了一块石头，突然站起来，抡起胳膊砸向山狼。只听到嗷的一声，两只山狼瞬间消失在暗夜中。打跑了两只山狼，司琴突然感到身上有了一股神奇的劲儿，她不哭了。她对自己说，哭能有什么用？哭，山狼不会自己跑掉，大家的伤照样治不了，大家的肚皮照样填不饱，福建佬和细田仔照样会骂娘。从今天起，不准哭了！

司琴用溪水大把大把地浇着脸，晚秋的溪水和着夜风，激得她感到了从未有过的神清气爽。她挑起洗干净的葛根，准备往回走。

忽然，她听到炭窑那边传来沉闷的一声爆响。她顿时觉得大事不妙。她丢了担子，冲向炭窑。

只见福建佬和细田仔住的那孔炭窑里挤满了人。司琴拨开众人，只见福建佬血糊糊地仰躺在地上，原来，他是用手榴弹自爆了。

司琴大喊："快救他呀！"

6

福建佬被救了回来，他只是左胸崩掉了一块皮，胸口有一小块烧焦了的皮肉。原来，他用的是一颗红军自己制造的铸铁手榴弹。手榴弹里装的是黑色炸药，又有些受潮，手榴弹崩成了两块铸铁，没有什么杀伤力。真是虚惊一场。

福建佬是在细田仔起夜到炭窑外的那点时间自爆的。细田仔平素和福建佬走得近。他知道福建佬为什么要自爆。他向司琴说了事情的经过。福建佬是主力部队出身，习惯于风风火火地冲杀，负伤断了一条腿后在后方医院养了半年的病。他实在受不了整天窝在医院里，但因为断了一条腿，不可能再上前线。他得知洪仙姑要带队潜入余村地区筹集药品和给养后，就坚决要求同来。组织上自然不会批准，但洪仙姑他们潜入余村地区后，竟发现福建佬骑着一匹小毛驴悄悄跟在队伍的后面。洪仙姑无奈，考虑到他军事经验丰富，就没遣他回去。福建佬也着实在军事上发挥了很好的参谋作用。但后来回不了根据地，隐蔽到了这里。这种整天山老鼠似的窝着的日子早就让他憋足了气。洪仙姑一死，司琴接班，让他根本看不到希望。病痛的折磨，又让他生不如死。同时，他也不想再浪费粮食和药品了，所以决定一死了之。

知道了缘由，司琴气得骂了粗话：“人家说你是个那什么的货，我看你还是个没脑货！你死都不怕了，还怕活着？你这是动摇军心，背叛革命！如果你闹出这样的动静，引来了敌人，你就是反革命，就是个叛徒，就要挨枪子！”

司琴严厉决绝的责骂，一反晚上开会时的迟疑和柔弱，震惊了所有人。福建佬低下了头。

福建佬自爆事件后，司琴在大家面前换了个人似的。司琴开了第二次党员会，这次她把腰背都挺直了，因为她明白，当头儿就是给大家做事，没有什么好怕的。她先跟大家说自己的打算：“我想明白了，现在天气凉了，我们要走了，要到那边的山洞里去，那里面暖和。还有那边的葛根也很多。还有，我要下山去。我要去找粮食。”司琴说得逻辑有点乱，但大家听明白了。转移栖身之地和解决粮食问题是当前她要解决的重点。

陈双田说：“可是，大家在这待习惯了。敌人来了也没被发现，说明是个好地方。而且洪政委有过交代，尽量不要动。”

胡二桃则支持司琴的意见：“其实，洪政委一直要待在这个地方，我觉得是危险的。如果早点换地方，洪政委也不会出事。”

陈双田有些生气地说：“洪政委已经死了，你怎么可以背后说她？”

胡二桃：“我这是为革命说话。洪政委有不对的地方，我也是要说的。”

细田仔说：“其实，我也觉得我们在一个地方这样待着是不对的。兔子还有三个窝呢。再说，洪政委她是医生，也没打过游击，这方面经验肯定是不足的。”

司琴看大家有争议，一时不知道怎么办。她觉得大家说得都有道理。这时候潘国昌说："现在这个时候，主意要由大家一起来定。共产党的规矩是少数服从多数。"

司琴说："对呀。洪政委说过，大事情要由大家说了算。谁的主意同意人数多就听谁的。"

司琴最后说："我们戏班有个规矩，一村不演二场，就是说，转的地方越多，就越有活路。我觉得一直在这里待下去，首先活路就窄了。敌人来搜过搜不着，不等于下次来还搜不着。这事就按多数人的意见办吧。这样吧，这两天我下山去一趟，找点吃的。然后我们就搬到那边的山洞去。"

司琴第二次开会，没想到开得这么顺利，她的心情一下子舒畅起来。对，大事情就照大多数人的意见去办就是了。

司琴叫大家在两天内整理行装，她带着五个体力不错的人下山了。

中央军全部撤走了，麻天道的保安三团留在余村的兵力也只有一个排。这一排的人只管着在集市上收税，没有人封锁上山的道路。

司琴和五个人来到余村，正是行日的时候。

他们来到集市，首先看中了五麻袋的番薯丝。只要两块光洋，司琴兴奋地马上要全部买下来，同行的陈双田立即拦住了，把她拉到一边悄悄跟她说，一定要分头分散去买，否则，出手这么大，容易被发现。司琴一拍脑壳：陈双田说得对，没有哪个穷人有这么多的钱，一下子买五袋番薯丝的。于是，司琴他们分散开，买了二十多袋番薯丝和两袋米，再买了一些消炎用的草药。

下山第一次就如此顺利地完成了任务，司琴和大家心里都乐开了花。这批粮食，可以让他们三十多人顶个二十几天。他们兴高采烈地唱着歌，搀扶着快伤愈的伤员，转移到了十里外的老虎洞里。

老虎洞是一个直尺形状的山洞。洞长有五十多米，入洞口只能容一人进。进去二十多米拐角处是一个比较平坦、高宽各有十几丈的大洞穴。再往前走二十多米，洞口变窄，只有一个可容一人爬出的小洞。这里面四季温暖如春，但并不为世人所知。独眼老四以前贩私，被官军追捕，曾获猎户密友指引，在这里躲过。转移到之前的山坳隐蔽期间，洪仙姑带着司琴，在独眼老四的引领下，曾经来看过。独眼老四当时就建议转移到这里。但这里山路极陡，当时的很多伤员伤势较重，转移的困难很大。而且春夏季洞内较湿，不利于伤员养伤，所以就没有转移过来。

司琴他们赶走了洞里的一些狸猫等野兽，清洁了洞里的环境，搬进了大量的干草，又对洞外的入口环境进行了掩蔽。一个“新家”开始“新生活”了。

但是，在“新家”里，福建佬的麻烦来了。福建佬左胸上被弹片崩掉了一块皮，发了炎。他原来腿伤复发的炎症未退，这下两相叠加，福建佬的病情更厉害了，尤其是腿部的炎症影响到了小肚子，小肚子肿得像个小皮球，皮肤黄黄亮亮的。他已经有三天尿不出来了。以前他也有尿不出来的时候，是洪仙姑让人用松毛针插到他的尿道里面引尿，尿液勉强能慢慢排出来。但这次任怎么办都排不出尿来。这把福建佬憋了个三佛出世五佛升天。刚开始他还哼哼唧唧的，后来便大喊大叫。他大骂司琴不做人事，当时他自爆未成后为什么不枪毙他。

福建佬日夜骂人，整个山洞里回响着他的怒骂和哀号声，晚上惹得大家都睡不着。大家都明白，他是想惹怒大家了结他。但大家忍着他，不接他的茬。司琴让人用老办法反复地用松毛针引导，但他还是尿不出来。

福建佬痛苦到了极点，他用力翻滚出草铺，哀求司琴，求她不要记恨他折磨他，赶紧给他一枪了事。

司琴横下心来，让陈双田等人把福建佬四肢牢牢地捆绑起来，整个人仰躺着固定在草铺上。大家不知道是什么意思。

司琴叫大家都出去，然后她褪了福建佬的裤子，又拿松针通了他的尿道，然后出人意料地俯下身拿嘴用力吸。

扒在门口看的人都震惊了。

这个办法，司琴是从洪仙姑那儿听说的。在之前福建佬用松毛针导尿不成功时，曾经想动员男队员用嘴巴把他的尿吸出来。司琴当时听到了，觉得太不可思议。后来因为福建佬最终出了尿，这办法没有用上，但这次被逼得没法了，司琴突然想起了这个办法，她决定一试。

腥臊的尿液刺激得司琴猛烈地呕吐，感觉把胆都要吐出来了，但她依然吐完了就吸。司琴坚持了一个多时辰，福建佬的腹部迅速地瘪了下去。大腿和小肚子皮肤的黄亮也退了，到了第二天上午，仿佛奇迹出现，福建佬全身的炎症消退得飞快。福建佬能够起床后做的第一件事情，就是长跪在司琴面前泣不成声。原来跟着福建佬的细田仔等几个人看司琴的眼神也不一样了。

细田仔对司琴说："你是洪政委还魂附体。"

司琴已把五脏六腑吐了个干净，她平静地看着细田仔说："你以为我愿意？不这样他就要死！"

7

司琴他们第二次下山买粮食时出了问题。

司琴在集市上始终把笠帽压得很低，遮住了几乎大半个头，再加上穿的是一身男人的旧褂子，如果不开口，看着就是一个小个儿的男山客。

司琴从麻袋里抓了一把番薯丝，挑了两根在嘴里细细嚼着，探着成色，突然有人一把掀了她的笠帽："原来是你！"

司琴定睛一看，竟是陈府管家。管家双手紧紧揪着司琴的衣领，仿佛他是蹲候竟夜的穿山狗逮住了一只山兔，兴奋的血液把鼻子冲成了艳红的桃花色，他嘶哑着嗓子大喊大叫："上回我就瞄定了你！"陈府的管家，现在已经是保安三团聘的管账，他整天带着人在村里村外兜圈，查着可疑的人，榨点钱款。上回在行日的时候，他就瞥见过化了装的司琴，但想不起是谁。正当他准备要探个究竟时，司琴已消失在人群中，拐了一个街角不见了。

跟在他后边的保安三团的两个士兵立即上来，帮着管家扭住了司琴。分散在周围的陈双田等人围了过来。陈双田从怀里掏出短枪，顶住两个士兵的脑壳就是两枪。管家吓得撒了手一头扎进了货铺架下。

整个集市乱作一团。陈双田不紧不慢地摘了两具士兵尸体上的枪弹，司琴和其他几个人向惊吓得早已呆若木鸡的摊贩扔了几块光洋，扛起十几袋番薯丝，迅速地穿过横街小路撤向后山。

四个时辰后，麻天道就带着大队人马赶到了余村。

听了死里逃生的陈府管家说了事情经过，他判定这是红军游击队所为。上次管家就已经从行日的粮食买卖公会那里知道了番薯丝交易量，突然比平时多出了近一倍。消息传来，他就感到了蹊跷，隐隐有了一丝不祥的感觉。从两次买粮食间隔的时间看，这样的粮食消耗可以推断出人数在三十到四十人之间。

在分析了情况以后，麻天道决定这次的“匪情”不上报。他考虑，如果如实上报这次的“匪情”，那说明之前两个多月的“剿匪”完全是无功而返，他是要被问责的。其次，这次新发现“匪情”以后，搞不好又会惹来中央军的督剿。这才是真正让他头大的事。每次中央军的督剿都会让他大放血，不但要管吃管住管玩，最后还被他们弄走一大批的钱款。最要命的是，搞不好要把他的保安三团调防，让他把苦心孤诣经营了十几年的地盘一夜之间拱手交出，这等于要了他的老命，是万万使不得的。所以他决定这次必须捂了，万一有人往上捅，就推到朱大龙的绿林武装身上。

但是，“匪患”毕竟是根本的心腹大患，必须认真对待。他决定立即行动。他断定这批应是漏网之鱼，战斗力不会很强，要不他们老早就饿虎下山了。所以他决定采取困的办法，耗死他们。首先，抓住现在初冬到来草木焦黄之际，开始全面炼山，凡是可疑的山垄都要过火，其次是全面封死进出山里的通道。这样困一个冬季，他不信灭不了他们。当然，在这个过程中，待这股游击队战斗力折损得差不多的时候，还是要结合进山搜剿。

麻天道想到做到，当天夜里，就全面布置炼山和封山。

一时间，余村的周围漫山遍野燃起了山火，进出山里的通路，条条都被掐死。

麻天道的这次炼山，让大家都吸了一大口凉气。他们庆幸及早地转移到了老虎洞，因为之前栖身的那个山坳，被炼山的火烧得原形毕露。老虎洞区域因为在地势较高之处，又有几条山坑溪流过，山火烧不上去。大家不禁开始对司琴及时转移到老虎洞的决定刮目相看。福建佬看司琴的眼光，自是多了一分佩服。他偷偷地对细田仔说："这个囡儿是懂戏文里的那些道道的，所以还是有点厉害的。"

炼山把一个大山区烧成了惨不忍睹的瘌痢头。山火对山族们来说，是最致命的危险。老虎洞成了许多山族的亡命之所。洞口日夜聚起了大堆的动物。有云豹、山猪、山魈、跳麂、岩羊、石兔等，山老鼠更是不计其数。夜晚，大家甚至还能听到虎啸声。

大家在洞口燃起了木炭，这些山族不敢越雷池一步。大家有的削了竹剑，绑了竹弓，有的干脆举了木棒，捧了石块，痛痛快快地猎了大堆的野货。连着好几天，大家煺毛剥皮，积炭生火，顿顿烤肉，狠狠地过了一段油荤日子。随着气候渐冷和动物蛋白大量的补充，伤员的伤势竟然好得非常快，是撤到山里这段时间疗伤的黄金时期。除了一两个还需要吃药外，大部分伤员恢复了元气。其中十多个四肢健全的都能够活动得和平常人无异了。这支伤兵队伍开始有生气和力量。

但是好景不长，恢复了伤情和体力的队员们，吃口也旺盛了起来。几天下来，不用说番薯丝，就是葛根和那些野果也吃没了。原来那些丢掉的兽骨，又被捡起来煮了几遍喝汤。洞四周的葛根也挖得差不多了。十几个人挖葛根的量还不够自己填个半饱。洞里虽然比较温暖，但大家的冬衣都还没有，多数人还穿着夏秋装。人就是不能受冻挨饿，否则，就会把肚里憋着的气都要朝外喷成怨气、怒气。

细田仔的风凉话最多："山货吃多了，我们也成了山货，整天躲洞里连个日头也不敢见。还红军呢，都成黑军了！"

这些怨气怒气掺和着山货皮骨的腥臊气，把山洞熏了个七荤八素，司琴感到脾胃在往外倒，脑壳在爆裂。她钻出洞外，倚靠在一棵红枫上，任冰冷的过山风直穿过单薄的秋衣与头发。她现在什么都不想，只希望把自己和天地冻在一起，脱离凡间的一切温燥，就像戏文里唱的那样，去到没有一切欲望、烦恼的"清凉清凉的天世界"。

不知过了多久，她突然感到有人在她身上披了一件东西。她扭头一看，是福建佬拄着拐杖，把一块才刚烘干血水、粗鞣过的跳麂皮披在了她的身上，她顿时感到冰凉的身子在还阳。

福建佬苦笑着问："囡儿，你想把自己冻死，来个省事？"

司琴鼻子一酸，两颗滚烫的泪珠涌上眼眶，她用力含着，不让它滚落下来。她不作声，抬眼望着空无一物的天空，掩饰着内心的活动。

福建佬也倚靠在红枫树干上，拿火镰半天才把干桑叶卷的旱烟打着。他狠狠地抽了一口，稳下口气说："司同志，不，我还是叫你囡儿吧。我知道，你现在心里苦啊！我这条命是你给的，我跟你说最掏心掏肺的话吧，我那时候想死，那是求天跪地地想死，死了多好啊，一了百了啊！可你把我绑了救我，我可恨死你了。但是没想到，你一个囡儿人家，用那样死都不如的法子救了我。我就想，这辈子有人为了别人不死，可以做比死还不容易的事。从那时起，我吴某人就发了毒誓，接下去，我要为别人活着。这么一想，就什么都不怕了。"

"为别人活着，就什么都不怕了？"司琴若有所思。

"其实，共产党讲的就是这个理。过去，他们老说我觉悟不高，我承认，以前我其实就是不明白这个道理。你看，洪政委、独眼老四、刘根才他们就是这样的人，为别人活着，不为自己。"

司琴猛地擦了泪水，掀了跳麂皮，回了山洞。

第四章

1

司琴决定冒险下山去筹粮食和冬衣。

初冬的凌晨，寒气逼人。司琴和陈双田、细田仔悄悄下了山。到了山边，太阳已经跳出来了。远处，陷在山谷里的余村，浮在冬天的雾气里，开始露出了淡淡的轮廓。余村周边的一些小村，也升起了袅袅的炊烟。

司琴看清了眼前的这个小村庄，以前演戏路过曾歇过脚。村里有她认识的一个戏迷阿珍。她决定先到阿珍家里探个虚实。

三人转过村口的风水树。树下忽然转出几个人来，他们手里或拿着红缨枪，或持着冲担，逼了过来。为首的一位喝问："你们是什么人?"

陈双田和细田仔没有说话，这是司琴和他俩约定的，因为他俩不是本地人，一张嘴就会露馅儿。

司琴接过话头："我们是山客，想到余村买点荤腥过冬。"

"山客怎么穿这么薄的衣服？把东西放下。跟我们到村公所去!"说着他们就围了过来。

司琴赶紧说："你们干吗这么凶？算了，我们回去了。"说完，司琴三人立即抽身往回走。那几个人一起喝令他们停住，同时，其中一个人用力敲起了铜锣。因为是清晨，铜锣的响声特别大。不一会儿，四周不远处都响起了锣声。

三人什么也不顾，往山上一口气跑了有二里地，扎进一个灌木丛里停下了。

陈双田说：“看来他们到处有防备。”

司琴不甘心：“总不能就这么算了。”

细田仔说：“当然不能就这么算了，要不，山上的人都得喝西北风。”

司琴说：“他们总不能把整个山边都打上篱笆吧？我们不要走路。小时候我在这边摸过山坑鱼，几条山坑溪我都知道，我们可以顺山坑溪下去。”

果然，几条山坑溪都没有人把守。他们借着溪边茅草和丛生的芦苇掩护，偷偷地顺溪而下。

阿珍家在山边山坑溪出口处。山坑溪边引出一条小流，建有一个水碓房，这就是阿珍夫妻的水碓草纸坊。利用山溪水做动力，用水碓舂出纸浆造草纸，之前是余村山区许多村民赖以谋生的一项主业。他们往往在春天的时候采来相对嫩的竹子，杂以一些山茅和杂树皮放进旁边的池子里用生石灰沤腌透了，捞出放在水碓臼里，利用水力冲砸成浆，然后把纤维浆倒入捞池沉淀，以竹制的捞板，捞出絮状悬浮纤维沥水摊成湿纸堆，干后即成草纸。如专用树皮和废棉麻作纸浆，可制成非常细柔的纸，那是很好的书写纸。但是这两年世道乱，山边的纸坊都纷纷歇业，阿珍夫妻俩也处于断了生计的状态，只能在山边种些粗粮、采撷山菇和养猪谋生，日子过得自然十分艰难。

但阿珍却是个超级戏迷。每到司家戏班来唱戏，她总要暂时丢了纸坊的营生，从早到晚跟着学唱，一直到他们离开。司家戏班的所有戏本她都唱了个滚瓜烂熟。这也算是穷人家苦中寻乐的方式。

趁着路上没人影的工夫，三人迅速闪进了阿珍家。

正在熬着猪食的阿珍一见他们三人，马上就明白是怎么回事。她震惊得魂差点飞了。

阿珍和她男人哀求他们早点离去。他们说为了接待山里的亲戚，被保安三团和民团抓去砍脑壳的村民，已经有十多个人了。

无奈，他们三人又摸回了山里。

从阿珍夫妻断断续续介绍的情况看，他们感到了情况的严峻。这次保安三团和各个村的民团搞起了联保。规定在整个冬季，村里面的成年男人都要参加联保封锁山区。

三人空手回到了老虎洞。

接着的七八天，他们依然靠野果和葛根过日子。周边的葛根给他们翻了个遍，再也翻不出什么了。

大家瘪着肚子七嘴八舌有气无力地讨论着。

胡二桃："我们现在没有一分钱了。就是有钱，山下敌人箍得铁桶似的，根本就进不了村买东西。"

细田仔："打死比饿死强。我们现在有五条枪，可以下山去打。"

福建佬："打仗是我最喜欢的事。可现在却不能打。反动派民团现在搞的是联防，你一打，他们四面八方都围了上来，我们是走不脱的，只能白白送死。"

潘国昌："反动派就巴不得我们这样搞。如果我们有内线，倒是可以偷偷搞他一下。"

细田仔："那我们这样下去总不是办法。"

最后，办法没有讨论出一个，但结论讨论出来了，那就是：这样熬下去，再过两天就要出人命了。

司琴总结："大家今晚先睡觉，留点力气，明天再想办法。"

细田仔："怕是活不到明天了。"

司琴生气了："你是革命同志，怎么能说这样的泄气话?!"

第二天早上起来，大家惊异地发现，细田仔不见了，还少了一支短枪。

细田仔拖枪跑了？

福建佬一口咬定："哪怕其他人叛变了，他也不会叛变。我和他一起革命七八年了，我知道他。"

陈双田说："那也难说，有的人枪炮不怕，但就是怕饿肚子。不怕打死，怕饿死。"

到了中午，大家还在对细田仔议论纷纷的时候，细田仔突然扛着一个麻袋，还拎着一小袋东西出现在洞口。他嘴里还在嚼着什么，望着大家，脸上绽放着灿烂的笑容。

钻进洞里，细田仔把大小两个麻袋往地上一扔，发出柔软而沉重的闷响。他把两个麻袋解开，满满的两袋番薯丝！大家哄的一声炸开了，这是救命粮！

司琴的眼里也放出光来。她仿佛看到了两袋闪闪发亮的金子。大家用渴望的眼神看着司琴，就等她一声令下。

司琴兴奋地把手一挥，陈双田突然大叫一声："同志们使不得！"大家一下子愣了，望着陈双田。

司琴疑惑地望着陈双田，陈双田则两眼直勾勾地盯着细田仔。细田仔浑身不自在："你这是干吗子事？"

陈双田问："这些物事是怎么来的？"

细田仔避而不答。

陈双田皱着眉头对司琴说："司同志，我要求马上开党员会，了解和讨论这个问题。"

原来，昨晚半夜细田仔在饿得眼冒金星的时候，突然灵光一闪，提了一把枪就潜下了山。凌晨时分顺山坑溪摸到了阿珍的家里，向阿珍夫妻"借"粮。这可是要被敲脑壳的事！阿珍夫妻不敢"借"。细田仔就拿枪逼着他们交出了一大一小两袋番薯丝。在吃了一顿饱饭后，他押着阿珍的丈夫牛胖，背着两袋番薯丝，顺着山坑溪又悄悄地潜回山里。到了离山洞大约五里的地方，他把牛胖放了回去，自己背着番薯丝回到了山洞。

大家知道这个情况后，一下子都哑了。

细田仔辩解："我也是为了大家。要再没粮食吃，大家都要困死在这里。"

"你还这么说！看看你都干了什么事情，以前队伍里为这种事被砍脑壳的人还少吗？"陈双田严厉地说。

司琴有点发愣，因为这种事情要被砍脑壳？

胡二桃：“当然了，像这种欺压群众、抢劫群众的事情，在我们红军里是要被砍脑壳的。”

细田仔火了：“因为这件事情砍我脑壳，我坚决不服！这都什么时候了，我们命都饿没了，还革什么命？”

潘国昌气愤地说：“你说这话是不对的。我们革命就是为了老百姓不被人欺负，不被别人抢劫。你这种欺负、抢劫老百姓的行为，就是反革命嘛。”

细田仔一时语塞，过了一会儿，无奈地说：“我这么做，本来是为了更好地革命。大家要是觉得不对，我还回去就是了。”

陈双田平静地说：“你已经犯下错误，造成影响了，你必须负责任。”

司琴想了一下说：“我们党员先表决吧，要细田仔负责任的举手。”

除细田仔外，几乎全体人都举起了手。细田仔犹豫了一下，举了一下手，又放下了。

司琴：“接下来怎么办？”

胡二桃：“先把他捆起来。”

“对，现在就捆起来。”大家都同意。

几个人七手八脚地把细田仔捆了起来。

陈双田提议由临时支部开会研究如何处置细田仔。党支部原来由洪仙姑、陈双田、刘根才三人组成。洪仙姑和刘根才死后，党员们重新选举，司琴、陈双田、胡二桃、潘国昌组成了临时支部。

临时支部的四个人聚在山洞深处。

司琴用探询的眼睛看着大家："真要砍他的脑壳？这可是不得了的事情。"

"在根据地的时候，这种情况是肯定要枪毙的。这次离开根据地的时候，洪政委对我们的纪律要求，其实就有'十杀令'，里面的一条就是不准抢劫群众的东西。"陈双田说。

司琴惊出了一身冷汗："这条是有的，我抄过的。"

胡二桃叹了一口气："我们现在被反动派困在这里，最需要老百姓的支持。他干出这样的事，老百姓就不会支持我们了。而且，反动派还会利用这件事，说红军共产党的坏话。"

潘国昌："对的。我们一定要让老百姓知道，我们红军就是饿死，也不会拿他们一根番薯丝的。"

众人把眼光移向福建佬。福建佬和细田仔是最要好的。

"吴同志，你看这事要怎么处理？"

福建佬的眼睛早就湿了："'十杀令'是有的，这是红军和共产党的规矩，破不了的。"

司琴一下子站了起来，冲出了山洞。她万万没想到，为了这事就要杀细田仔。她知道自己现在有了杀人的权力，而且杀的是自己的人。她全身颤抖起来，感到莫大的恐惧。她喃喃地说："做不到的，我做不到。"

陈双田、胡二桃跟了出来。

司琴："我们的心不能这么狠，你们不能逼我。"

陈双田严肃地对司琴说："司同志，红军的纪律就是这样的。否则，我们就得不到群众的支持，会死得更快。你是我们的头。你要带头执行红军的纪律，否则你也是破坏红军纪律的罪人。"

司琴："随你们怎么说，我就是下不了手。"

胡二桃说："你也只能有一票的权利，让大家表决决定吧。"

陈双田说："你是刚入党不久的同志，但是，你身上的责任比我们重，这也是对你党性的考验。"

司琴已经泪流满面。

陈双田最后提醒她："司同志，如果洪政委在，不管是谁违反了纪律，她一定会毫不留情地执行纪律的。"

听了陈双田这句话，司琴的眼前蓦地闪现洪仙姑拔枪顶着不肯跟随红军主力的金虎脑壳的那一幕，她真切地看见了洪仙姑的手指即将扣动扳机时的无情和决绝。

司琴闭上了双眼，咬紧了牙关，咬破了嘴唇，血顺着下巴往下流。

细田仔听了司琴对他的宣判，低下头，半天没有说话。山洞里死静死静的。司琴问他："你不服吗？"

细田仔仰起头，说："我不服。"

"不服什么？"

"我不服说我是革命叛徒。"

这个判决是党员大会大家七嘴八舌凑的，司琴负责记录后起草的。司琴当时觉得这话不妥，但有两人坚持说违反群众纪律，严重损害红军形象与叛徒无异，一定要这么写。司琴听了细田仔的话，就说："那好，这话收回。你不是革命叛徒。"

"这个不行。"有人高声说。

司琴严厉地说："我是负责人，我说了算！"

细田仔流泪了："这下我服了，刚开始我整个都不服。后来大家都说我该杀，我服了。我是饿昏了头，才犯了欺压、抢劫老百姓的罪。这是该杀的。我细田仔一个要饭的孤儿，是红军救了我的命，让我成了一个不受人欺负的人，红军就是我的再生父母。今天，红军需要把我的命拿回去，杀了向老百姓谢罪，这是很值当的事，也算我为革命做的最后一件事情。"

大家的决定是到山下执行处决。细田仔说，执行时节约子弹，不要开枪，用锄头敲就行。

"阿哥，我送你上路。"司琴带着五六个人，背着两袋番薯丝，悄悄地押着细田仔，来到临山脚下的一棵大枫树下。

司琴突然紧紧抱住细田仔，亲了亲他。细田仔长叹一声，他对司琴说："我都没闻到过婆娘的味道。谢谢你。"

司琴轻轻对他说："你自己了结吧。"

司琴命令解开细田仔的绑绳，胡二桃有点犹豫。

司琴火了："这是命令！"

细田仔把绑绳打了个扣套在脖子上，然后熟练地爬上了枫树，把绳子的另一头系紧在大树丫上。最后大喊了一声："二十年后，老子还要当红军！"随后就从树上跳了下来。

司琴默然地从胡二桃手里接过一块小镬盖大小的木板，上面是司琴用木炭写的布告内容：查我队一员李金万，违反革命纪律，抢劫百姓粮食、欺压百姓。特依我革命纪律，处以死刑，以儆效尤。此布，红军游击队宣。

两袋番薯丝就放在细田仔悬挂着的尸体脚下。

司琴一干人转身消失在大山里。

2

山洞里的人们几乎都不吃不喝，沉默了一整天。大家是为了细田仔的死。

最后还是陈双田站了起来。陈双田说："大家这是怎么了？都不说话，都躺着不起来，难道要等着在这里饿死？等着让敌人找到，把我们捉了去？"

大家把目光射向了司琴。

司琴从恍惚中回过神来。她有点不知所措，不知道接下去要怎么办。

陈双田看出了她的窘境。

陈双田就说："司琴同志，你赶紧开个会吧。"

司琴如梦初醒："对，要开会。这事要大家商量怎么办。"

司琴把临时支部的几个人召过来。大家七嘴八舌地讨论，最后形成了统一的意见。

陈双田又说："司琴同志，支部的意见统一了。你去跟大伙说怎么办吧。"

司琴按照临时支部的意见，告诉大伙不能在这里等着饿死。

司琴把能动的人和刚恢复体力的伤员分成五个组，每组三到五个人，一条枪，以老虎洞为圆心，外出找一些野果和挖些葛根回来，先渡过这两天的难关再说。福建佬则坐镇山洞指挥。他在山洞里垒起了滚石阵，真要有人上来，滚木礌石一下，比什么武器都厉害。

到了晚上，各组陆陆续续回来了。四个组先回来，带回了一些葛根和野果。胡二桃还拎了一只冻饿死的小跳麂回来。

最后回来的陈双田，竟然拎回来一大一小两麻袋的番薯丝。有人惊呼，这不是细田仔拿回来的粮食吗？

陈双田说了事情的经过：下午，他们这组意外地在一棵皂角树底下发现了一大一小的麻袋，边上还象征性地垒了一小土包，插着一个小木牌，这是一个模拟的坟墓。大家都明白了，这事肯定是阿珍夫妻做的。这是在告诉游击队，他们这算是给细田仔上供。这救命的两袋番薯丝，归根到底还是细田仔拿命换的。

司琴沉默不语地按人头把两袋番薯丝分了。她一口也没有吃。

过了两天，粮食将尽，大家分头以同样的方式出去找粮食。陈双田又从原来的地点扛回了两袋番薯丝。其他两个组，也在路边发现了敞开着的番薯洞。这种番薯洞是老百姓专门用来堆放番薯种的。两孔番薯洞里堆放的番薯露在路人的面前。很明显，这是主人故意暴露出来的。

在第三次寻粮行动完成回来的时候，陈双田意外地领回了阿珍的男人。他叫牛胖。

牛胖一副失魂落魄的样子，全身颤抖着一句话也说不出来。

原来，陈双田这个组又到了那棵放番薯丝的皂角树下。这次空无一物。正当他们准备离开的时候，牛胖突然从荆棘丛里冲了出来，抱着陈双田的腿放声大哭。

牛胖哭诉了事情的经过：第一次司琴和陈双田、细田仔到阿珍家探问走了以后，夫妇俩经不住隐瞒不报要受严处的恐惧，向民团报告了实情。麻天道和陈府管家立即赶到村里来，召集村民开会讲了话，认为他们有“匪情”就报，是模范的良民，奖励了他们夫妇五块光洋和五百斤番薯丝。但是，他们夫妇心里却感到很不安，担心这事闹得沸沸扬扬，满世界知晓了要惹出祸来。细田仔那天凌晨摸到他们家，强行“借”走了他们家的番薯丝，他们更感到了事情的可怕，也就没有报官。但是令他们万万没想到的是，细田仔因为这件事被红军游击队处决了。他们夫妇及其他村民都被震撼了。他们从来没有见过世上还有这样的队伍。本来洪仙姑游击队在余村地区活动，他们开仓散粮、公平交易、扶弱惩强、不欺男霸女，给许多老百姓留下了仁义之师的深刻印象。这件事情更让他们感到红军游击队是天降神兵，得罪不得。阿珍夫妇经过内心的反复煎熬，先后两次给游击队偷偷投放了粮食。但还没等到有第三次，陈府管家就知道了这事，立即带人来捉阿珍夫妇。牛胖手脚快，翻墙逃到屋外躲了起来，而阿珍被抓走，当天晚上就在村口被吊死了。他们的两个儿子也被民团卖到了外地。牛胖一天之中家破人亡，走投无路，他决定投奔天降神兵。

听着牛胖的话，福建佬感到这是一个很好的机会，他向司琴耳语了一番，司琴心领神会。

司琴问牛胖：“你真的想报仇？”

牛胖：“只要能让我报仇，什么事我都愿意干。”

这两天的事情，让司琴觉得陈双田是个有办法的人。她就问陈双田，接下去应该怎么办？

陈双田笑了：“接下去，还是要听大家的意见。大事情要大家商量着办嘛。我估摸，光这样待着不行，要打一仗了。打仗这方面，吴富满同志比我行。听听他怎么说。”

吴富满就是福建佬。支部会让福建佬来说，司琴心里万分不愿意，她一直认为福建佬是个粗人。

陈双田看出了她的心思：“打仗是要命的事，这方面一定要听行家的想法。”

司琴让陈双田去把福建佬请来，让他敞开说。

一说起打仗的事儿，福建佬一段时间来憋在肚子里说不清楚哪来的气，就像是端午水遇到了泥坝头——淤积到了极点，轰地崩塌了，一泻千里。

两三个时辰下来，福建佬滔滔不绝，他把敌情我情、任务目的等等“五行”说了个一清二楚。他说：“五行不定，输个干干净净。”

司琴没想到福建佬对打仗这么在行，说得这么细致顺畅，这么在理。大家一个个把头点得如鸡啄米。

都说福建佬说得有道理，大家又七嘴八舌地进行了补充。

最后，得意洋洋的福建佬在大家的基础上进行了归纳，拿出具体的主意。

福建佬出的主意是，身体已经康复的老兵，加上原来负责照顾伤员的老队员，可以组织起一支十五六人的小分队，有五杆枪和十几颗手榴弹的加持，由牛胖做内应，可以在余村搞一次中心开花式的偷袭，杀杀敌人的气焰，同时伺机筹集一些经费和给养。

主意既定，司琴按照大家商量的计划，让陈双田和牛胖连夜潜回余村。他们两个躲在牛胖的表弟家里，把余村的民团和保安三团的部署情况，尤其是陈府管家的活动规律，摸了个清清楚楚。

陈府管家这两天心情非常好，首先，因为吊死了“通匪”“济匪”的阿珍，彻底镇住了任何妄想和游击队联系的山民，在保安三团那里也算是立了一功；其次，卖了阿珍夫妇的两个儿子，他也得了二十块光洋，算是发了一笔不大不小的财。接下去，因为牛胖犯的是死罪而逃跑，这辈子休想再回来，所以他家的房子和水碓纸坊自然也就充了公，眼下已经有人想要接手，到时又可以赚上五六十块光洋，这外快自然会落到他的包里。他越想越高兴，走起来一路带颠。他从陈府厨房要了一块巴掌大的老腊肉，拎到村里的豆腐店。豆腐店主豆腐西施，早年间就是陈府管家的相好。当年和管家好上后，她的男人豆腐大郎不明不白地就从这世上消失了。据豆腐西施说，豆腐大郎是去外乡买大豆时，被人谋财害了命。但是，婆家人去外地追了几年的凶也没找到个屁影，告官也没人搭理。人们倒是看到豆腐西施每天脸上笑容绽放，而陈府管家来得比往日更勤了。

今天晚上，管家邀上保安三团驻余村的两个排长和村里的几个好友，在豆腐店里吃上一桌豆腐宴，在这兵荒马乱的年节，小饭桌上能摆上一盆蒸腊肉、油渣炒豆腐渣、紫苏拌青豆腐、青葱豆腐酿、油豆腐泡、油菜炒豆腐皮、豆皮包韭菜外加一碗炒黄豆，真就是一桌大席了。管家和几个人喝着卵丝酒，兴奋地说着世间俗事。他手里摇着两张报纸，以证明他所言不虚。他说邻省“匪区”的主力，早就被打得落花流水，不知去向了。前些时日曾经一度逼进邻乡的粟裕、刘英挺进师“匪帮”，是在怀玉山几乎全军覆没后漏网的几条小泥鳅，在这闽浙赣皖边上，就是泥鳅吐点小气泡，根本成不了气候。这余村大山里的几个毛匪，更不可能挨得过这个冬天的。一桌人喝着滚烫的卵丝酒，听书似的听着管家的唾沫飞溅，只觉得到了春天，他们身上的担子就要彻底地卸下来了。他们喝光了豆腐西施店里半缸的米酒。豆腐西施直朝着管家使眼色，管家从怀里掏出几块光洋扔予她，叫她去隔壁酒坊里再沽两壶番薯烧来。

半夜时分，陈双田在牛胖引领下，偷偷潜到了山边的一个哨卡，把一个民团团丁和两个联保队员拿枪逼住后，绑了起来。然后点起松明火把，向山上发了信号。司琴和胡二桃带着七八个游击队员，大摇大摆地通过山边的哨卡，潜入了余村。

豆腐宴已散了，陈府管家就在豆腐店里过夜。牛胖很有经验地用薄薄的竹篾片插进门缝里，把豆腐西施的门闩轻轻地挑起来，悄悄开了门，带着司琴他们直扑向卧房，把陈府管家精赤条条地从被窝里拎了出来。

陈府管家做梦也没想到游击队会来“猛虎掏心”这一招儿。他知道这回无论如何也是个死，于是怎么都不配合游击队的行动，不带游击队到陈府去诈开门，把里面的光洋和一些药品给取出来。

审到天色将明，没有任何结果，司琴只好作罢。

牛胖拿豆腐滤布堵了陈府管家的嘴，把他拖出豆腐店门口，吊死在豆腐店门梁上。

游击队在临走时，把豆腐西施的嘴巴也堵上了，整个人绑在床上，然后，把她店里五六百斤干豆和三百多斤豆腐泡，还有一麻袋的盐拿冲担挑上。一行十六七个人，趁着夜色微明，通过山边的哨卡，悄悄上了山。

整一天的山洞里，这群人间最饥饿的男女只有一个主题，那就是怎么吃黄豆和豆腐泡。煮黄豆自是最迫切和最便捷的，它可以在最短的时间里解决饥饿问题，接下来，拿豆子放碗里炒熟和直接扔炭堆里爆成豆花，那就是一场趣味横生的游戏和让味蕾充分跳跃起来的精神享受了，而煮豆腐泡汤大碗喝，则是大伙以汤代酒的狂欢。因为这些粮食是队员们通过战斗得来的，和之前天天吃的憋气番薯丝饭野菜饭全然不一样。这一天的黄豆饭直把队员们吃得嗷嗷叫。这是上山以来洪仙姑政委牺牲后，队员们吃得最开心最提气的一天。

福建佬一直摩挲着司琴给他的一支二十响的驳壳枪，几乎都忘了吃，他太陶醉了。这把驳壳枪是从陈府管家身上缴来的。福建佬细嗅着它的每一处，仿佛闻到了久违的枪林弹雨的硝烟味儿，对他来说，这世上没有什么味道比这更沁人心脾的了。

这一群人里只有司琴缩在角落里，认真地看着从豆腐西施店里缴获的陈府管家带的两张报纸。尽管她认不出报纸上全部的字，但是大多数的意思她却能看懂。她知道了让她心里喜忧参半的两个信息，忧的是邻省红军主力已经不知去向了，金虎自然安危不明；喜的是粟裕、刘英的挺进师曾经接近过这里，说明红军没有完全失败。陈双田注意到了司琴的神态，过来问她报纸上说了什么，司琴急忙说，没说什么，都是一些收山货的广告和民间礼数的事情。司琴决定，暂时对大家保密，以免扰乱军心。

潘国昌打着饱嗝放着响屁，在大家的笑声中提议，再打两个碉楼院子，弄批粮食，顺便把冬衣的问题也解决掉。

队员嗷嗷叫着举起了双手。

胡二桃给大家泼了冷水，他提醒大家不要忘了根本的任务。洪政委在的时候就说得很清楚了，除非万不得已，不要轻易暴露，不要跟敌人接火。因为根本的任务是照顾好伤员，坚持到主力部队回来。

胡二桃这么一说，有几个人放下了手，他们认为胡二桃说得对，现在就凭这几条枪去和别人打仗，是拿鸡蛋碰石头。

福建佬挥了挥擦得锃亮的驳壳枪说：“洪政委说的话是没

错，但是她当时是在主力部队两三个月就回来的情况下说的。现在，主力部队没回来，我们难道就要像老鼠一样躲到猴年马月？现在伤员们大部分都好了，有了人，我们开始像一支像样的队伍了。手里没枪怕什么？红军刚开始的时候也没什么枪，后来都是从敌人手里夺的。”

福建佬的话得到了几位伤员老兵的呼应。

老兵唐石头点头：“对的。江山是打出来的，不是这么躲出来的。只要我们敢打，总是可以打得赢的。”

胡二桃说：“我还是不赞成打的。这次偷袭余村肯定会引起敌人的注意。接下来我们的任务仍然是要保存实力，这是第一位的。”

争论了半天，打与不打，几乎各占一半。

打与不打，听起来都非常有道理。司琴的脑瓜里就像煮了一锅粥，到处都在冒泡，便不知道谁说得更对了。

她想到了足智多谋的陈双田，求援的眼神一下子被陈双田抓到了。

陈双田咧嘴笑了，他伸开巴掌，又握起了拳头。

司琴瞬间明白了陈双田的意思。她清了清嗓子说：“大家的意见都已经说了，我们现在要开支部会来研究一下大家的意见。”

支部会又吵成了一锅粥。

在大家激烈的争论中，司琴捕捉到了福建佬的意见。她感到他是对的。

于是，司琴出人意料地支持了福建佬的意见。她说：“我说不出大道理，但像这样一直躲猫猫似的偷偷筹粮食，解决不了吃饭的问题，更解决不了冬衣的问题。必须通过打仗从敌人那里夺，像洪仙姑政委在的时候那样，打了陈府和几个碉楼院子，不是什么东西都有了吗？现在，十几位伤员基本上都已经恢复健康，我们有了人，就有了打仗的本钱。最后，我们这次在余村杀了陈府管家，敌人肯定不会放过我们。那不如破罐子摔烂再踩几脚，反正赤脚的不怕穿鞋的，一不做二不休再打上两仗。”

胡二桃惊讶地发现，司琴的思路非常清晰，说得很有道理。他说：“司同志，你说得对，我收回我的话。我们杀了陈府管家，敌人肯定要报复的。趁敌人还没有反应过来的时候，干脆再捞上一把。”

司琴说：“对呀。我们小时候偷人家的桃子，被人发现了，赶紧再抓两个揣在怀里就跑，要抓不住，就多赚了。”

大家哄笑起来。福建佬嘴巴干咧着，心里却非常震惊，他觉得这囡儿识戏文，脑壳灵，本事长得很快。洪仙姑毕竟是读过省城大学堂的人，有见识，看人是准的。

司琴的想法其实很简单，她想通过弄出一些动静，引起红军挺进师的注意，这样他们就会派人来找她。

会后，陈双田感叹地说：“司琴同志，有事大家商量着办是对的。但有时候大家意见不统一的时候，你就要根据自己的判断来定。你是负责人，要有决断力。否则大家讨论来讨论去，也讨论不出结果，是要耽误事的。”

司琴非常感慨：“双田同志，你怎么懂这么多？”

陈双田：“这些都是我们红军的做法。洪政委要是在，也会这么办的。你只要按照红军的做法去做就成。多听大家意见，然后在关键时候敢负责任，敢做决定，就没有解决不了的困难。”

福建佬坚决要求参加行动，他的理由是没有任何一个人能熟练使用这支驳壳枪。而这支驳壳枪可是这支队伍里唯一的重要武器。司琴同意了。牛胖砍了几根野枣树干，用藤条扎了一副担架，和几个人轮流抬着福建佬下了山。

司琴带着二十多个队员、五支枪和十多根木棒，猛虎般地扑下了山。

第一站选择打郭村的杜财主家。杜财主家的碉楼院子是余村周围最小的一个，只有七个家丁把守着。司琴让牛胖骗开杜家碉楼院子的大门，牛胖先前在杜家打过长工，和其中的一个长工是拜把子兄弟。牛胖对门楼上的家丁说要找他的兄弟，但家丁警惕性很高，死活不开门。司琴干脆让牛胖说明来意，是谋财不谋命。家丁吓得赶紧报告了杜财主。杜财主马上命令七个家丁全部上了碉楼院子的墙上，噼里啪啦地开起了枪。

福建佬立即用驳壳枪横扫了一梭子，打伤了两个家丁。

家丁们根本没有见过这么猛烈的火力，一下子就折了两人，以为是机枪，吓得全部跳下了土墙。任杜财主怎么跳脚怒骂驱赶，也不敢在土墙上露半个头。

司琴又让牛胖喊话说，如果再不开门的话，就机枪火炮一起打，到时候里面一个人都不要想活。与此同时，八个队员抬着一根大松树桩，齐齐地高喊着号子，开始撞击碉楼院子的大门。碉楼院子的大门快被撞开的时候，杜财主爬上围墙大叫：“你们不要再撞了，我开门，我开门！”

拿下了杜财主家，司琴又带着大家在天亮前拿下了五里外的王财主家。

十几头借来的驴子驮着大批的粮食和冬衣回到了老虎洞。卸了战利品后，司琴让牛胖把十几头驴子牵回山脚放了还人。

麻天道急急赶到余村后，窝坐在陈府客堂的樟木圈椅里，半天没出声。陈府管家的大弟是联城的盐业公会会长，他领着杜财主和王财主声泪俱下地控诉“共匪”的罪状，扬言要一起到三省绥靖公署去通报匪情。麻天道听后拍了桌子，他威胁三人绝对不得向上面去汇报这事。他告诫三人脑壳要拎得清，如果惹得中央军又像上次一样来督剿，那在座的各位都要再次大出血。他安慰道，这三起事件的发生，毫无疑问是游击队的残部所为，根本没什么大的势力。否则他们不会抓一把就走。之前是错在被动地封山，现在鉴于红军游击队残部随时反扑，他准备调集保安三团的全部力量和各村的民团及联保壮丁，凑齐两千人，即刻开始做准备，三天内上山剿匪。他就不信这次剿不了这二十几个残余。

看到麻天道这样大的决心，陈会长和二位财主暂时按下了气头，他们摩拳擦掌地表示，愿意支持麻天道上山剿匪。麻天道趁机向他们摊了三千块的剿匪军费。

3

下一步怎么办？支部会上大家一致认为，为了应对可能马上到来的麻天道的报复，必须做好随时转移的工作。司琴让牛胖带着潘国昌等人赶紧去找两个以上可以转移的地点，同时把缴获来的给养也散一部分出去。

把一切布置停当，司琴刚要歇一口气，哨兵突然带回了一个灰头土脸、破衣烂裳的乞丐。

这个乞丐说一定要见游击队的头。司琴说她就是头。乞丐说："你不是洪政委。我认识你，你是司姑娘。"司琴定睛一看，认出了这位乞丐。原来，司琴在跟着洪仙姑的时候，经过独眼老四的介绍，和当地中心县委书记见面联系的时候，这位乞丐就是中心县委书记身边的警卫员。

司琴惊喜："怎么会是你？"

乞丐说他是中心县委派来的联络员。当知道洪仙姑已经牺牲，司琴是临时负责人后，他从裤脚缝里拆出了一封信。原来，独眼老四是当地中心县委的联络员，他一被捕，中心县委就和洪仙姑的游击队失去了联系。但中心县委一直在寻找游击队，为此已经牺牲了两位联络员。这次派出的乞丐，已经是第三位了。在这位乞丐派出来之前，中心县委以为洪仙姑的游击队被打散去了邻省。但是这两天发生的三起袭击事件，说明游击队还在大山区里，这让中心县委兴奋不已，他们决定再次派出联络员来找红军游击队。司琴大喜过望，立即和中心县委建立起联系。乞丐告诉她，让红军游击队在三天后到北山乡的后山和中心县委书记一班人会合。

乞丐走后的第二天清晨，整个山区里四处就响起了枪声。麻天道组织的保安三团、民团和联保壮丁等两千多人，开始了大规模的搜山。经过上次保安三团和中央军联合搜剿时的炼山，许多杂草丛生的山体都已经被烧了出来，显得一目了然。但是还有大片树林的区域没有被烧。原因是一旦把山林烧光，那就意味着彻底断了山民的生路，也断了山林财主的财路。但是这些留存的山林，只能作为游击队战士暂时的栖身之所，而不能作为永久留守之地。因为山里人都知道，哪怕就在里边过一夜，也受不了林子里各种毒虫蚊子、山族袭扰以及野兽的威胁。所以，能留住人长期生活的只能是山洞和人们栖身过的菇棚炭窑野庙之类的地方，麻天道这次搜山的重点，主要针对的就是这些地方。

司琴也感到老虎洞不能作为久待之地。这点她和当时洪仙姑的想法不一样。她现在越来越觉得洪仙姑之死和她长久待在一个地方不动有一定的关系。作为在山区长大的人，自然知道狡兔三窟的好处。另外，老虎洞里囤积了物资，如果有人待在里面，总会有人气儿被外面的人发现。司琴觉得一定要动起来，在大山里和敌人兜圈子。

司琴的想法得到了大家的支持。在这之前，司琴已让牛胖带着人在不同的地点散放了一些粮食，以备和敌人周旋时的不时之需。大山里的每条路，司琴在戏班演戏的时候都走过，说不上驾轻就熟，也可以算很熟络。现在带着这三十多号人的队伍，就像带着戏班转山走演。有了这些准备，司琴自信可以在方圆百里的余村大山区里和麻天道玩一场大转圈的游戏。

刚开始两天，司琴让牛胖带着两位队员在山脊上转，负责观察。其他的人都走在山腰的路上。牛胖三人如听到远处有枪声，或看到有人出现，就会发出消息，让山腰的人避开走。

按照约定，司琴带着几个人在第三天的下半夜，悄悄地摸到了北山乡后山的一片坟地里，眼巴巴地注视着约定地点乞丐的出现。但一直等到中午，已经超出了约定的时间，未见任何人影，而负责在后边放哨的人悄悄发来有敌情的讯号。司琴只得悻悻地撤走了。

司琴他们刚转过两个山弯，突然有十几个人从路旁的茅草丛里跳将出来，截住了他们的前后。不待司琴反应过来，乞丐已出现在她面前。他笑眯眯地解释，为防止意外发生，这是最好的联系方式。

乞丐把司琴他们带到一片密林里。在一块小空地上，或躺或坐着几个明显受了伤的人。有三个人在照看着他们。看见乞丐带着司琴他们来，一个精瘦黝黑的中年人急忙迎了上来。乞丐说他就是中心县委书记。见司琴一脸的疑惑，乞丐连忙解释司琴原来认识的那位中心县委书记已经牺牲了。在这之后短短的不到半年时间，接班的两位县委书记又接连牺牲了。现在这位老秦同志已经是第四位书记了。

老秦给的会面时间只有一刻钟，但给出的信息量巨大。司琴获知，挺进师的二支队前段时间在这里活动过，但和敌人遭遇过程中有较大损失，留下的七名伤员已经由中心县委负责照料一个多月了。现在在整个闽浙赣皖边区，红军挺进师是敌军主力的重点围剿对象，他们的处境非常艰难，到处在转战。而各地的党组织中心任务就是支持挺进师坚持游击斗争。当前本地中心县委的任务是全力配合挺进师二支队对付敌人主力的围剿。考虑到敌人主力部队对余村地区没有特别关注，上级决定把二支队的七位伤员交给司琴的游击队来照料，这同时也因为这里有懂医务的人员和照料伤员的经验。临别前，按照中心县委的意思，要从司琴的游击队里挑选十位伤愈了的有战斗经验的队员，补充到二支队去。老秦特别叮嘱司琴，今后司琴他们的主要任务还是照料治疗伤员，非不得已不要做出大的动作引起敌人的注意，避免和敌人硬拼。老秦最后说了一句很像戏文里的话：在冬天里坚持咬紧牙关挨着，春天一定会到来，总有百花盛开的那一天。

老秦留下乞丐和七位伤员，带着十几位中心县委的警卫队的战士匆匆离开了。

乞丐跟着司琴来到了隐蔽的营地，挑选了十位伤愈后精干的战士，带上枪追寻老秦去了。

望着他们离去的背影，司琴发呆了半天。说实话，司琴是满怀着能够带领队员们归入大队伍的心情来见老秦的，没承想中心县委的决定和留下的七位新伤员一下子让她的心沉到了海底。

看着十位欢天喜地跟着乞丐走了的战友，福建佬等人也和司琴一样陷入了呆傻，整个营地一片沉寂。陈双田对司琴说：

“这样子不对呀，难不成我们是对上级有意见?”司琴听了心里一惊，她想了一下，背着新伤员，把老队员们召到一边，声音虽然低沉，但有点疾言厉色，她说：“上级的话就是命令，让我们怎么干我们就怎么干。从现在开始，从我开始，大家要笑起来！大家一定要明白，我们大多数的人当初是和这几位新的伤员一样来的。我们这么阴沉的脸色给他们看，就是对当初我们自己的叛变！”福建佬说：“司同志说得很对。我现在还是伤员，这样的脸色也就是给我看的。我要带头，我要带头笑起来!”

这七位伤员当中，有两位伤较重，仍然需要担架抬着上路。而其他五位，基本上都能在别人的扶持帮助下行动。有三位只是上肢断了，发炎很严重，而走山路是没问题的。

司琴的会议开完，把话说开了，大家也就把心都放开了。新老队员们很快融到了一起。从七位新伤员的嘴里，大家知道了红十军团失败后成立红军挺进师的整个过程。陈双田笑道：“我就说这革命就跟下棋一样，总是有输赢的。既然现在是输，输够了，那接下去就该是赢了。”他这逻辑怎么听都很别扭，但大家竟然都嗷嗷地认同起来：“对呀，输赢输赢，输了接下去不就是要赢了吗!”

司琴带头鼓起掌来，她明白，在大家情绪低落的时候，是需要精神胜利法的。

司琴按照老秦书记说的话，以静制动，带领队伍，像一条百年老团鱼，缩到山潭最深处的潭泥里，隐蔽不动。

麻天道搜剿了三天，也没见到游击队的影子。他想起了中央军参谋长用过的办法，就是把山区划成若干个象棋格，所有的山路三岔路口都派兵把守。这招两天内就把司琴他们围在了四五个象棋格内，司琴感到不妙。

福建佬坐在担架上笑嘻嘻地说："不用怕他这么干，他们以前的碉堡战术就是这么弄的，前提是他的兵力要多，而且要在平原。但在山区，他的人就稀了，每个哨卡也就是五六个人，我们这三十来个人，二十多条枪给他一个冲锋破开就是了。所以，他织的是一张大眼渔网，对我们这些泥鳅没屁用的。"

这招儿挺灵，司琴带着二十多人，果断地歼灭了几个卡点，又弄了几条枪和一些子弹来。

但是，过了几天后，这招开始不灵了，因为麻天道通过这一招，始终咬着游击队，然后力量逐渐从四周集中过来，像一条蛇，把司琴他们慢慢缠住，开始往象棋盘的一个角上挤压。司琴明显地感到了压力。好在前几天打卡点的时候，司琴他们发现，碰到黄衣服的人，要尽量绕开，因为他们都是保安三团的人，打的话会比较艰苦。而穿着各式各样服装的民团和联保壮丁则好对付。有些民团团丁和壮丁被抓住以后主动向游击队表示，他们都知道细田仔被杀的原因，都说红军游击队是天降神兵，是不能打的。但被麻天道逼着来了，没办法，碰到游击队就向天开枪。

麻天道预感到成功在握。红军游击队已被压缩到了方圆不到二十里的区域。这一块区域虽然都是树林，但主要是阔叶林，基本上只剩下光秃秃的枝丫和树干，藏不了什么人。他在可以通人的路口和坡地全部布置了人和枪。准备明天天一亮就从四周往里面放火，烧死游击队。

麻天道心情很好，在一块空地上燃起篝火。火堆的一旁搭着一个德国军用帐篷，他和几个手下在帐篷里喝起酒来。突然，他感到外面的篝火开始飘摇起来。外面的卫兵探头进来说下雪了。麻天道一听，心里就有点紧张。他怕就怕下雪下雨。因为这样一来，火攻的计划就要泡汤。于是他果断下令，立即连夜进行火攻。他刚下了命令，一场雨夹雪不期而至，浇灭了他的火攻计划。

到了半夜，雨夹雪变成了大雪。

天一微明，麻天道就命令四围人马冲进树林里，折腾了半天，也没见一个人。只见西北的一角雪地上有些被树枝拖扫的痕迹。有经验的军官马上看出里面的人是沿着这一痕迹悄然溜走了。原来红军游击队趁雪天找出了一个空当儿，跳出了包围圈。麻天道气得朝天打光了驳壳枪里的子弹。他命令大部队立即追击。但奈何这几天下来，参加搜剿的各路人马又累又冻又饿，老早就泄了气。尤其是参加搜剿的民团和联保队的壮丁，因为麻天道一直没有兑现参加搜剿的人三天一个光洋奖励的承诺，早就无心恋战了。他们极不情愿赶羊似的“追”了十几里山路，就七零八落地散在雪地里，任麻天道如何驱赶，再也没人往前拱了。

三十多人的队伍，悄无声息一口气走了五十多里的山路后，钻进了一片原始森林。他们确认麻天道的人马彻底被甩开，才放心地在这里歇脚。

连续三天的大雪，让整个天地都包裹在一片厚厚的白色里。

一个满身裹着冰雪的人被哨兵带了进来。哨兵兴奋地冲大家喊：“看谁来了！”

来人抖落了浑身的冰雪，也露出了一张清晰的脸。他一看见洞中深处走来的司琴就哭了。司琴简直不敢相信自己的眼睛：金虎！

4

大家都围着金虎听他述说着令人难以置信的故事：早在半年前，他参加主力部队不久，在向外线转移作战中，部队在一条大江边遭受了严重的挫败，金虎所在的部队建制被打散了，他死里逃生。因为过不了江，他就一路往回走，想回到家乡来。其间经历了九死一生。但他凭着一定要回来见到司琴的念想，硬是回到了余村。但是，他找不到司琴，于是就整天漫山地转。这期间，依旧是经历了搜剿、冻饿种种困苦和千难万险。哪里有枪声，他就往哪里钻。因为他知道有枪声的地方就有红军游击队，他就可能找到司琴。

令金虎非常惊讶的是，半年多没见，司琴竟然成了这支游击队的头儿。

晚上，在临时用树枝和树皮树叶搭起的窝棚内，两个人紧紧地抱在一起，依然冻得睡不着。

“你们天天都这样冻得睡不着，怎么得了？”

“白天晒了太阳，这窝棚就回暖了，可以补上觉。”

“困在山里这么久，吃什么？”

“大冬天的，一天就一顿呗。断粮了，就熬呗，反正穷人最不怕的就是饿。”司琴习以为常地说着。

她突然感到了奇怪：“你这风里雨里的一路偷摸回来找我，就没饿过冻过？”

金虎笑了：“你就是个傻婆娘！你们这是在荒山野岭，我那是在凡间，弄点吃的穿的就是抬抬手的事。进了山里找你，累了饿了，我一个人找个番薯洞一钻，暖烘烘的，再啃几个番薯，那就是皇帝老儿的生活给我也不换！”

司琴苦笑了：“你这是苦籽花酿蜂蜜，苦瓜哄成甜瓜吃。”

司琴抚摸着金虎的身体，感觉到已全然不是半年前那个温润光滑而又健硕活力四射后生的身体，现在，满手是粗糙、瘦骨嶙峋和干涩的感觉。她知道，这半年来，这个男人为了找他，忍受了难以想象的孤独、恐惧和苦难。她哽咽了，紧紧抱着他，全身颤抖。

金虎也哭了。

两个人就这么紧紧抱着，无声地倾诉着。

两个身体焐久了，就有了一些暖意。金虎的身体明显有了活力，他的双手开始由上而下有力地抚摸下去。久违的感觉开始在司琴的身体深处渗出来，继而蔓延开来。这种感觉逐渐转换成一股热流，又迅速形成了周身的热浪，天地间的寒流瞬间消退了，司琴在期待那最热烈时刻的到来。

突然，司琴仿佛感觉有一道闪电划过她的眼前，继而一声隐约的哭声在遥远的天际传来，那分明是婴儿的哭声。是的，这是小阳光的哭声！

司琴五雷轰顶般地惊醒，她一下掀翻了身上的金虎，坐了起来：

“虎哥，做不得做不得！”

金虎摸不着头脑：“你是我的婆娘，有什么做不得的？”

小阳光，是小阳光在遥远的天际啼哭着看着这一切！这是司琴真切地感觉到的。她感到冥冥之中，她和小阳光之间有一条无法言说的心灵通道，哪怕她知道小阳光早已不在人间了。

一旦怀上孩子，有了孩子，她本人和游击队又会面临巨大危险。这是必然的。司琴捂着脸，咬着牙关剧烈无声地哭了。

一切又回到了冰冷天地。金虎沮丧失望到了极点。

“你还要在游击队里干下去？”在金虎看来，这打仗的生活根本就不是人过的日子。他是怕了，面对着尸山血海，他是绝对地怕了。

司琴喃喃地自言自语：“谁愿意打仗？可是，不打仗，我们就得被敌人打死。”金虎说：“我们可以逃啊。我费尽千辛万苦来找你，就是要逃离打仗。我们去找戏班，哪怕找不到戏班，天下这么大，总是可以找到我们能吃饭的地方。”

司琴说她现在的想法早就不一样了，她有时会想阿爹，可根本不会想找到戏班去演戏。

“因为我现在是共产党的人了。我必须把这支队伍带下去，坚持到主力回来。”

“主力都已经打光了。”

“我信洪政委说的话，天下哪里都有共产党。这里共产党的主力没了，另外地方共产党的主力又会有的。就像这山里的野草，年年都割不完的。”

“如果割到你的头上，难道你肯为共产党去死？”

听了这话，司琴激动了：“虎哥你知道吗？我这条命就是洪政委救回来的。我一定会把我的命还给共产党的。”

金虎失望地抱头痛哭。司琴双手摇着金虎，带着哭腔说：“虎哥，我知道你的心思，可我是不会回头了。你去找阿爹吧，找到阿爹，你就好生等我五年，如果革命成功了，我会来找你，我们好好做夫妻。如果五年等不到我，那我一定是死了，你就代我为阿爹尽孝。”

金虎突然起身，恶狠狠地吼道：“不，我不会走，我要跟着你，一直到你回心转意！”

突然，传来了哨兵发出的三声凄厉的山魈叫声。

大家都知道，有情况发生了。

整支队伍立即按原计划转移。队尾的人用树枝把脚印轻轻地抹掉了。雪很大，一会儿，雪中的痕迹很快被掩埋了。

司琴知道，一定是金虎白天的脚印引来了敌人。金虎显出非常愧疚的神情，他说他没真正打过游击，根本没这方面的经验。

司琴他们这次准备逆向而行，向山下方向去。对于行动方向，在支部会上有争论，需要司琴定夺。司琴想起小时候戏班里她养的那只小花猫。她经常呆呆地看着它捉老鼠，她发现老鼠在快被小花猫追到时，经常来个急转弯，逆向跑回来，打得小花猫措手不及。靠这一招，老鼠经常会死里逃生。司琴决定这次就做一回老鼠。

越往山下雪越稀。当他们越过半山腰的时候，雪停了，太阳也出来了，山路上的积雪化得很快。司琴担心的雪地里脚印暴露行踪的问题就不存在了。他们开始向藏粮的地点行进。起出了粮食，刚准备将就着生吃，突然哨兵报告有大队人马跟过来了。大家胡乱地抢了一些粮食放在粮袋里，赶忙跑路。

跑了五十多里山路，甩掉了尾巴，他们停下来，挤在几个香菇棚里，烧起热水，煮了黄豆和苞谷糙。刚吃了半饱，又响起了枪声，是警戒哨和追兵接火了。大家七手八脚地抓了些黄豆和苞谷糙，边胡乱地往嘴里塞着，边冲出香菇棚。

这两天来，保安三团的人马就像块热透的狗皮膏药，粘在裤脚上甩也甩不掉，而且越甩贴得越紧。

生死关头终于来临。当司琴他们翻过一个山头后，突然发现四周的山头都有着穿黄衣服的人，一看就是保安三团的兵马。枪声四起，尤其是那机关枪连续而密集的呼啸声更让人心悸，看这架势，往哪个方向都很难突围出去。司琴问福建佬怎么办，福建佬说就地坚持，等晚上再说。但是保安三团的攻势非常猛烈，根本不会让司琴他们坚持到黑夜。到了傍晚，司琴他们手里的子弹已所剩无几。福建佬让司琴把人员和火力都集中到南边一个方向，把这个方向的敌人再引近一些，然后来个短促突击，能冲出去几个就算几个。

突然，西北一角的山头出现了猛烈的枪声，保安三团的人向左右两边散去，紧接着，一大群人冲下了山梁。司琴和大家疑惑不解之际，福建佬下了决心，要求往西北方向冲，司琴有些犹豫，福建佬大吼这是最后的机会，无论如何都要冲过去。司琴一咬牙，带着大家迅速往西北方向冲过去，奇怪的是，占领西北角的那批人迅速地转身向后撤去，好像是引领接应司琴他们。难不成是当地中心县委的武装部队？司琴来不及多想，毫不犹豫地跟随着他们往外冲，一口气冲过了五六个山头。

眼看到嘴的熟鸭子竟然飞了！麻天道震惊不已，这到底是怎么回事？难道又出现了一支红军游击队？这是天上掉下来的？麻天道脑壳里一片嗡嗡响，他茫然了。继续追击？但眼看天色迅速黑了下来，暗夜追击，最易遭伏，这一点上，以前在参加对“匪区”围剿的时候，麻天道是有过血的教训的。他忍痛下了退兵令。当下最紧要的是，要搞清楚这是怎么回事。

5

司琴他们停下来喘气歇息。黑夜中，远远地望见几个人举着火把过来。近了，司琴看清楚了，打头的竟然是黑狐狸朱大龙。朱大龙一见司琴他们就拱手：“女侠，朱某人报恩来了！”

原来，是黑狐狸朱大龙带着他的人马冲开了西北方向，给了游击队一条生路。

朱大龙的营地，是在茫茫竹海的深处。这只是朱大龙众多营地中的一个。“干我们这一行当的，当然窝越多越好。”朱大龙得意地说。这个营地建得非常规整。一排排毛竹棚建得非常厚实、保暖。

为防万一，福建佬坚持要游击队大部人马待在朱大龙营地的外面，只由司琴带着陈双田、金虎，还有两位队员进入营地。

朱大龙非常惊讶没有见到洪仙姑。对此，司琴早已准备好了说辞。她说洪仙姑另有任务被上级召去了，不久将会归队。

“那你是临时的头儿？”朱大龙非常好奇。上次在通山大殿，司琴卸了装后，他就注意到了俊俏的司琴，他从来没有见过比戏台上的还好看的女人！他一直认为司琴是洪仙姑身边的丫头。

司琴笑了：“红军哪像你们还要有丫头。”

朱大龙出神地盯着司琴看：“看来你也有不小的本事，才能够当临时的头儿。”

金虎急了，连忙否认：“她是我婆娘，是被红军逼着临时当差的，她一个小女人，如何能当带兵打仗的头儿！”

朱大龙哈哈大笑：“我说嘛，你这么个会唱戏的小婆娘，怎么能真正当得了头儿！”

司琴淡然一笑：“我们都是大家一起商量办事情，谁当头儿都一样。”

朱大龙在营地里设宴招待司琴。

司琴首先代表洪仙姑谢过朱大龙的搭救之恩。

朱大龙："一报还一报。我这次报你们上次的不杀之恩。我们之间的恩怨就算消了。"

正在敬酒之际，一个人进来。司琴呆住了，原来是陈泽！陈泽穿着一身裘皮大衣，满面红光。陈泽一见司琴就笑了："又是冤家路窄。"

朱大龙："什么冤家恩仇，在我这里，都已一笔勾销!"

陈泽指着金虎："是他和我个人的。"

朱大龙："陈老弟，给我一个面子，当着我的面，你俩之间的恩怨就算一笔勾销了。"

陈泽冷笑："杀父之仇如何勾销得了？反正这事以后总有机会要说的。"

司琴冷冷地说："好啊，那你面对的可是我们整个红军。"

陈泽说："现在先不提这事儿。我刚才在后面听到你们说的，那位我见过的洪女侠不在你们这里，我猜她肯定已经死在保安团的枪下了吧。"

司琴听了哈哈大笑："你这是在梦里报的杀父之仇吧。你如果有兴趣，过段时间，如果我们还会冤家路窄的话，我肯定能让你见到我们政委的大活人。"

朱大龙："肯定还会碰见。因为这段时间，陈公子就在我们这里筹药，还得待一段时间。年是肯定要在这里过了。"

陈泽注意到了金虎，他感到非常好奇："这位兄弟，怎么穿着跟你们大多数兄弟不一样？"他摸着金虎的棉衣，金虎的棉衣非常脏破，司琴没有看出有什么不一样之处。陈泽接着说："我要没看错的话，这衣裳是余村郑家裁缝铺做的。我们家老老少少一年到头的衣服可都是他们家裁缝铺做的。”

金虎笑了：“你是看上我这破衣烂衫了，想让我这衣服跟你的裘皮大衣换换？”

“你想得好美呀！”陈泽从裘皮大衣口袋里掏出一支小手枪，他指着金虎插在腰间的驳壳枪，“要换，我倒是有兴趣跟你换这个。”金虎的这支驳壳枪是在打王家碉楼院子的时候缴获的，一直是司琴带着用。金虎来了后，司琴就交给了他。而陈泽手上的是一支非常精致的德国勃朗宁小手枪。

金虎非常感兴趣：“你这枪太漂亮了。跟你换，不亏。”

司琴流露出好奇的样子：“这么小的枪，打得死人吗？”

“你当它是绣花针？”陈泽激她。

司琴接过枪来把玩了一下说：“可以换，你再给我多些子弹。”

陈泽说：“没问题，这枪有一百多发子弹，全送你。”

陈双田从司琴手里把小手枪拿过来看了看，还给陈泽。“我们是要打仗的。我们这二十响驳壳枪，是没你这小手枪好看值铜钱，但是火力可比你这小手枪厉害多了。”陈双田又转向司琴，“这枪中看不中用。”

陈泽一听这话就急了，马上举起小手枪向远处打了两枪，远处桌上的一个小坛子应声而碎。陈双田哈哈大笑：“这才几米？你这枪过了二十米，就得往下掉子弹。”

陈泽更急了，把枪硬塞给陈双田：“要不你亲自来试试？”

陈双田还没接稳，突然枪响了。金虎应声倒在司琴的身上，身子慢慢地滑落，司琴的半边身子立刻染满了金虎的鲜血。

陈泽大惊失色：“糟糕，怎么会走火？”

陈双田和两位队员立即跳起来，拔枪指着陈泽、朱大龙，同时紧紧护卫着司琴。朱大龙的手下也立即举枪对准了司琴他们，双方一时剑拔弩张，一触即发。司琴紧紧地抱着金虎，拼命地呼唤着。子弹不偏不倚地击中了金虎的脑壳，金虎当场毙命。

朱大龙一边命令手下把枪都放下，一边大叫：“误会误会，是枪走火！”

司琴拼命地摇着金虎。朱大龙冲过来，查看了金虎的伤势后，遗憾地摇了摇头。司琴一把夺过陈双田手中的手枪，举枪要打陈泽，被朱大龙一把攥住。朱大龙：“女侠冷静，确实是走火。”

司琴嘶喊：“什么走火，他是故意的！他是报杀父之仇！”

陈泽在朱大龙手下的掩护下，三步并作两步，逃出了餐厅。

营地外的游击队员们听到了枪声，感觉不妙，立即展开战斗队形准备往里冲。营地门口的朱大龙的手下，也不知道发生了什么情况，也对门外的游击队员架起了机枪，阻止他们往里冲，一时间，双方僵持住了。陈双田快步走了出来，他高呼：“同志们，往后退！”

客厅里，司琴要求朱大龙交出陈泽。朱大龙的脸开始板起来，冷冷地说：“我已经跟你说过了，你自己也应该看清楚了，这就是一次误杀。陈泽兄弟是我多年的拜把子兄弟，也是生意场上最重要的恩客，岂能交给你处置？现在，你男人死而不能复生，我们还是打石老师傅卖石板——说实（石）话。我可以和他商量，让他给你重金赔偿。”

司琴满脸泪水：“这是我的男人，和他们陈家有仇的。说是误杀鬼才相信！我希望你今天把他交出来。而且他迟不来早不来，偏在这个时候出现，我有理由相信他就是麻天道派来的奸细！”

朱大龙哈哈一笑：“麻天道派来的奸细？那正好，我用得着他。”

司琴：“那这么说来，你和麻天道他们是一伙的。那你为什么要放我们一条生路？”

朱大龙：“我和麻天道是一伙的？这江湖上的规矩，讲究的是抬头不见低头见，不能把事做绝。算了，反正这事儿一时半会也和你说不明白。至于为什么要救你们，我已经说过，我是一报还一报。接下去我还要再报你们一次。”

营地门口，陈双田让队员们离开大门，撤到五十米开外的一块空地上。他转身重新进入营地大门。一进大门，就被五六个人按住缴了枪。陈双田大叫：“你们要干什么？”

为首的冷笑着对他说：“等会儿麻烦兄弟跟你的兄弟们说几句话。”

司琴见和朱大龙说不了什么道理。她想了一下，请求朱大龙暂时把金虎安葬好。朱大龙满口答应。

“我们后会有期。”说完，司琴和两位队员转身就走，朱大龙向手下使了一个眼色，一群人扑了过来，把司琴三人摁住缴了械。

司琴愤怒地说：“你们，这是要赶尽杀绝吗？真是一群土匪，当初洪政委就该杀了你！”

朱大龙命令手下松开了司琴三人，把司琴又请回了桌前。他对司琴说：“女侠不要动气，只能先委屈你们一下。缴你们的枪，是我要跟你们说，你们现在哪儿都不能去。”

司琴一脸惊愕。

“你以为你们能跳得出麻天道的手掌心？这真是石蛙要跳出千年井，笑破肚皮嘛！据我所知，中央军的部队也要来围剿你们，到时候你们就插翅难飞了。”

司琴：“你到底想干什么？”

朱大龙：“我想请你们先在我这小地盘里歇息歇息，不要为了一点吃食，今天打张家围子，明天灭李家碉楼。水牛跳进清水塘，搅成一塘污泥浆，闹得十里八乡鸡犬不宁。这可是我的地盘！再说，中央军一来剿你们，也带上剿我们，要拉我朱某人替你们垫背。”

“你想让我们像你们一样做土匪吗？”

“话别说得这么难听。我们是劫富济贫的绿林好汉，你们红军不也劫富济贫吗？”

司琴索性不接朱大龙的话头。

“现在，你想做要做，不想做也要做。”

司琴冷笑：“那你得问问我的同志们答应不答应。”

朱大龙哈哈一笑：“那我们现在就去问问你的同志们同意不同意？”

朱大龙带着司琴他们三人来到了营地门口。

营地门口的空地四周点满了篝火。朱大龙上百的人枪紧紧围成一个圈。游击队员们已经被缴了械，整齐地坐在包围圈当中，十几挺机枪对着他们。

司琴怒火中烧："谁叫你们向他们缴枪的？"

陈双田急忙站起走到司琴边上，轻声跟她说好汉不吃眼前亏，现在不能跟他们硬来，要看他们是什么意思。

司琴非常失望与无奈，但她语气冷静地对朱大龙说："我们现在手无寸铁了，你把你的想法说细一些。"

朱大龙嘿嘿笑了："这就对了，我们进去慢慢说。"

朱大龙和陈泽坐在司琴的对面。一具上好的金丝楠木厚棺就摆在一边，金虎已经躺在了里边。朱大龙说，这是口上好的棺木，原来是给他老娘备的，现在先拿出来给金虎用了。他还说，他已押了陈泽，陈泽愿意赔偿五百光洋，这已经够意思了。他再次劝说司琴人死不能复生。

司琴擦完泪水，准备息事宁人："行，我同意这个条件，那可以把枪还给我们，让我们走了吧？"

朱大龙诚恳地说："囡妹，我让你们在我这梁山小泊暂时栖身，确实是为你们着想。我想等你们洪政委来了以后，你们的人枪全部奉还。我这是好人做到底。不信？你们只要一出这山寨，绝对活不过两天。"

司琴："活得过活不过，那是我们的事情。强扭的瓜不甜。"

朱大龙："你别倔，到时候你肯定会谢我的。"

司琴："不管你怎么说，我们宁可饿死也不吃你们的一口饭。"

朱大龙哈哈一笑："你们这是跟我赌啥子气哟。老实跟你说吧，我朱大龙是看上你啦。"

司琴一怔："你什么意思？"

朱大龙盯着司琴："囡妹，说实话，你这人敢想敢干，很有心劲！你男人刚死，我的堂客也死了有两年了，正房一直空着。我就想你留下来襄助我。我朱大龙在这余村大山里经营了十多年，已经打下了很厚实的家业，我希望你能够和我一起守住这份家业，不，还要做大这家业。"

司琴腾地站了起来："你放什么屁！我是红军、共产党的人，我怎么能给你做压寨夫人？"

朱大龙："我不相信你是红军共产党，你就是一个跟班混口饭吃的角色。因为他们说的都是外乡话，是外地人，你一听口音就是本乡人，你跟他们原来就不是一路的人。你要拎清，他们的主力老早被中央军剿灭了，剩下你们这帮人在山里转来转去，能转出吗子名堂？最后就是死路一条。你不能跟他们混，反正我是已经盯牢你了。你答应也得答应，不答应也得答应。"

司琴心里急得一团糟，但她迫使自己冷静下来，她放低了口气对朱大龙说："老哥，你不觉得这事荒唐吗？我的男人尸骨未寒，你就在这里跟我说这些话，你不怕触霉头吗？"

朱大龙大笑："我本一介村野蛮汉，讲不了这些规矩。我只想对得起我相中的女人。我知道你现在脾气拗，但是我就喜欢，我笃信我能改得了你！"

司琴第一次遭遇这种事，心里不免失了方寸，她一时不知如何应对，干脆就一言不发，思索起脱身之策。

陈泽一直饶有兴味地看着这一切。他起身把朱大龙拉到了一边，悄悄地跟他嘀咕了一通。朱大龙听着听着，脸色就慢慢地变了。听完陈泽的话，他愣了好一会，长叹了一口气。他对陈泽拱了拱手说："老弟，冒犯令尊了，惭愧。"然后他又来到司琴面前，单膝跪地："囡妹，朱某在这里向你赔罪了。"司琴感到莫名其妙，她冷冷地看着陈泽，想知道陈泽到底对朱大龙说了什么话，让朱大龙突然换了一个人似的，这一切显得太不真实了。

6

营地外突然响起了枪声，越来越近，越来越激烈。朱大龙和陈泽感到了震惊。朱大龙："这是怎么回事？这是从来没有发生过的事儿！"

一个小头目飞奔进来，说是大队的人马突然冲进了竹林。

朱大龙："妈的，肯定是麻天道的人。八成是把我们当游击队来打了。"

陈泽："对，肯定是游击队把他们引过来的。"

朱大龙命令下面顶住。陈泽说还是赶紧撤吧，否则，大水冲了龙王庙，双方打死人都是交代不了的事情。朱大龙想了一下说，那就赶紧撤，撤到方山那边去。

司琴一看不妙："老哥，既然他们是打我们，你就应该把枪还给我们，我们帮你们顶着。"

陈泽说：“枪还是还给他们吧，让他们引开麻天道的人。我们少受损失。”朱大龙眼珠一转，下令把枪还给司琴他们。

司琴他们拿回枪后，抵挡了一阵子，然后顺着朱大龙的方向跟过去，因为山里人都知道，在竹林里太容易迷路了。撤退前，司琴做的最后一件事就是冲到棺材前，眼含热泪喊道：“虎哥，原谅我顾不上你了，来生再见！”

麻天道的人马冲进了营地，几十支松明火把举着，把营地照得如白昼一样。

麻天道看着生活设施、训练装备齐全的一排排毛竹棚，惊叹这个小村庄一样的隐蔽营地。他在认真查看了许多细节后，猛然一拍脑壳：大水冲了龙王庙，这是把朱大龙的人马当游击队来打了！但怎么会发生这种情况？他百思不得其解。

麻天道下令停止追击。山里的人最怕在竹海里乱转，就算是老猎手，哪怕猎物已被伤了个半死，只要钻进竹林后，他就不敢贸然跟进去。这几乎成了山里猎人的规矩。因为，这竹海就是一个根本找不到人路兽道的世界。就算是蹚出一条路来，没几天，也会被密密的竹草覆盖。到了春天，更是一夜间拱满竹笋，所有的路也一眨眼消失了，就连东西南北都分辨不清。而且竹林里潮湿得要命，各种害兽毒蛇遍布，除了冬笋也没什么可吃的。人一旦在里边迷路，要么饿死，要么活活葬身虫兽之腹。他终于明白官军为什么一直剿不了朱大龙，原来，朱大龙把营地设在了这个人们不敢去的地方。但是他实在不知道朱大龙靠的是什么本事，竟能在竹林深处建了这么一座颇具规模的营地。

真正让麻天道震了个三魂六魄出窍的，是看到了那具金丝楠木棺材，看到了整整洁洁、清清爽爽躺在里边的金虎，他是彻底地傻了，这他妈的到底是怎么回事呀?

经过这次无功而返，麻天道再也没有气力和心思组织进山搜剿了。因为这次搜剿着实让他伤了筋动了骨，折损了他大量的钱财，等于把整个山区翻了个底朝天，也没揪着游击队的一根毛。他感到这支游击队肯定有神人带领，否则不会这么神出鬼没。但是，这支游击队肯定是落单的孤雁，整天恓恓惶惶地顾自逃生，经过这次搜剿的惊吓，应该不会再敢下山袭扰。他继续原来的封山做法，严密封困和监视这支残余的游击队，直到他们在余村山区待不下去的时候，要么下山缴械，要么自动撤出余村山区。

虽然最终逃过了麻天道的搜剿，司琴却感到了深入骨髓的后怕。如果没有朱大龙的搭救，他们绝对难以逃出生天。但其中有个困惑始终萦绕在司琴的脑中，她不知道麻天道为什么能一直像条毒蛇一样跟踪在他们的身后，他们到了哪里都能被这条毒蛇捕捉到，这太令人害怕了！这次摆脱了麻天道的搜剿，司琴决定暂时销匿行踪，把游击队隐藏在大山深处，冷静观察一段时间再说，他们上次筹集的给养，可以勉强支撑个把月。

又冷又饿中，司琴带着大家像一条临近冬眠时蜷缩在余村大山深处的蛇，虽奄奄一息，但那饿到格外发亮的双眼，警惕地打量着周边的一举一动，随时准备用残存的力量做最后一搏。

凌厉的寒气，直让司琴感到即将冻僵过去。但她时刻告诉自己，只要外面有一丝平安的暖气，就要活动活动身子，不能让自己真的冻僵过去。但怎么个活动法，又是一个让司琴绞尽脑汁而不得法的问题。

福建佬蜷缩在角落里一动不动，只有嘴巴在嚅动着他的怨言：“天杀的，这要熬到什么时候啊？”

熬？对，就是要熬！司琴的脑壳里蹦出了这个字。人，什么事不是熬出来的？！

她从小没了妈，能活到现在，就是凭着一个熬字。

司家戏班长年凄风苦雨，走南闯北苦苦支撑，也是一个熬字。

洪仙姑带领他们钻到山里，开始就是一个熬字。洪仙姑死后，他们这支小队伍能走到现在，也是一个熬字。

接下去要有出头之日，还是一个字，熬！

有了熬的念头，就会有熬的办法。接下来，所有的事情，所有的想法，所有的话题，都要围绕着一个熬字，去想去说去做。

这个熬，就是向死而生，就是在死地中，几乎灭绝所有的欲望，只剩活的念头。不再主动出击，而是安静地蛰伏着，让对手判定自己已经死去，在最低的生存条件下半死半活中熬过去。总之，活下来就是胜利。

司琴站了起来，对大家大声地说：“吴富满同志说得对头，熬，熬下去！”

只是没想到，这一熬，就熬了数百个日日夜夜。

第五章

1

第三年，深秋的一个清晨。

突然有个樵夫闯入了他们的营地，来人自称是中心县委的联络员，一定要面见洪政委。司琴说我就是。

自从上次乞丐出现联络上中心县委，安置了七位伤员，带走十位队员后，中心县委一直没有再次联系司琴他们。樵夫的说法是，在与挺进师并肩作战中，中心县委遭到了严重的损失。乞丐与中心县委书记都已经牺牲。今年春天，中心县委才开始恢复活动。

樵夫说，按照特委对中心县委的指示，要求司琴的游击队接受特委的领导。同时，他传达了一个令人震惊的通知，说日本人已完全打进中国，为了共同抗日，现在国共已经合作了。上级要司琴带队立即下山到联城，接受国民党的改编。

这简直是天方夜谭！樵夫立即被抓捕。

樵夫大叫：“你们这样做，要犯历史性错误的！”

陈双田建议把这个人杀掉。司琴总感到有些蹊跷，麻天道再笨也不会笨到用这么直白的办法来诱歼他们，直接劝降都比这办法管用。司琴审了樵夫大半个晚上，他翻来覆去就是那几句话。见实在问不出什么，司琴决定用最后一招，她命令把樵夫押到山后的树林里“杀掉”，以逼出他的实话，没想到押解过程中，那人在路过一个坎坡的时候，一个翻滚，跳下坎坡跑了。

司琴命令立即转移。

第二天上午，司琴他们刚转出一片树林，就见樵夫带着一个人满面春风、笑意盈盈地站在他们面前。那人竟然是陈泽！

仇人相见分外眼红，司琴一声令下，一群人冲上去，不由分说把两人捆翻在地。

陈泽在地上蹭得满嘴是泥，大口喘着气说：“我是共产党的朋友，你们让我把话说完。”

陈泽让司琴从他的随身包袱里取出了一大摞报纸。他让司琴好好看看。

这些报纸上登的全部是国军对日作战以及国共合作、红军接受国民党改编的新闻。但表面看起来越真实的事情，如果违反常识的话，就越可能是虚假的。经过支部会的讨论，大家一致认为，红军接受国民党改编就是投降，凭常识看，这绝对是个弥天大谎。

福建佬甚至一把折断烟杆，气势汹汹地说：“退一步说，就算天下的红军都投降了，我吴富满也坚决不投降。谁要敢投降，老子就敢开枪毙了他！”

福建佬的一番话顿时激起了一片嗷嗷声。

陈泽听到了这一片嗷嗷声，知道他俩的死期该到了。他额头上开始沁出冷汗，他觉得要作最后的摊牌了。

司琴决定立即处死他俩。

众人把陈泽两人拖过司琴身边时，陈泽冷笑道：“我杀了你男人，你就不想亲手报杀夫之仇？”

司琴一听，热血喷涌上心头，她一把拔出手枪：“那好，我成全你！”

本来处决是准备用绳子勒毙，但司琴从未杀过人。如果陈泽不在金虎之死这件事上如此猖狂地挑衅，她根本不想让自己手上沾血。现在，经杀夫仇人这么一激，金虎仿佛就在她的耳边嘶喊着，要她亲手实现血债血还。司琴要杀人只能用枪，这也是她第一次破例动用权力，浪费一颗珍贵的子弹“公报私仇”。

陈泽和樵夫被拖到小树林里跪下。司琴浑身哆嗦着，几次举枪都瞄不准，她索性走到陈泽背后，用双手紧紧把住手枪，抵住陈泽的后脑勺，陈泽感觉到了。在司琴即将扣动扳机的一刹那，陈泽清晰而轻声地说了一声：“我认识小阳光。”

司琴的心脏仿佛一下子被子弹射碎了。

陈泽的这一声“我认识小阳光”，只有司琴能够听得见。她当然知道陈泽根本不想让其他人听见。司琴立即中止了行刑。已被勒得个半死的樵夫被松了脖子上的绳子，趴在草地上大口地喘着气。

大家都诧异地望着司琴，不明白她为什么突然下了中止死刑的命令。

“过会儿再杀也不迟。”司琴冷冷地说，挥退了周围的一众人。

司琴坐在一棵倒伏的大树干上，陈泽双手反绑着跪在她的面前。众人远远地在围观着。

现在，就他们俩在面对面地对话。

“你怎么会认识小阳光?”

“我是江湖中的生意人，三教九流的朋友很多，当然也包括你们共产党的人。我和小阳光的爸爸妈妈一直都是非常好的朋友，是做药材走私生意时认识的。第一次到余村我家劫药材和光洋，是因为共产党急需，外面一时筹不起来，因为共产党曾救过我的命，我想报共产党的恩，就和洪政委玩了一次双簧，可没承想我老父亲丢了性命。我还知道小阳光是个囡儿，左手腕上有一颗大痣，脖子上有一颗红痣。”

司琴这回彻底愣了。没错，陈泽说的都是对的。小阳光可是她天天抱着长大的。她熟悉她身上的每一个地方和每一处气味。

“那你是怎么知道的?”

“小阳光的父亲告诉我的。小阳光的妈妈通过你们地下交通员给她爸爸带过信。”

是的，司琴曾经不止一次地看到洪仙姑让独眼老四带信。

司琴难以置信地看着陈泽。她有点相信陈泽所言为实。可是金虎之死，又让她心理上难以接受这一切。

陈泽说：“我知道你心里在想什么。你先给我松绑，我不会跑，这么多人围着我也跑不了。我会原原本本把事情说给你听。”

司琴犹豫了一下，解开了陈泽身上的绑绳，让陈泽松开身子坐在了地上。

陈泽说金虎就是个奸细，是金虎在进山的途中一路上做着记号。他每到拐弯的地方，都会借去解小便的时候，把漆树枝或野棠梨树枝或其他什么灌木的树枝在齐腰处折断，标示出游击队行进方向，一直引导着麻天道的追剿部队。

司琴难以置信："他会来谋害我——他的女人？"

"不，他觉得是在救你。"

"抓我是为了救我？"

"对，他轻信了他们对他的承诺。"

"你是如何知道这些的？"

"是你们共产党的朋友告诉我的。你们的保密纪律只允许我说到此为止。有些真相你可能一辈子都不会知道。但我以人格向你保证，我说的每一句话都是真的。"

"不管怎么说，我不相信我的男人是叛徒。"

"那我就再说一个细节。你注意到你男人的衣服了吗？里面的棉絮是新的，这不能说明一切吗？"

司琴一时语塞。沉默了一下，她怨恨地盯着陈泽："可你为什么把他打死了？你完全可以跟我说，由我来处置他。我相信可以挽救他，为我们所用。"

陈泽神色严峻起来："在万分危急的情况下，我认为我采取的方法是最正确的。我是江湖中人，最重要的是讲究一个'义'字。我要对得起共产党朋友对我所托之事。"

司琴已是满眼泪水，控制着不让泪水滚出眼眶。

陈泽："你问了我这么多，我也问你一句。小阳光的妈妈是什么时候死的？"

司琴警惕地："我什么时候跟你说过她死了？"

陈泽苦笑了一下："从我第一次问你的时候，你说她有事不在，我就知道她已经死了。我现在想知道小阳光在哪？"

"她跟她妈妈在一起。"

陈泽眼中闪过一丝不易察觉的泪花："这样很好。我会告诉她爸爸的。她爸爸虽然没有见过她，但很记挂她。"

"小阳光的爸爸现在在哪？"

"他现在在延安，一个很远的地方。"

陈泽竟然是共产党的朋友，这让司琴感到太不可思议了。尤其是他说金虎是叛徒，她更难以接受。司琴把自己关在黑黑的小木屋里，思索了大半夜，她有些不得不相信了。第一，上次脱逃的樵夫，如果不是因为陈泽说的事情是真的，他是不敢再次冒着生命危险领着陈泽来找游击队的。第二，陈泽知道小阳光的名字，并说出了小阳光的特征。第三，自从金虎来了以后，确实，游击队就摆脱不了敌人的追击；而金虎一死，敌人就又咬不住他们了。第四，陈泽说的金虎的衣服虽然破旧，但是里面的棉花却根本不像他们这些人穿的一样，里面成坨一样的形状了，这说明确实是新的。这个细节，司琴现在回想起来，确实可疑。

司琴开始有点接受陈泽的说法。

司琴把自己的想法在支部会上都谈了。陈双田觉得很有道理。其他几个人也开始认同司琴的判断。为稳妥起见，司琴决定先派人跟着交通员到余村和联城镇进行摸底，潘国昌自告奋勇，和陈双田一起下山。陈泽依然被绑在小木屋的木桩上。

2

过了三天，潘国昌和陈双田毫发无损地回到了山里，而且还带回来一个人。这个人就是大家久违的独眼老四。一见到司琴和游击队员们，独眼老四放声大哭，一如离家多年失散的孩子，终于找到了母亲。三年来，独眼老四在监狱里面受尽了折磨，只剩下半条命。国共合作以后，独眼老四可以说是死里逃生，在特委和中心县委的搭救下，第一个从联城监狱被释放出来。这已经是一个多月前的事了。他被释放出来的第一件事，就是养回元气。前十来天，独眼老四天天鸡汤龙眼，滋补壮了身体。有些许元气以后，他奉中心县委指令，迫不及待地雇了一抬滑竿，进山寻找游击队。但他到原来那个山坳一看，那些当年他买来的炭窑和菇棚已在麻天道搜剿炼山当中被毁了，山中也不见一个人的踪影。他坐着滑竿又漫无目的地在山里转悠了两三天，一无所得，最后感了风寒，只能匆匆下山。中心县委在他的建议下，又派了一位当地的地下党员化装成樵夫上山寻找。这次樵夫是和陈泽一起上山的。陈泽现在的身份是联城工商总会的会长，作为双方共同接受的社会贤达，具体负责国共合作的联络沟通事宜。陈泽远远地跟在樵夫身后，准备在樵夫联络上游击队以后，就由他具体地佐证樵夫所言不虚。

潘国昌和陈双田向司琴报告，他们在山下不但见到了中心县委的领导，还见到了原来老根据地的一些领导。这些同志也在南方的山里坚持了三年多。现在他们已经投入了和国民党合作的工作，在联城设了新四军办事处。

月朗风清之夜，熬出了头的司琴独自站在高高的山地，她内心浩叹，这正如戏文里所唱的：洞中方七日，世上已千年！

司琴在下山前，首先来到当初洪仙姑带着他们隐蔽的那个山坳，仔细寻找了半天，又探访了周围散落的几户山民，打探洪仙姑和小阳光遗骨的下落，但无功而返。司琴又找到了朱大龙在竹林里的营地，好不容易发现埋藏着金虎的小坟包，她心情异常复杂地给金虎上了一炷香，然后扭头下了山。

到了山下，司琴到处打探父亲的戏班有没有回过余村，但没有得到任何有价值的回应。

司琴他们三十多号人，按照国共达成的合作协议，要向改编的集结地开拔。

司琴他们第二天一早就要离开联城了。当天晚上，由陈泽以总商会名义，邀集中共方面、国民党县党部以及社会各方人士在一个大祠堂里举行了欢送晚会。宴会上，司琴终于见到了老对手麻天道。

麻天道也见到了司琴，听了陈泽的介绍，震惊得差点眼珠都掉出来："你就是你们的头儿？"

他绝对没想到，三年来，他的对手竟然是这么一个瘦猴似的囡儿！这看上去分明就是小姑娘嘛！

司琴微笑不语，她懒得和这个双手沾满了洪仙姑、小阳光和红军战士鲜血的魔鬼搭话。

司琴意外见到了朱大龙。原来，朱大龙的绿林武装为了响应政府的抗日号召，主动接受了麻天道的招安改编。

司琴连敬了朱大龙三杯酒，感谢他在最危急关头的搭救。

朱大龙哈哈大笑：“我早就说过嘛，江湖中人，讲的是一个义字。大家都是混口饭吃，都不容易，不要逼人太甚赶尽杀绝。你看，打打杀杀的，最后我们几家又坐在了一起。现在就是要合伙打日本人！”

朱大龙所言激起一片热烈的掌声和欢呼声。

戏台拉开，丝竹管弦奏起。

几折戏过去。

随着新曲奏起，一位俊俏的旦角上了台。

人们哄动了起来。

这位旦角立即引起司琴的注意，她目不转睛地盯着台上的人。旦角一开腔，司琴情不自禁地站了起来，脱口惊呼：“小东方！”

小东方是司家戏班里的台柱子之一，和司琴朝夕相处，亲如姊妹。

小东方明显听到了司琴的呼叫，往台下定睛一看，惊吓得立刻转身跑下台去。

台下一片躁动，人们不知发生了什么事，司琴成了全场的视觉焦点。

司琴立刻准备从麻天道的身边离开去追小东方，一双大手有力地拉住了她，是旁边坐着的陈泽。司琴一下清醒了，她坐了下来。

隔位坐着的朱大龙惊奇地问：“怎么，你认识我姨太，还知道她的艺名?”

司琴内心大惊，嘴上平淡地问道：“她什么时候成了你的姨太？她不是司家戏班的人吗?”

朱大龙似乎意识到什么，嗖地变了脸色。一会儿，他找了个借口起身告辞了。

司琴如坠五里雾中，不知道这是怎么回事。但她还是不动声色地看完了所有的表演。

欢送晚会节目一个接着一个，一直到了晚上十点还没有结束。原来，欢送晚会虽然是以商会总会的名义举行的，但实际上是由麻天道安排的。当陈泽介绍接下去还要观看一个多小时的鱼灯舞表演时，独眼老四进来和司琴悄悄耳语了一番，司琴朝陈双田点了点头，随着司琴的点头，陈双田突然打了个响指，全场的三十多位游击队员齐齐地站了起来，快速离开了会场。

麻天道非常震惊，他问司琴：“司长官，晚会还没结束，你们的人怎么突然都离开了？这是对陈会长的不敬呀。”

陈泽故作惊讶：“对呀，你们这是干什么呀?”

司琴站起来说：“二位，失敬了，我们突然接到了上级的命令，要求马上开拔。谢谢陈会长的热情款待，我们后会有期。”不待麻天道反应过来，司琴快速离开了会场。

会场外，游击队员们已经列队完毕，个个荷枪实弹，整装待发。司琴从祠堂一出来，一声令下，他们快步出发了。

陈泽追赶出来："司长官，我来送送你！"

麻天道也跟着出来，看着司琴他们离去，气得捶胸顿足。他大喊："马上追！"

司琴一行快速冲到了联城的北门。守卫北门的保安三团的几个士兵接到紧急电话，正准备把城门闭上，游击队员们突然冲到，齐齐拿枪指着他们。他们只好眼睁睁地看着司琴他们从关了一半的城门快速冲出。

司琴见陈泽还跟着他们："你还跟着我们干什么？"

陈泽说："我知道你还惦记着令尊。我告诉你，令尊已经不在了。"

司琴尽量装出冷静的表情："黑狐狸干的是吧？"

陈泽："来不及告诉你具体的经过了。我想告诉你的是，民族大义当前，先把个人的恩怨放下。"

司琴已泪流满面，一扭头走了，留下一句话："不用你教训我。"

今天晚上发生的事情非常危险。原来，根据国民党内部的绝密指令，国共合作游击队改编的集中时间就在今晚十二点之前，过了十二点，各地国民党军可以对未来得及集中的共产党武装，以拒绝国共合作、不接受改编的名义就地围歼。麻天道已经隐蔽集结了二百多号人马在祠堂附近的民房里，只待十二点一到，以熄灯为号，围歼祠堂里的游击队。中共特委在这之前已经得到了这个绝密的情报，指令中心县委让司琴将计就计，不惊动敌人，参加欢送晚会，然后在十点钟，突然撤离，打麻天道一个措手不及。

麻天道率追兵冲出城门，但是黑夜中早已不见司琴一行的踪影。

3

向北，向北，一路向北。

司琴一行坐过木炭汽车，搭过火车，坐过轮船。在短短的十几天中，一路上跋山涉水、鞍马劳顿的同时，他们也着实大开了眼界。他们发现，世界原来是那么大，天地是那么宽广！司琴感觉自己是一只冲出笼子的鸟，飞到了高天之上。她常常憋不住地大喊大叫，亮起嗓子放肆地歌唱。她和每个人都比过山歌，把每个人都打下了擂台。就数福建佬最惨，生生地把嗓子唱劈了，饭都吞不下。

福建佬咧开嘴，嘿嘿地压着公鸭嗓子笑道："到底还是个囡儿，生壮着哩。"

"怎么，还小看人家是囡儿，不服管了？"陈双田笑问。

"什么话，我就服这囡儿管！"

终于来到了江南新四军的一个集训地。

司琴第一次领到了新军装、新棉被，根本就舍不得用，她用力闻着闻着就哭了。她觉得，一用上这些被服，就要彻底和以前的那个司琴告别了。她不知道自己想清楚了没有，或者说自己是不是有资格得到这些被服。

司琴所在的女兵分队长听说司琴不愿意换装，以为是她不愿意把自己的那些破衣烂衫换给老百姓，立即冲到司琴的宿舍，把司琴训了一通："亏你还是个有三年党龄的老党员，你的纪律观念哪里去了？我们现在是正规部队，请丢掉你的那些游击习气！"

司琴一听火冒三丈："我迟点穿军装就是不讲纪律，就是游击习气！你知道我们是怎么打游击的吗？告诉你，我接下去就穿我打游击的破衣烂衫。我觉得我光荣！"

分队长被司琴戗了一鼻子灰，气得语无伦次："你瞧你，一个黄毛丫头说话怎么这么冲呢?!"

集训队队长得知了情况后，把两个人都叫去批评。他批评分队长不了解情况，缺乏耐心，不注意批评的方式。同时他也批评司琴确实有游击习气，不尊重领导。他语重心长地告诫司琴："司琴同志，我了解过你，你是在游击队的小集体成长起来的。但你现在来到了我们革命队伍的大海洋里，这些同志都来自五湖四海，每个人都有不同的特点。你要学会适应我们大集体的生活。你才二十一岁，特别要注意谦虚谨慎，善于向别人学习。要学会和别人沟通，不要随便发脾气，这样才能够顺利成长。"

司琴听了集训队长的批评以后，心里感到非常舒坦。嘿，还可以这样批评人！能让你很开心地觉得自己不对，同时知道了自己应该怎么去做。是啊，自己几乎从来没有碰到过游击队之外的同志，对于这些同志，戏文里说的眼观六路耳听八方，看来说得是很对的。

集训队搞军事训练，但更注重政治教育。司琴第一次听说使命与宗旨、党性与修养、政策与策略、形势与任务、路线与方法等等。不管听懂还是听不懂，司琴都如饥似渴地吸收着这一切。她终于觉得，原来那个司琴已离自己越来越远，越来越模糊。她是永远地回不去了，她正朝着远方一个更加明亮的方向飞奔，不，是飞翔而去。

集训的这段时间里，司琴成了集训队里的名人。司琴的三年游击经历为大家所知晓。人们根本没想到这个才二十一岁的囡儿，竟然能够独自领导一支三十多人的游击队，开展了三年艰苦卓绝的游击斗争，并且基本完整地生存了下来，不禁对她刮目相看。司琴所在的集训队分队长对司琴更是佩服有加了。

在全队的交流会上，组织安排司琴讲斗争成功的体会。司琴想了半天也想不出来。在大家期待的目光和热烈的掌声鼓励下，最后，司琴终于脱口而出："我觉得我能够坚持下来，是因为心里有一个政委，正是这个政委始终在教我和鼓励我怎么熬下去，教育我怎么在冬天里等待春暖花开。"

司琴向大家介绍了洪仙姑的事迹。当介绍到洪仙姑为了保护大家宁愿牺牲自己的孩子的时候，她再也止不住地失声痛哭。人们为洪仙姑的事迹而感动，分队长更是用仰慕的语气对司琴说："洪政委虽然牺牲了，但是她培养了一个司政委，我以后也要叫你政委。"司琴有些生气："你不能开这样的玩笑，我不配跟我的洪政委同样的称呼。"分队长说："那至少你是英雄。"

司琴倒觉得不自在了，她说自己就是东躲西藏地过了三年，怎么就成了英雄？分队长说：“你以为英雄就是要冲锋陷阵的，有时候更需要的是默默无闻地奉献。”不知怎么的，听了这句话，司琴心里倒有说不出来的滋味，她心里有了一种莫名的不祥的预感。

4

半个月后，集训工作结束了。参加集训的队员们大部分去了主力部队。年纪大的，有伤病的和大多数女同志则到了文艺、卫生、后勤等单位。福建佬不知在哪里叫人砍了根青冈木，刻了个假人腿，安在了下肢，一瘸一拐地找到了集训地的领导，这位领导曾经是他的老领导。经过一番大吵大闹，也去了主力部队。最后只剩下了司琴和十来个女队员还没有分配的消息。司琴有点发蒙，怎么还没有给她分配工作？她找到了集训队的领导。她说她会打枪，还会带部队。总之，她要求上战场。经过这段时间高强度的军事训练，司琴内心深处的花木兰、穆桂英意识又开始复苏了。领导笑了笑说：“你的工作已经安排了，得放在最后宣布。”

司琴兴奋地和集训队领导骑着马来到了她的工作岗位。这是一个绿树成荫的村庄的一个大庙。庙大门旁边泥墙上，钉着块大牌子，上面写着“卫生队”。司琴预感到了什么，她立即勒转了马头，对领导说：“这事我干怕了，我不干。”

领导哈哈笑着吹了声口哨。司琴骑的这匹马原来是领导骑的，它当然听主人的。它一个拱背，把司琴掀下马来。司琴愤愤地对领导说："这不公平。我在山里带卫生队带了三年，憋屈透了！我就想能够痛快地上战场打日本鬼子。"

领导下了马，对司琴说："司琴同志，卫生队也就是我们的后方医院，直属师部领导，非常重要。之所以挑中你，组织是经过多方了解和考查的。最终认为你是卫生队长和后方医院院长最合适的人选。三年里，两批几十位伤员毫发无损地给你带了下来。而且你也学过相关的医学知识，还是有三年党龄的老资格的同志，政治觉悟高。这事必须你来干。"

司琴气急败坏地还想说什么，领导突然拉下脸，厉声说："司琴同志，革命工作不允许讨价还价，这是命令。这里是正规军，你打了三年的游击战，现在的关键是要去掉你身上的游击习气。"

大家都说她有游击习气，可到底游击习气是什么？谁都没和她说清楚。这个词成了可以随意给她戴的帽子，她很不服气。

这个卫生队兼医院是师部直属的营级单位。从组织上来说，对司琴是重用。司琴三年党龄，在这个卫生队里就是老资格的红军干部。卫生队里大多数是城市里来的大学生和医生，人数还不少，有二十几个。其中党员不多，但是多数都非常要求进步。

这里的工作让司琴感到轻松，她不再需要为大家的生计去担心，也不需要亲自去为伤员做护理。她整天所做的工作就是行政和日常的管理及后勤工作。刚开始她对这些工作感到非常陌生，好在组织给他们这个营级单位也配了一个政委。这位政委既是老伤员也是领导。他是上了年纪的一位参加过长征的老红军，原来是仓库主任，但组织上考虑到他有伤，就让他来当卫生队和医院的政委，边养伤边做些政治工作。他虽然文化水平不高，但具有丰富的行政工作经验，在他的指点下，司琴迅速地熟悉了日常的行政领导工作。

这个卫生队兼后方医院，实际上还有一个疗养院的性质。所以刚开始，主要是负责照顾一些残障老兵和战伤初愈后的伤员疗养。日子过得按部就班而又风平浪静。司琴很快就感到了厌倦，她不喜欢这种生活。

三年山里的游击生活不再，让她始终绷着的一颗心松了下来。她却感到了极度不适应，觉得自己全身的关节零件似乎都在生锈，她渴望注入一些油，让自己润滑起来。

过了春节，空气中鞭炮的硝黄味儿还未散尽，医院里突然转来十几位重伤员，全院上下立即转入抢救这些重伤员的工作之中。这种紧张的气氛让司琴仿佛回到了那三年提心吊胆的日子，她心中感到了莫名其妙的兴奋与紧张。

紧接着的几天，陆陆续续又来了十几位伤员。在这后方医院里，虽然听不到前方的枪声，但是从伤员的身上，司琴明显闻到了久违的硝烟，她感到莫名其妙的烦躁。这种烦躁随着一天傍晚一位重伤员的转移，转化为一种强烈的迫切要与硝烟亲近的冲动。

这天傍晚，劳累了一天的抢救班组的人和司琴刚刚吃完晚饭，突然，大院门口响起了急促的车轱辘声，一辆平板马车上坐着两位持枪的战士。一到门口，他俩迫不及待地跳了下来大叫："医生，医生，赶紧抢救我们的连长！"

司琴他们闻声冲了出来，只见平板车上躺着一位胸部以上扎了绷带的重伤员。医护人员急忙把这位伤员抬进了手术室。

"这是我们的连长。昨天半夜受的伤。在脑部和胸部，被机枪打的。"

"怎么现在才送来？"主刀的刘医生打开绷带，看到伤口后倒抽了一口凉气。

"前线的卫生队里做了包扎后，我们以最快的速度转过来了。但是路上我们又碰到了敌人的几次袭扰，还牺牲了一位同志。"护送的战士带着哭腔说，"医生，一定要把我们的陈连长救活，我们不能没有他。"

随着绷带的全部解开，只见伤员的头部已经肿得看不出五官了。司琴立即命令用库存最好最贵的西药。一直抢救到午夜，这位连长起伏的胸部慢慢变平了，最后纹丝不动了。

主刀的刘医生一屁股坐在了地上，嘶哑着嗓子说："对不起，救不回来了。"

守在门外护送的两位战士，闻言不禁放声大哭。

司琴因为见惯了这种场景，她安慰两位战士："同志，你们别哭，要在战场上好好地表现，为你们的连长报仇。"两位战士依然哭着离去了。

按照惯例，司琴要在死亡的病员档案上签字。

一个熟悉的名字跳入眼帘：陈双田，男，二十五岁，三团警通连连长，江西赣州人。司琴愣了一下，起身冲进手术室。烈士头部肿胀得已经认不出五官。她检查了烈士的左手，果然，左手残缺了两个指头。是陈双田无疑！司琴无声地抽泣了。

司琴通宵无眠。一早，她就让通信员牵来两匹马，她和通信员骑上马，直奔三十多里地外的师部。

师政委王义笑眯眯地问司琴："现在，形势这么危急，你不顾危险跑了这么远的路，就是来谈你的个人想法?"

司琴："我在那里一天都待不了。我一定要上前线，做什么事情都行。"

王义仍然笑眯眯地问："你一个女同志，你觉得上前线能做什么？直接做战斗员，能行吗?"

司琴说："做战地救护也可以。"

王义："你现在做的就是这个工作。"

司琴："我要到前方一线去。"

王义："这没区别，本质上都是在救助伤员。"

师部一片紧张忙碌的气氛。警卫员进来汇报会议马上要开始了。王义依然笑着对司琴说："接下去马上要有大行动了，你们医院的任务会很艰巨。你看在这个时候提出这样要求，合适不合适？你回去再想一下好吗？你是老同志了，我相信你是有觉悟的。"

王义就这样不软不硬地把司琴顶了回去。

5

回到了卫生队，司琴怎么也打不起精神来。晚饭后，她一个人来到了河边，痴痴地看着晚霞发呆。她在想很多的人和很多的事。

她感到很奇怪，想着想着，想到最后，想得最多的竟然是小阳光。她眼前闪现最多的是小阳光在她的怀里牙牙学语的情景，耳朵里回响的是小阳光第一次叫她妈妈的声音。想着想着，她的眼泪就大颗地滴了下来。她想起了王义政委说的话，她反问自己，对啊，女人是不是就该做女人的事情？

一阵幽幽的短笛声隐隐地从一片芦苇荡里面传出来。这笛声悠长而哀伤。久违的笛声，那是在戏班里天天能够听到耳熟能详的丝竹声，每每陪伴司琴度过凄凉忧伤的时光，治愈她初谙人世后时常遭遇的心灵创伤。这笛声把她的思绪一下子打开牵引到了天际，让她不禁心驰神往。

她循着笛声快速地寻找着。秋天的芦苇荡，地上已经显得干燥，芦苇花被司琴一路撞开，在傍晚的风中飘散成美丽的白雾，又在夕阳中迅速地幻化为金黄透明的薄纱，紧随在司琴的身后，向四周飘去，散成一朵巨大的透明的裙裾。

芦苇荡里，一艘搁浅了的破渔船船帮上坐着一个人，是他在吹着笛子。他没有注意司琴的到来，心无旁骛地沉浸在笛声构成的思绪里。他是刘医生。

司琴就远远地站着看着听着想着，渐渐地就出了神。

刘医生修长挺拔的身躯和年轻且轮廓分明的脸庞，在夕阳的映照下，散发出男性迷人的光晕来。

此时此刻，这是一幅清丽而动人、略带些寂寥的黄昏图景，加之有些哀伤的笛声，非常契合此时司琴的心境。司琴就这么全副身心地沉浸在这一片凄美的氛围中。

刘医生突然发现了司琴，他急忙站了起来，微笑地看着司琴："啊，是司队长。"

司琴突然从沉醉的思绪中惊醒过来，有些不好意思："我惊动你了。没事，我这就走。"

司琴转身就走了。刚走了几步，就听到刘医生那浑厚磁性的嗓音："司队长，你别走。"

司琴转过脸，刘医生用热切的目光看着她："司队长，我一直想好好向你汇报汇报我的思想。"

司琴一听："汇报思想？好啊，我们谈谈。"

两个人并排坐在船帮上。

刘医生感慨地说："一直想向你汇报汇报思想。可是，我有空的时候你忙。你有空的时候我又在忙。"

司琴笑道："其实是我的责任。我老觉得，听思想汇报是政委的事情。我只要搞好行政工作就行了。所以对你们的思想情况了解是不够的，向你检讨。"

司琴原来就对刘医生的情况有所了解，在和刘医生的直接谈话中，她又知道了刘医生的许多情况。刘医生叫刘华，今年二十八岁。他原来是上海一座医院里的医生。他的女友在报社当记者，同时也是中共地下党员。是他的女友引导他走上了革命的道路。抗战爆发后，女友义无反顾地要参加抗日武装，走上武装斗争的一线。刚开始，刘华是反对的。他认为革命工作在哪里干都是一样的。但是他女友从军的决心非常大，而且动员他同行。为了爱情，他只好跟着女友奔赴抗日根据地。但是到了根据地不久，他女友在一次反清乡的战斗中牺牲了。之后，他就一直走不出对女友牺牲的哀痛，只有把全部精力投入到工作当中，才能些许减轻这一份哀痛。

司琴听了，眼睛就有些湿了。她感慨地说："我真羡慕你，你有一个这么值得你去爱的爱人。"

"可她死了，永远地离开我了。"

"但是你这么怀念她，是她的幸福。而我就不一样了。"

"怎么，你也有……"

司琴说："我有过一个男人。他死了，可他是个革命的叛徒。"

刘华非常震惊："怎么会发生这样的事情？"

司琴沉默了。

"那你还会怀念他吗？"

司琴想了一下："谈不上怀念，经常会想起。但是……"

"但是什么？"

司琴难以回答，默默地看着天际不出声。

刘华感到了些许尴尬，也就不出声。

司琴从刘华手中要过短笛，吹了起来。

刘华非常震惊：“你怎么会音乐，而且水平这么高？我只知道你有文化，没听说你还有这么高的文艺素养。这在红军干部中很少见。”

司琴苦笑道：“吹拉弹唱算什么本事？现在是战争期间，要有能做军事工作的本事，那才是最大的本事。”

“不，司队长。你很有本事，我们大家都听说过。你虽然年纪比我小很多，但你是资格很老的老红军了。早就听说你年纪轻轻地就带着一支游击队，在敌后坚持了三年多的游击战。这是很了不起的。我是很崇拜你的。”

司琴笑了：“我整天带着他们东躲西藏的，就琢磨着怎么能活下来，根本就没打过什么像样的仗。”

“你越谦虚，越说明你伟大。说实话，我有时候在你面前感到有点自卑，所以就不太敢向你汇报思想。”

司琴听出了他话里有话：“自卑，你有什么好自卑的？你可是我们医院里医术最好的医生了。”

刘华欲言又止，他转换了话题：“你对文艺很感兴趣吗？我们聊聊文艺吧！”

司琴说：“好啊！我只懂一些戏文，其他文艺我不太懂。我看你桌上有一些诗集，你可以跟我说说，我很感兴趣。”

刘华兴奋地说：“那太好了。”

司琴和刘华的第一次谈话，轻松而又愉快。最后是在刘华充满激情而又浪漫地朗诵徐志摩的《再别康桥》中结束的。

司琴从来没有听到过这么好听的声音和这么动人的诗歌。回到宿舍，她久久不能入睡。她在刘华给她营造的精神世界里徜徉，感觉是如此纯洁、美妙与美好。她感到文艺原来具有如此深切而强大的精神穿透力和感染力，它能在很短的时间内把原本还很陌生的两个人贴合得很近。她于是对儒雅而有才华的刘华充满了好感。

第二天，刘华就给司琴送来了两本诗集，其中还有他自己写的三首诗。这三首诗是刘华在初恋的时候写给女友的。司琴是第一次接触到这么热烈奔放的爱的语言。她感到这些自由诗比戏文里的那些诗要热烈奔放得多，里里外外对男女之间的爱情歌颂得是那么直露、张扬和肆无忌惮，直看得她脸红耳赤、血脉偾张、心旌摇荡，这是她一个山野出身的女子从来没有过的精神体验。她没有想到，有文化的人的情感生活是这么丰富多彩。

司琴如饥似渴地读着两本诗词，尽管是生吞活剥，很多意思她不懂，一些字也不认识，但她反复看反复读如醉如痴，一直到曙光照进窗子。

6

傍晚时分，司琴把刘华约到河边。她问了刘华许多她不认识的字。

刘华笑道：“这就是你读私塾的缺点。这样吧，我给你一本民国新字典，同时我教你如何用新国音查字典。”

这一晚的交谈成了刘华给司琴上的一堂查字典的课。聪明的司琴一次就掌握了查字典的窍门。她整个晚上都没睡，把两本诗集里所有不认识的字全部找了出来。刘华仿佛给她打开了一扇从未见过的天窗，而这本新字典给她插上了翅膀，让她飞到外面去看那五光十色的精彩世界。

卫生队里来了位重要的伤员。他是主力三团团长钟明。钟明的肺部被日军的三八大盖击穿。好在送来及时，在刘华的主刀下死里逃生。在接下去的一个多月里，他成了全院照护的重点，司琴自然把全部的精力都放在了他的身上。她亲自组织和参加了护理工作，并亲手给他熬鸡汤、配营养餐。钟明恢复得很快。

钟明从两天的昏迷中醒来，第一个见到的就是司琴。后来在这一个月里见到最多的人也是司琴。钟明年方二十八岁，是一位老红军。

钟明的伤情开始恢复，司琴就迫不及待地向他打听前线的情况，以及他们是如何打仗的。钟明饶有兴致地向司琴作了介绍。司琴提了一个又一个的问题，活脱脱像一个刚开蒙的三岁小孩，有的问题幼稚得常常把钟明逗得哈哈大笑，但他都不厌其烦地给予了解答。司琴对钟明英勇的作战经历钦佩不已，看他的眼神充满了崇拜。这种崇拜的口吻常常在刘华面前流露出来，刘华表现得很烦躁，司琴心里不免犯了嘀咕。

钟明看司琴的眼神渐渐地变得不一样了，有时会不由自主地躲着司琴的眼睛。司琴感觉到事情有些异样，她意识到了什么，于是就逐渐减少了到钟明病房的次数。

但是，怕来什么事，什么事偏偏就来。

医院政委把司琴叫了去，他跟司琴说，中午师政委王义会来找你。王义政委是昨天晚上专门来医院看钟明团长的。司琴心里有点小意外。她在揣测着，难道是师里同意她调动工作了？一想到这，她心里倒开始惴惴不安起来，她突然感到自己现在不想离开卫生队，她情不自禁地往刘华的办公室望去，她突然意识到，原因在刘华身上。

没想到王义政委对司琴根本就不是谈工作调动的事。

他笑着对司琴说："小司，想和你说一件个人的事情。"

司琴："个人的事情，我个人会有什么事情？"

王义单刀直入："这样啊，钟明同志也是位老红军了。年纪虽然轻，资格跟你一样，而且也有一定的文化。他是一位军政素质俱佳的人才。但他的个人问题没有解决。我觉得你们两个很合适。"

"不行不行！"司琴脱口而出。

王义有点惊讶："为什么不行？许多女同志都巴不得嫁他的。"

"我有喜欢的人了。"

王义："你有喜欢的人了，你怎么会有喜欢的人？你原来的丈夫不是已经死了吗？"

司琴："反正我现在不会考虑这个事情。"

王义："那你可要想好，我这是很严肃地跟你谈话。当然。你不愿意，也不会勉强你。但你要知道，钟明同志真的是一个非常优秀的青年干部。"

司琴："钟团长人很好。我要是没有喜欢的人，我肯定会愿意嫁给他。可是，我真的已经有了喜欢的人了。”

王义：“是你们医院里的人？”

司琴想了一下：“我不回答行吗？”

王义笑着说：“行啊，这是你个人的自由，我不搞强迫命令。”

第二天一早，钟明就迫不及待地让通信员牵来一匹马，离开了医院，匆忙得连出院的手续都没有办，只有司琴知道这是为什么。

司琴在这段时间里认识了许多字。刘华不断给她推荐文学名著，尤其是新文化运动以来关于思想解放、爱情主题的小说以及诗歌戏剧。在刘华的讲解和辅导下，司琴走进了文学的新天地。这是一个灵魂和精神高度自由解放的世界。她真切地感到在这个卫生队和医院里，是刘华引领着她走向心灵和精神自由放飞的世界。司琴感到了从未有过的释放和舒畅。她和刘华的约会，从河边慢慢走到了芦苇荡里，最终走到芦苇荡深处在那条船上。

在船上，刘华突然紧紧抱住了司琴。司琴心领神会，没有一丝的拒绝，有的只是温柔的顺从。她只是轻声地问了刘华：“你这样对得起你牺牲的爱人吗？”

刘华激动地说：“你就是我爱人的化身。你人像她，精神也像她。”

司琴感到了莫大的幸福。对司琴来说，刘华是她从来没有遇到过的一种类型的男人，优雅、温柔、体贴、知性等，有着优秀男人所具备的一切优点，她自此义无反顾地投身于刘华的世界。

司琴势不可挡地爱上刘华的同时，当然也感到了刘华对自己炽烈的爱。但是司琴发现刘华有个特点，他总在半夜的时候离开她的房间。司琴不解地问：“我们这是革命爱情。有什么见不得人的？我觉得应该向组织汇报我们的事情。既然我们关系确定了，就应该成为夫妻。”

刘华愣了一下说：“这事不能急。有些事情请允许我考虑一下，我再告诉你好吗？”

司琴感到非常奇怪：“难道你还有什么事情瞒着我？”

刘华急忙说：“没什么跟组织原则有关的事情。但是我觉得感情是一件很慎重的事情。”

司琴：“难道我们之间的感情不慎重吗？我可是非常慎重地对待我们之间的感情的。”

刘华说：“我指的不是这个意思。”

“那你指的是什么意思？”

刘华还是坚持地说：“你让我考虑一下我怎么跟你说。”

司琴无奈地看着他走出了房间，悄悄反带上了门。

第二天吃午饭的时候，一位穿着土灰布军装，看起来比较精干的年轻女干部，坐着马车匆匆而来，在卫生队的门口停下。她一跳下车，就直奔狭小的食堂。

女干部一冲进来就对着大家问：“哪位是司琴？”

司琴站起来：“我就是。这位同志？”

女干部过来就给了司琴一个耳光。

司琴一下子蒙了：“你干什么呀？！”

旁边的人哗啦啦都站了起来。有几个人过来对女干部说："王天天，你别激动，有话慢慢讲。"

显然，这些人都认识这个王天天。

王天天神情非常激动，大喊大叫："司琴，亏你还是个老资格的红军！我在前线拼命，你在后面拆我的台，抢我的爱人！"

司琴一下子反应过来，大喊："刘华，怎么回事？你给我过来！"

没有应答，刘华已经不见踪影。

政委严厉地对王天天说："王天天，我命令你先离开！"

司琴知道了事情的原委。原来，刘华的女友牺牲以后，同在卫生队里当护士的王天天好上了。但是刘华借口战争环境不稳定，一直不愿意和她结婚，王天天就一直跟他闹。组织上鉴于两个人在一个单位里这样下去不行，就把王天天调到了另外一个野战医院。但是王天天和刘华一直藕断丝连，没有真正分开。这段时间，刘华和司琴好上了，有心的人发现了，好事者就偷偷地捎信给王天天，于是发生了这一幕。

这件事情对司琴来说，简直是五雷轰顶。她根本想不到这种事情会发生在她的身上。

刘华跪在她的脚下痛哭流涕。他反复向司琴保证，他对王天天确实没有感情。原来的女友牺牲之后，在精神空虚的情况下，他架不住王天天的情感攻势。但他对司琴的感情是真切的，他要求司琴一定要原谅他。司琴在心里暴怒过嘶喊过痛哭过，一番情感风暴过后，她还是选择了原谅。她心里实在割舍不下这个男人，她也感受到刘华确实是真心实意地爱着自己。

当着司琴的面，刘华把他给王天天的断交信交给司琴，请司琴把这封信寄给王天天。司琴把信撕了，淡淡地说："你欺骗了我。要我原谅你，我只需要你做一件事情。"

"一百件也可以！"刘华急切地表示。

"结婚。"

刘华满口答应。

政委没怎么看结婚报告，他问："司琴同志，你是不是真的已经了解了刘华这个人？"

司琴说："政治方面的事情，组织怎么说我就信组织的。但在感情这方面，我离不开他，确切地说我非常爱他。"

政委介绍了刘华的情况。他说刘华参加革命工作是被动的，是因为他的前女友是一位非常坚决的革命者，一定要走革命道路，所以把他带进了革命队伍。刘华这个人，虽然不能说政治上有什么问题，但是他革命的态度不是很坚决，到现在一直没有入党。他总认为自己是一个医生，不必过多过问政治。有好几次，组织准备把他调到野战医院去，他都闹情绪拒绝去。他的业务能力确实很强，这个医院离不开，最终组织上没调成他。

司琴说那他看来是个落后分子，结婚以后我刚好可以帮助他进步。

政委还是笑着对司琴提出了建议："我觉得，你们的感情可以再进一步发展。看看他的表现，在他政治上有了进一步提高的时候，再结婚不是更好吗?”

司琴问：“那是不是意味着不批准我结婚了?”政委说有可能不批准。

司琴想了想说：“那好，结婚报告先放你这。给我半年时间，我要让他以积极的态度入党立功。”

听说暂缓结婚，刘华好像如释重负。他说结婚就是一种形式，真正相爱的人根本不需要这样的形式。司琴总觉得他这理由怪怪的。司琴给他列出必须学习的政治文件和书籍。对这些要求，刘华给了司琴很好的交代，他能够在一个多月里把这些政治政策和政治理论的内容，一套一套地跟司琴说得清清楚楚，以至最后他成了司琴的政治辅导老师。司琴又向他提出了一个新的要求，她要求刘华暂时离开她到野战医院去锻炼两个月。没想到刘华坚决反对，他说他就怕枪声。他不好意思地跟司琴承认，他曾经为此尿过几次裤子。司琴听了不禁笑了起来：“没想到你这么怕死。”

“这跟怕死没有关系。我实际上就是一个医生。对参与政治真的是不感兴趣。”

司琴听了以后很失望。她真怪自己当时被爱情冲昏了脑壳，当时为什么就没注意到刘华政治上落后这一点?没有通过组织和周边社会关系了解，就被他俊朗的外表、广博的知识和出众的文艺气质所吸引。司琴现在觉得，刘华只能算是革命的同路人，她要花很大的气力去帮助他在政治上进步。

但是，司琴对刘华政治上的失望，并不妨碍他们之间情感生活继续狂飙突进。刘华干脆住进了司琴的房间，俩人过起了同居生活。

7

司琴发现自己怀孕的那一刻，感到五雷轰顶，全身战栗不止。刘华慌张地问她怎么回事？她一时也说不清楚。她只知道，自从小阳光出事以后，她就对婴儿充满了恐惧。只要一听到婴儿的哭声她就会有窒息的感觉，她更不敢去抱婴儿，对她来说婴儿就是一座山，弄不好就会把她压得粉身碎骨。医院里有驻地附近的孕妇要接产，她就远远地躲出医院。她感到这辈子她是绝对不能碰孩子的。她坚决要刘华把这胎儿处理掉。

刘华没有反对的意思，他只是提醒司琴人工流产的害处。

“我不管那么多，反正绝对不能要孩子！”

刘华给司琴服的药很见效。第二天傍晚，司琴在河边洗完衣服回医院，没走上几步，殷红的鲜血就从大腿根部涌出。司琴躺在床上，并不感到特别难过，她觉得这孩子根本不应该降临在这个残酷的世界。她想起了洪仙姑对她说的话，战争中的女人怀孕意味着什么。

洪仙姑的话一直萦绕在司琴的心头，怎么都挥不去。

司琴郑重其事地要求刘华摘除她的子宫，刘华大惊失色：“你今后不要孩子了？”

“不，我有孩子。”司琴平静地说。她说她的心里永远有个孩子，这个孩子就是小阳光。这是一个第一声就叫她妈的孩子，现在她才知道，这孩子日夜在陪伴着她。这个孩子不会容忍其他孩子在司琴的世界里存在，哪怕是一刻。

司琴尽管毫不犹豫地命令刘华摘除了她的子宫，但是，大颗的泪珠还是从她的眼角滑落。

转眼之间，半年就快要到了。

司琴感到刘华在政治上不断地进步。当然，这表现在他对政治问题的认识和理论水平的提高上。她心里自然是很高兴的，她觉得其中很大的原因要归功于她对刘华的帮助。同时，她觉得自己在情感上更离不开刘华了，刘华给了她任何男人都给不了的东西。她有时甚至在想，哪怕刘华今后在革命队伍里永远落后于自己，她也要永远地帮助他，永远不舍弃他。现在，她感到刘华欠缺的是实际的锻炼，一定要补上这一课。于是她又向刘华提出要求，要他到野战医院去待一段时间，刘华勉强答应了。司琴代刘华向政委提出了要求，政委高兴地说："那好，等通知吧。"

刘华到野战医院的通知没来，师部的紧急备战通知倒先来了。

日伪的新一轮清乡攻势非常凌厉，江南指挥部要求全军上下全力以赴投入反清乡战斗。形势一天比一天紧张，伤员越送越多。司琴明显感到了战事向卫生队所在的地方逼近。

一天傍晚，一大队的人马来到了医院所在的村庄。部队指挥员在当地党组织和抗日村干部的带领下宣布：掩护卫生队立即转移。

司琴一看惊喜地叫了起来，带队的部队首长竟然是福建佬！此时福建佬已经是营长了。他的那条木头腿已经换成了一条外国造的假肢，走起路来不像个断了一条腿的人。

福建佬一看见司琴也兴奋得大叫。他说如果不是因为战事紧急，他肯定要和司琴先喝上几壶酒再说。

政委主持召开了十分钟的紧急应变会议。医院方面参加会议的有政委、司琴和几位核心的骨干。刘华作为重点保护的业务骨干，也列席了会议。会上明确了应急的方案，其中包括分步撤退的计划，尤其明确了在突发的情况下，打散的同志要秘密转移到的几个地点。

会后，刘华明显感到了紧张，他要求就地隐蔽。司琴笑道，你一个白面书生能够就地隐蔽到哪里去？这里的群众基础虽然很深厚，但是村里也发生过汉奸家属和日伪勾结的事情。

到了深夜，卫生队紧急行动起来。在福建佬他们的护卫下，两百多号人快速地向西南方向转移。在转移到黄村的时候，突然遭遇了日军骑兵的袭击。

福建佬亲自端着机枪，率领部队掩护着司琴他们撤退。

司琴手里也提着一杆枪，紧紧地护卫着刘华。队伍被日军的机枪压在一条小河沟里，不断有人中弹栽进水里。司琴塞给刘华一颗手榴弹，她告诉他紧急情况下，这就是光荣弹，绝不能活着落在敌人手里，从而泄露部队突围机密。刘华脸都吓白了，四周的枪声越来越近，他全身发抖迈不开腿。司琴拉着他说：“别怕，你跟着我。”

爬过小河沟，就是一条小河。司琴指挥大家毫不犹豫地跳进了齐腰深的河水里，向对岸跋涉过去。突然，对面隐隐约约出现了人影，紧接着，一排排子弹射了过来，又当场倒下三四个人。司琴见状不妙，立即指挥下到河里的人撤回岸上，然后整理了队伍。他们刚往回突围了两三百米，迎面就看见大队的日伪军压了上来。福建佬带领部队拼命阻挡。

福建佬对司琴说："我马上组织反突击，你们趁这个空当儿向西南方向去。"

福建佬率众逆袭，争取了宝贵的几分钟，司琴他们趁机冲出西南方向的合围缺口。但是跑了不到二里路，队伍后面又响起了激烈的枪声。原来，是日军骑兵追了上来。司琴命令大家顺着原来的方向跑，她和十来个有战斗经验的医院干部和基本痊愈的老兵就地阻击，阻滞了日军骑兵的追击。

医院的主体人马基本脱离了敌人的追击。司琴组织的阻击分队只剩下了她自己和另外两位战士。他们侥幸脱离了战场。

他们三个人冲进了一片树林，隐蔽了不到十几分钟，大队的日伪军开始进入树林搜索。

突然，司琴发现有一个人向他们的隐藏地摸索过来，她定睛一看，是刘华！

司琴急了："怎么回事？你怎么没跟上大部队？"

刘华结结巴巴地说："我不能丢下你。"

司琴气哭了，她打了刘华一记耳光："你要死呀你！"

不远处的敌人渐渐地搜索过来。

他们四个人悄悄摸索到了树林边，刚想冲出去，又见树林外面隐隐约约出现了迎面而来的敌人。

司琴命令各位趴下别动。四个人静静地趴伏在地上。一队队的日伪军从前面经过，好像永远走不完似的。

司琴突然听到刘华紧张而颤抖的嘀咕声："受不了，我受不了了。我们出去吧，我会日语，我会和他们谈判，我们死不了。"

"你说什么？"

"我们诈降，先渡过这一关再说。"

司琴猛然反应过来，她低声喝止："你胡说什么，你给我住嘴！"

司琴一把搂住刘华的头，将他用力揽进怀里，轻柔而坚定地安慰他："别怕，有我在。别出声。"

又一排日伪军搜索了过来。

刘华突然爆发了，他从司琴怀里挣脱了出来，猛地站了起来，大喊："司琴，听我的，跟我来！"

刘华冲向敌人，同时挥舞着一条白毛巾，大声喊着日语。

顿时，几道手电光齐齐地射向刘华，他在惨白森森的手电光交织而成的光环里成了这黑夜中唯一跳跃着的魅影。

仿佛一切都静止了。对面的日伪军迟疑地在判断着，刘华不停地呼喊着日语，使得他们不敢轻易开枪。

司琴三人也愣怔住了。两位战士扭头看着司琴。

司琴悄悄地向侧方打了两个滚，避开了手电光的直射，然后举起了枪。她的全身在颤抖，枪口不由自主地向下垂。眼看着刘华向敌人越跑越近，当刘华扭头大声呼唤“司琴，快跟我来啊”时，司琴的枪响了，刘华一头栽倒在地上。

树林外传来了激烈的枪声，当面搜索的日伪军立即被吸引过去。剩下的几个伪军士兵过来翻看检查了一下刘华的尸体，搜走了一些随身的东西，也匆匆地走了。

第六章

1

司琴生了一场大病，这场大病持续两个多月，几乎要了她的命。生病期间，组织上免去了她卫生队队长和医院院长的职务，没有说明免职的原因，但是司琴心里清楚是因为什么。大病初愈，组织上通知她到被服厂工作，没有安排领导职务，只是让她具体负责被服质量的检验工作。

司琴心里清楚，这是组织对她产生了不信任后的惩罚。

司琴换了个人一样，整天一言不发，默默地做着枯燥而单调的工作。她一丝不苟地检查着每件衣服每一道工序的质量，甚至是每一个线头有否脱落。她成了生产环节中的一颗螺丝钉。每天的生活内容就是起床、吃饭、做检验、睡觉，如此循环往复。她的思想关闭了，她想不起也不愿意去想任何事情。刚开始，她还会些许在意人们在背后对她的指指点点，时间一长，她就麻木了。她感觉到身上的活力正在一点一点地消失，自己就要像一棵秋后的野草一样开始枯萎了。

即将枯萎的草木最容易被点燃。

正当她消极颓废到人生谷底的时候，师政治部通知她到师部去谈话。不知怎么的，司琴感到即将干涸的生命之泉，开始涌动出一些细小的水珠。

到了师部，师敌工部长接见了他。他首先详细询问了司琴的身体状况和精神状况。司琴苦笑道，你看我不活得好好的吗？部长也笑着说，那看来你很安心做被服厂的工作。司琴说革命工作嘛，不能挑肥拣瘦。一切听党的，只要有工作做就行。敌工部长忽然变得严肃起来，他说，现在有一项很重要的工作交给你去做。

敌工部长交给司琴的工作是，让司琴回到老家联城镇，去执行一项绝密的任务。部长只告诉她到了联城后，以妻子的身份去找大丰药店的钱老板，钱老板是这项工作的负责人，司琴要无条件接受他的领导。

大股生命的泉水喷涌而出。司琴感到自己突然活了过来。

连续两天的时间里，敌工部的两位科长仔细向司琴交代了做敌工工作的规矩和知识。规定不能做任何笔记。司琴的脑子仿佛是被突然激活了的一部高速运转的机器，酣畅淋漓地运转着。到了最后，两位科长说的任何细节她都能复述得一清二楚。敌工部长听了汇报以后非常惊讶：她不像刚生过大病的样子呀！

春暖花开的季节，正是江南最美的日子。所到之处，花团锦簇，群莺乱飞。司琴感觉自己就是冬天里的一棵枯草，终于等来了春风，被春天雨水一滋润，又乱腾腾十分嚣张地生发开来。

一路春风，吹拂着司琴的一路笑容，她觉得自己又开始拥有整个春天了。

地下交通站一站一站地接力把她送到了联城。

联城已经被日军占据一年多，市面上已经失去了往日的喧嚣，显得一片凄凉。司琴打扮成商家少妇的模样，一下黄包车，就直奔大丰药店。

到了大丰药店，她俨然以女主人的身份问店员："老板进货回来没有？娘家正等着钱用。"

"钱凑得差不多了，还差五十元。"

"没关系，五十元我们娘家自己凑得起的。"

对上暗号，店员把司琴带上了二楼。嘎吱作响的楼梯板和木地板，让人感到这个药店是处在风雨飘摇中的危楼，随时都有倒塌的可能。昏暗的阁楼里，一个模糊不清的男人慵懒地躺在一张竹椅上，看着司琴走了进来。司琴卸下了身上的包袱，那人把手伸向窗帘，掀开了一角，一道春光射进来，那人显出一脸带着痞味的坏笑。

司琴大吃一惊，这个钱老板竟然是陈泽。

"怎么又是你？"

"看来你没做过这方面工作，这话你怎么能问得出？"陈泽笑出声。

尽管敌工部长交代，司琴是以妻子的身份配合钱老板做工作，她之前也有足够的思想准备，但是见到了人，竟然是和陈泽做"夫妻"，她无论是情感还是思想上都转不过这个弯来。她明白地下工作的纪律不允许她向陈泽问太多的问题，但是到了晚上，当两人在阁楼里躺在两张床上（陈泽睡在竹椅上）的时候，司琴还是止不住要问陈泽到底是怎么回事。陈泽笑而不答，他只说按照计划，一步一步告诉她。司琴激他：“你我之间欠的债太多了，你不告诉我你真实的情况，我这工作做不下去。”听到这里陈泽笑了。陈泽说：“有些事情告诉你也无妨，因为你猜也可以猜得到。”陈泽说他根本就不是什么共产党的朋友，他从来就是如假包换的共产党员。

让司琴大出意料的是，陈泽竟然说自己是洪仙姑的丈夫。司琴从床上跳了起来，她打开灯仔细端详了陈泽，突然在陈泽的眉目间看到了小阳光，司琴心里止不住一阵阵揪心的疼。

司琴才知道，洪仙姑的真名叫洪先芙。所以被叫成洪仙姑，完全是因为她在余村伪装成药师，因为医术神奇，被患者叫错了，后来以讹传讹，就叫成了洪仙姑。洪先芙是联城闻名的洪药师的小女儿。陈泽和洪先芙在联城读中学的时候就是同学。浪荡公子兼情种的陈泽一见到漂亮温润的洪先芙就魔怔了，他开始疯狂地追求洪先芙，在她身上花了大把的铜钿不说，还荒废了学业。洪先芙考上了省城的医科大学，陈泽千方百计通过父亲关系买进了同一所大学。洪先芙最终被陈泽打动，但她问了陈泽一个问题：“你真的愿意为我上刀山下火海？”

陈泽根本就没过脑子：“绝对愿意！”洪先芙就给他拿出了一本《共产党宣言》说：“我是共产党。”陈泽当场傻眼：自己就想谈个恋爱，没想到可能要掉脑袋。陈泽昏睡了一天一夜，又把那本可能要命的书看了一天一夜，然后红肿着一双灯泡眼对洪先芙说：“我跟你。”

陈泽自然而然地就被洪先芙带上了革命的道路。司琴感叹，这不就是刘华和他女友的故事吗？

陈泽问谁是刘华？司琴就说了她和刘华的故事。陈泽笑道：“我也是刘华？那为了革命事业，你现在就应该把我打死。”司琴说：“我哪敢，你现在是我的领导。”

在之后断断续续的了解过程当中，司琴知道了陈泽和洪先芙更多的故事。他俩大学没毕业，洪仙芙就到了根据地从事医护工作，后来担任了后方医院的政委，陈泽则利用其家庭复杂的社会关系，游走于江湖为红军筹措西药和给养。五年前，红军开始秘密做战略转移的准备工作，需要秘密组织一些小分队潜入敌人防备较疏漏的地区筹措急需的西药等战略物资。洪先芙当时已经怀孕，她得知了这个消息，主动提出要求带一支分队潜入联城筹集西药和物资。她的理由是他们家族在联城就是做医药生意的。同时一个更重要的原因是，自从怀孕以后，她就没见过陈泽，她知道陈泽在联城，对亲人的思念，驱使她迫切想见到陈泽。他们夫妻俩见面以后，共同策划了袭击陈家的双簧戏。但没想到陈泽的父亲因此而殒命，让他们更没有想到的是，原来设定的半个月左右时间的筹资工作，突然因为红军提前转移到外线作战而发生变化。洪先芙作为有身孕的女干部，不能随主力转移，但她又回不了根据地，只能就地在余村山区活动，负责把伤员队伍带好。在这期间，陈泽的关系已经转移到了当地的中共特委。由于特委下属的中心县委联络员独眼老四意外被捕，洪先芙他们就和上级失联了。按照特委的指示，陈泽极力寻找洪先芙他们的下落，并借助朱大龙的绿林武装几次帮助洪先芙和司琴他们转危为安。

为什么要“误杀”金虎？陈泽是这么说的，在主力部队失利后，金虎偷偷跑回来找司琴。他在进山里转悠的时候，就被保安三团抓住了，他是个软骨头，一上刑什么都招供了，但因为当时他没有什么价值，就一直被关在牢里，等着需要向上报功的时候，砍了凑人头。麻天道在搜剿游击队失利以后，突然想到了金虎，他心生一计，就让金虎去找司琴，然后再追到游击队。他给金虎的条件是，金虎帮助找到并歼灭游击队后，他就会奖赏金虎五百光洋，然后让他带着司琴远走高飞。金虎经不起麻天道威逼利诱，就叛变了。而陈泽和麻天道是表亲，又是走私生意上的密友，一直在走动。他在麻天道家里获知了他的毒计，就在第一时间找到朱大龙，极力动员朱大龙帮他寻找游击队。为绝后患，他故意设计枪支走火打死了金虎，断绝了麻天道这唯一准确追踪游击队的线索。

司琴最关心的自然是阿爹的下落。司明尔的死因确实在朱大龙。父亲死后，陈泽大受刺激，就暂时跑到了朱大龙的窝里疗伤，却意外地见证了司家戏班的覆灭。原来司明尔拿了陈泽父亲一千块光洋逃走的事情被朱大龙的手下知晓，朱大龙连夜就把司家班劫到了山里。他把司明尔和所有演员身上的钱财劫掠一空，然后把剧团里的五个女演员全部扣下来，让小东方当了他的姨太太，其他四个全部分配给他手下的骨干当了老婆。司明尔和其他人被关了十几天，每人给了两块银元后，朱大龙放了他们。绝望的司明尔气急交加，当着朱大龙的面，一头撞死在一块石头上，后被草草地掩埋在山里。

对于洪先芙和小阳光的死，司琴不敢多说，只是一笔带过，说她俩水土不服，在山里病死的。陈泽似乎知道了什么，他没有多问一句话，只是最后问了一下能不能找到洪先芙和小阳光埋在哪里，司琴说应该可以找得到。

这是司琴和陈泽相逢的第一个夜晚。他俩聊到了天亮。这是一个两人的心灵都浸泡在血水和泪水里的夜晚。

2

第二天早晨，陈泽后悔自己跟司琴说得太多，因为他看到司琴的两眼红肿得不成样子，情绪看上去也非常低落，这模样根本就出不了门。看来原定今天定下的任务是完不成了。他跟司琴说这就是搞地下工作犯忌的后果。今后他们之间这方面的话不能再聊了。他让司琴先在店里休整几天，最好都待在阁楼里不要出门。

陈泽化了个胡子装，认不出原来的模样后，悄悄地从后门出去了。

第三天半夜，陈泽悄悄地回来了。这两天，司琴是在等待和煎熬中度过的。她不知道她的任务究竟是什么，陈泽出去干什么。按照敌工部的规定以及陈泽和她的约定，她不能问陈泽，只能由陈泽按照行动步骤一步步告诉她。

陈泽一上阁楼，就开始向司琴交代下一步的行动。他首先介绍了行动背景，他说朱大龙的绿林武装被保安三团收编以后，并没有参加对日军的正面作战。日军攻入联城后，麻天道投降日军做了伪军，当上了“和平建国军”的师长。朱大龙不愿当汉奸，又带着部下跑回了山里。麻天道劝降朱大龙不成，就诱捕了朱大龙，并把朱大龙的母亲扣为人质。朱大龙是个孝子，为了保命和尽孝，他只能暂时委身于敌营。朱大龙虽说加入了“和平建国军”挂了个团长职务，但因为态度非常消极，就一直被麻天道软禁在公馆里，没办法和外面任何人接触。现在陈泽和司琴面临的任务，首先就是要和朱大龙接触。但是，陈泽说他的共产党身份已经在麻天道和朱大龙面前暴露。他觉得能够接触朱大龙的就是司琴。这也是他向上级要求把司琴召到联城来配合他完成任务的原因。

司琴冷笑道：“我一见你就知道是你叫我来的。”

陈泽笑了：“对了。你不差点成了他的姨太吗，你们有缘。”

司琴：“我还差点成了你妈呢！”

“打住。和你说正经的。”陈泽说，前些日子，他绞尽脑汁也想不出接近朱大龙的办法。有一天，突然灵光闪现，脑海中蹦出司琴来！他知道朱大龙的姨太太小东方曾经是司家戏班的女旦角。所以，他要求司琴和小东方建立起联系，然后通过小东方接近朱大龙。

司琴一听就奓了毛：“你知道，我阿爹死在黑狐狸手里！”

陈泽冷冷地反问：“那请问我爹又死在谁手里？”

司琴低头不语。

陈泽："大敌当前，你……"

"你不要多说了。我保证按你说的去做，而且会做好。"司琴截住了陈泽的话头。

"那我就等你的消息。然后我再告诉你第二步怎么做。"

小东方其实也非常难出公馆的门，她跟社会的联系，就是找一些戏班到她公馆上唱唱戏。陈泽这两天已经把能够到朱大龙公馆唱戏的戏班情况都摸清楚了。其中，城东头葛家戏班的一个琴师原来就是司家戏班的。陈泽把他的联系方法告诉了司琴。

琴师一听说司琴要找小东方，就直摇头："你和他们是生死冤家，你找他寻仇去的，我做不了这事。"

司琴说保证不为寻私仇的事，并把装着二十块光洋的小布袋碰得叮当作响地搁在了琴师的破木桌上，琴师无话了。琴师让司琴作为戏班的新角，把她带入朱大龙戒备森严的公馆。

3

今天的采茶调折子戏是《红楼探春》。这出戏是小东方特别喜欢的，她今天想亲自上台过一把戏瘾。

她进了化装间，让化装师给她化一个浓装。化着化着，她看着镜中的自己感觉有些诧异。这个装对她来说真是久违的化法。她问一直在低着头专心致志化着装的化装师："你这是在哪学的呀？"

“司家戏班。”

小东方听了这声音，全身一震，一把抓住了化装师的手，仰头一看，不禁大惊失色：“司琴！”

她蓦地站了起来，欲夺门而出。司琴抢先一步挡在了门前：“你出不去的。”

小东方战战兢兢地问：“你想干什么？”

“多年不见，想跟你叙叙旧。”

“你别误会，你阿爹不是大龙杀的，是他自己……”

“我不为我阿爹的事情。”

“那你来干什么？”

“我是为了你和你的大龙而来。”

小东方愣得说不出话来。

司琴：“你别急，我们好好说。”

小东方坐下来：“我知道你参加了新四军。可你不要乱来啊，这周围都是日本人。”

司琴说：“怕日本人我就不会来了。”

这时，突然有人敲门：“朱太，你锁门干啥呀？都半天了还没化好啊？”

小东方大惊，一把把脸用化装巾抹糊了，然后示意司琴开门。

司琴边开门边大声嘀咕：“这门是怎么啦，怎么会自己落锁了呢。”

门开了，进来一位打扮清秀的年轻女子。她一见小东方就催：“鼓都敲了两遍了，你怎么还不出场？”

小东方掩饰地说：“小和太太，这装化糊了。我今天不想唱了。”

年轻女子看了一眼司琴：“你这装是怎么化的？”

司琴低头不语。

“不怪她。我想换个装，但不适合我。反正没心情了。”

年轻女子说：“那你就看戏吧。”

小东方说：“戏我也不想看。”

“你今天怎么回事呀？”

“许是今天早上吃了山芹炖的莲子羹，坏了肚子。戏你们看吧！卸了装我就先去休息了。”

年轻女子悻悻地：“那行吧，看完了戏我再找你。”年轻女子狐疑地看了司琴一眼，带上门出去了。

年轻女子一出门，小东方紧紧地捂着胸口说：“吓死我了！”

司琴问怎么回事，小东方说：“她是日本人的婆娘，整天缠着我。”司琴问她：“叫什么名字？”小东方说：“她的中国名字叫芳莲。”

“她为什么要整天跟着你？”

小东方说：“还不是为了看住我们家大龙。所以我们家来什么人她都要问。”

司琴说：“小东方，你不要怕。我现在就是想跟你叙叙旧。我已经没什么亲人了，原来司家班的人都是我的亲人。”

“你不要瞒着我了，你是新四军的人。你到底想干什么就跟我直说吧！”

司琴说："你先让我在你们家里住上几天，我慢慢跟你说。"

小东方说："这怎么可能？如果让大龙看见了，他会怎么想？让日本人知道了。他们会怎么办？"

"我必须在你这里住几天。办法你去想，知道吗？！"司琴的语气强硬得不可商量。

司琴以教小东方化装的名义，在公馆里住了下来。她开始密切观察公馆里的人和事。朱大龙的公馆是个三进的大院子。最外一进，是待客的场所。这里搭了个小戏台。小东方看戏和表演都在这里进行。第二进是朱大龙的母亲和用人的住所。而朱大龙和小东方住在最里面的一进。同时还有一班卫兵住在厢房。平时除了他母亲和小东方，其他人都不能随便进入。朱大龙未经日本联络官的许可，也不能出来。

司琴就住在第二进里。

芳莲几乎天天都到公馆来找小东方"玩"。司琴住在小东方家里，让芳莲感到非常奇怪。

小东方解释道："我这不是嫌闷吗，就想找个人聊聊。"

芳莲说："你忘了我们家先生跟朱先生说的，你们家可是非常敏感的地方，很多坏人都在盯着。你怎么能随便让一个外人住在你们家？"

"那我就马上让她走呗。"

芳莲想了一下说："你先别急。她如果化装水平很高的话，我倒是也想跟她学学。"

"那行啊。"小东方嘴巴上说着行，心里却紧张得要命。这个芳莲的先生小和永是日本大通株式会社驻联城的会长。他经常把麻天道和朱大龙及家属邀请到他的会所吃饭喝酒。他中文说得非常好，是个中国通。表面上看起来他和麻天道朱大龙称兄道弟，但是小东方总觉得他身上有种让人望而生畏的力量。尤其是他那双透着寒光的眼睛，看了让她心里直打战。

而这个芳莲自称是个中国人，可是小东方怎么都觉得她的中国话里面带着一股日本味儿。她整天就像一张狗皮膏药似的黏着小东方。她对小东方说她一个人跟着丈夫到联城来，虽然说是做生意，但是生意场上的女人她都见不着。能认识的女人也就是小东方了，她只能整天跟着小东方。可小东方感到，她说是出来玩，可实际上就是拿她的那双眼睛，每天来盯牢她的一举一动。一有情况，她的那双眼睛就像一支铁耙子一样，能把小东方的衣服整个扒下来，让她里面的一切都暴露得一览无余。现在芳莲说要请司琴教化装，她就非常担心司琴会被她套出什么事情。

司琴一听芳莲要请她教化装，她表现出满心喜悦的样子。她对芳莲说："小和太太，你这脸太好看了，准能化出个杨玉环来。"

芳莲说："你别误会，我叫你化的是生活妆，你可千万别给我化成戏装了。"

司琴啊呀了一声："那我可只会画戏装呀。"

芳莲想了一下，笑道："那我破个例，你就给我化个戏装，我去照张相，留个纪念。"

“好嘞。”司琴开始仔细地给芳莲化起戏装。

“你是哪里人呀，从哪里来的呀？”

“我就是联城人。不过前两年到省城去开了店。这不刚回来！”

“这年头兵荒马乱的，为什么回来呀？”

“父母年纪大了，总要回来看看的。”

“你在省城做什么的呀？”

“我在省城大众戏院里做化装和服装的。”

“哦。你成家了吗？有孩子吗？”

“成家了，可男人死了。还没孩子呢。”

“男人是怎么死的呀？”

“哎哟，我说小和太太，你怎么问得这么细啊？”

芳莲说：“不瞒你说，我是大通株式会社的，和朱家做着很密切的生意。他们的安全我很关心，所以和他们交往的人，我们大通株式会社都是要问一问的。”

“哦，原来是这样。”司琴恍然大悟的样子。

芳莲又问了司琴很多的事情。司琴都对答如流。

哪知这次问话差点要了司琴的命。

晚饭后，司琴按照约定，来到大门口看了看对面裕隆钱庄。突然发现裕隆钱庄的窗台上摆了一盆黄菊花。这是陈泽和司琴约定的，如果司琴一见到这黄菊花的话，就必须尽快回到药店和陈泽见面。

司琴看了一下，芳莲没有在朱家公馆吃晚饭，她已经回去了。按照惯例，她晚上还会来和小东方聊天，交流织毛线衣。

司琴立即坐上黄包车，以最快的速度回到了药店。

一上阁楼，陈泽阴着脸劈头就问：“怎么回事，你怎么可以说自己男人已经死了？”

司琴一愣，猛地拍了一下脑袋：“哎呀，我昏了头了，脱口而出！”原来，按照事先编好的剧本，如有人问起家庭的事情，司琴就说男人犯事坐牢了。司琴的身份是借用了省城大众剧院的一位真实的化装师严阿娟的社会身份。这位严阿娟上个月在回乡的时候意外死亡，按地下党的安排，家属对外秘而不宣。而她的丈夫在省城因为“战时经济犯罪”，被日伪关在牢里。今天下午，联城的日伪特务机关专门给省城的日伪特务机关发电报，要求查证严阿娟这个人的真实身份。经查证，其他都对得上，只有她丈夫的情况对不上。这份核查电报被潜伏在联城日伪情报机关的地下党员截获。日伪情报机关将在今天晚上人少的时候抓捕司琴。

“那我应该怎么办？”

陈泽说不能撤，一撤就证实了日伪特务机关的猜测。这次行动一旦失败，以后要接触朱大龙就根本不可能了。陈泽向司琴面授机宜，司琴连连点头。陈泽最后严肃地问：“你这样回去，应对也有失败的可能。你有思想准备吗？”

司琴淡淡地说：“不就是个死吗？我刚好可以去陪我的小阳光。”陈泽严厉地训斥：“荒唐！只许成功，不许失败。”

司琴饭都没吃，就直奔朱公馆，直闯小东方的房间。司琴一脸严峻地和小东方说了事情后果，那就是，如果她败露了，也必将连累朱家。

小东方吓得连连说，一切都按司琴说的办。

司琴的话刚落地，芳莲就推门进来。她一看到司琴在小东方的房间里，就如释重负地拍拍胸口："谢天谢地，严阿娟啊，原来你在这儿，我以为你出去了。"

司琴一愣："你找我？我刚好要找你呢。"

"你要找我，你有什么事要找我？"芳莲也愣了。

小东方瞬间变了个人似的，她非常镇静地对芳莲说："是啊是啊，我正准备带她找你的。"

芳莲警惕道："找我有什么事情？你们说吧。"

小东方说："阿娟，还是你自己和小和太太说吧。我一时半会儿也说不清楚。"

司琴一下子就跪倒在芳莲面前，泣不成声："小和太太，你救救我们家吧。"

芳莲摸不着头脑："你这是干什么呀，做贼心虚吗？"

司琴哭得说不下去。

芳莲有些不耐烦了："哭什么哭呀，哭能救得了你吗？"

小东方赶紧接着说："这中午吧，跟你化装的时候，她听你说起小和永先生是日本大通会社大老板，和皇军是一家人。你走了以后，她就求我一定要托你帮忙。我感觉这事吧，也不能为难你，她不肯，就一直磨着我，你看你这一来，她就求你了。"

"什么事你说吧！"

司琴哭哭啼啼地说了半天，芳莲总算听明白了司琴说的是怎么一回事。眼前这个叫严阿娟的女人，她说不知道芳莲是日本人的媳妇，更不知道她的先生小和永这么有权有势。她说她男人在省城犯了经济罪，被警察抓了。因为怕在外面名声不好听，所以她就说男人已经死了。但是她为救男人已经花了不少的钱，因为没找准门路，一直没有效果。她这次回联城来，一方面就是回娘家先看看有没有什么办法能救人。她原想通过小东方和麻天道的关系试试看，没承想碰到了恩人。她恳求芳莲和小和永先生说说，能不能和省城的皇军求求情，放了她男人。

芳莲听了失望至极。整个下午，她都在忙活着查证这个女人身份的真实性，当传来这个女人的身份对不上时，她激动得几乎落泪。这段时间她在朱公馆里天天盯着太辛苦了，功夫不负有心人啊！但刚才严阿娟无懈可击的一番话，让她觉得了中国人说的那句粗话：狗咬尿泡，空欢喜一场。她强忍住怒火："阿娟你看你这事啊，现在大东亚战争打得这么热闹，经济犯罪可是不得了的大事。我们家先生也帮不了你的忙的。"

司琴痛哭流涕："看在都是中国人的分上，你就帮帮我这个忙吧。"

小东方说："看着我们姐妹的分上，你和你先生说说看，行吧？"

芳莲没精打采地说："那我问问看吧。你把你男人的名字和具体犯的什么经济罪，关在哪所监狱告诉我。"

她们三人出了房间，迎面看到了两个穿便衣的男人被岗哨放了进来。芳莲一见到他俩，赶忙把他俩拉到角落里嘀咕了几句，两个便衣疑惑地看了一下司琴，转身走了。

小东方奇怪地问：“咦，小和太太，这两位先生是您的朋友吗？怎么不坐一下，喝口茶再走？”

芳莲说：“我家有点事情要处理，先生叫他们两个来通知我马上回家。”

4

陈泽听完了司琴的报告，又不厌其烦、反复细致地问了许多细节，确认没什么纰漏后，心稍稍放宽了一点。但是这次出现的意外，还是让他惊出来一身汗。他沉吟了良久，下决心立即冒险提前实施下一步行动，以免夜长梦多。

司琴按照陈泽的指令回到了朱公馆。她带回来大包的牛肉干和干卤河豚。她和小东方刚准备喝一点蛋丝酒，芳莲就进来了。

芳莲一见到干卤河豚，就连叹可惜。

她说：“蒌蒿满地芦芽短，正是河豚欲上时。”

司琴和小东方不约而同地问：“什么意思呀？”

“这可是苏东坡说的呀。他说的是，清明前后，是吃河豚最好的时候。”

司琴不解地问：“你说的苏东坡，是不是就是发明东坡肉的那个人，怎么还懂吃鱼啊？”

“这河豚是人间至味，绝对不能这么吃的。”

司琴奇怪：“这鱼还有什么吃法？”

芳莲说：“我们先生的吃法都是吃生的，美味极了。”

司琴认真地说：“这河豚是有毒的。杀干净了剥皮洗血以后，一定要炖个半天以上，然后再收卤。你那样吃要吃死人的。”

芳莲哈哈大笑：“你们哪，真是乡下人！下回我请你们见识见识，什么叫人间美味。”

小东方说：“好啊，下回我们公馆里的厨房弄到河豚，再试一下生吃如何？”

芳莲说：“我们会社里有专门的厨师，到我那做。”

三人就着卤牛肉干、干卤河豚喝了两壶蛋丝酒，都十分尽兴的样子。

芳莲醉意蒙眬地回去了。司琴虽然也喝了不少酒，但她的脑壳非常清醒。外面正下着细雨。司琴一看闹钟，已经晚上十点了。她和小东方互换了衣服，然后撑着一把小花伞，遮了脸，从二进的小东方房间快速地冒雨冲到朱大龙的房间。哨兵没有觉察出异样，司琴就直接进了朱大龙的门。

朱大龙看着司琴，不禁目瞪口呆。

司琴微笑道：“别怕，我不是为我阿爹索命来的。”

朱大龙苦笑：“原想着日本人会有一天突然这样闯进来对我动手，没想到你们共产党先来了。没事，你们要把我这条命拿去，就尽管拿吧。反正我现在就像个活死人一样。”

“我们想救你。”

朱大龙轻蔑地笑道：“救我？我这汉奸坏事做绝，不值得你们救。”

司琴："值得，因为我们觉得你现在还像个中国人。"

一番言语交锋之后，朱大龙感到了司琴此番前来的诚意。

朱大龙："我愿意，只要能保证我老娘和家人的生命安全。关键是要我办什么事情，看我能否办得到。"

司琴说："今天我只是奉上级的命令先来跟你接上头。你如果愿意，我们就接着往下走。"

突然，司琴察觉到第二进的房间灯光闪亮了两下。这是小东方发出的信号。司琴立即中断了与朱大龙的谈话，撑着雨伞，冒雨冲了出去，进了二进的大堂。

司琴刚进小东方的房间，还没问小东方是怎么回事，芳莲又突然推门进来了。

小东方："这么迟了，你还有事？"

芳莲大呼小叫："快到家了，被雨一淋淋醒了。我的玉手镯呢？这可是价值连城的宝贝！"

芳莲找到了手镯。临走时，她突然发现司琴和小东方互换了服装，非常奇怪："你们这是干吗呀？"

小东方掩饰："酒喝多了，换了衣服玩呗！"

芳莲用难以置信的眼光看着她们："这游戏好玩吗？白天你们没腻歪够，晚上还在一起玩这，太无聊了吧？"

司琴说："我就没穿过这么好看的衣服，就想穿着过个瘾。"

芳莲用充满疑惑的神情又看了她们两眼后走了。

司琴和小东方面面相觑：如果不是芳莲一进大门就咋呼，小东方根本来不及向司琴发讯号。这太令人感到后怕了！

陈泽认为芳莲在朱公馆的存在是个非常大的威胁。有她在，经常会有意想不到的情况发生。他对司琴说，刚刚得到的信息，芳莲的真实身份是日军情报部门政治事务课的情报人员。她与小和永的夫妻身份是临时的。她在朱公馆，就是为了监视朱公馆里面的所有人。上次身份核查事件后，芳莲并没有停止对司琴身份的监视。她又草拟了对司琴的身份重新全面核查的方案，正准备交上级审批，所以必须抢在她有实质性的动作之前除掉她。

陈泽立即向上级做了汇报。

第三天，当司琴再次见到陈泽的时候，陈泽的手里捏着一颗白色的米粒给司琴看。

“这是干什么？”

“这叫河豚毒素，就这么一丁点，可以毒死十来个人。”

司琴倒抽了一口凉气：“把芳莲毒死，这怎么办得到？”

陈泽微微一笑：“你到时候想办法把这个东西捏碎，悄悄地让她吃进去就行。其他的我会安排好的。”

一连两天，在朱公馆里，都吃到了干卤河豚，芳莲实在忍不住了：“你们真他妈的暴殄天物！明天，明天还有河豚的话，你们给我留着。明天晚上到我们会所，我请你们尝尝河豚刺身到底是个什么味！”

要毒死芳莲，小东方当然是不知情的。司琴担心这个计划如果执行不周，将会影响小东方一家的安全。她把所有的细节演绎了一遍又一遍，然后把米粒大的河豚毒素掰成两半，取一半塞进了指甲缝里。第二天晚上，和小东方兴高采烈地到了大通株式会社的会馆。这之前，五条肥硕的河豚，已经由朱公馆的人送到了大通株式会社会馆的日本厨师手里。

日本厨师看着肥硕的河豚爱不释手，他当场就做了一条让小和永夫妇先尝了个鲜。夫妻俩赞不绝口。小和永在晚餐开始之前笑眯眯地说："这么美味的河豚，我都有点舍不得让你们分享。"

司琴怯生生地望着他，不敢开口的样子。

小东方说："小和先生，如果觉得好吃的话，以后我们厨房里来了河豚我都送到你这来。"

小和永突然想起说："应该把朱团长也叫过来。"

芳莲急忙跟他耳语了一下，小和永听了笑哈哈地说："知道了知道了。朱团长的出行，要军方同意。算了，也不麻烦他了，等会儿如果有多的话，带点回去让他尝尝。不过我估计他今天是没这口福了。"

几道日本菜上来以后，司琴觉得寡淡无味，难吃死了。但她仍然装作很好吃的样子。小东方则对每道菜都津津乐道地夸奖了一番。

要上河豚了，日本厨师出来叽里呱啦地说了几句话，芳莲兴奋地说："今天的主角要出场了。我得亲自动手。"

芳莲兴奋地进了厨房，和厨师一番合作操练后，亲自端出了河豚刺身。

她详细地给小东方和司琴介绍了吃法。司琴和小东方连连点头，很期待的样子。每个人面前都放着一个餐盘和一个蘸料碟。

司琴用筷子点了一下蘸料碟里嫩绿的牙膏似的糊状物，尝了一口，一股从未体味过的辛辣味呛得她抓耳挠腮、涕泗滂沱、灵魂出窍。众人哈哈大笑。

“这是什么物事啊?”司琴带着哭腔问。

“这是芥末。这都不知道，说明要不就是土老帽，要不就是山沟里的共产党。”芳莲笑惨了。

“那我宁愿是共产党遭枪毙，也不愿遭这罪。”司琴缓过劲来问，“有没有辣酱?”

“这东西不能用辣椒。”

司琴说：“我不能吃生的。我每顿饭一定要有辣椒，否则我要闹肚子。”司琴说完就起身走到了厨房里，一眼就找到了辣酱瓶。

她开了辣酱瓶，舀了一小勺到自己的蘸料碟里，又给小东方舀了。然后她又走到芳莲身边要给芳莲舀，芳莲连忙用手挡住蘸料碟说：“不，我不用这个，我不用这个。”

说时迟那时快，司琴迅速把指甲缝里面的河豚毒素粉末抠弹到了芳莲的餐盘里。

几个人开始吃了起来。刚吃到第二片，芳莲突然睁大了眼睛，神情很痛苦的样子，说不出话，一头栽倒在地上，全身抽搐痉挛着。小和永大惊失色：“怎么回事?!”继而他反应过来，大叫：“不要吃，有毒!”

芳莲死于河豚毒素。这是日军几位军医联合检查后得出的结论。政治事务课对此也进行了严密的刑事调查。小和永和日本厨师的证词起了关键作用，没有任何可疑之处。唯一的可能就是芳莲违反河豚刺身专业制作操作规程，擅自参与制作，酿成食品安全惨剧。司琴和小东方在被政治事务课留置了一晚后被释放，同时得到日本军方警告，这件事永远保密，不得向任何人提起。

5

第二天晚上，陈泽带着日伪内部盖棺论定的机密结论回到了阁楼。因为没有了芳莲苍蝇似的盯梢，司琴像只出笼的小鸟一样快乐地飞进了阁楼。陈泽笑眯眯地打开了一封油纸包，里边是从外边带回来的一条酱鲤鱼。司琴看了惊叫：“我最喜欢酱鲤鱼了！”

陈泽：“我就知道你喜欢吃酱鲤鱼。今天为你庆功。”

司琴挺奇怪的：“你怎么知道我喜欢吃酱鲤鱼？”

陈泽笑道：“当年你在我家里，我们第一次见面的时候，我看你什么都不顾，闷头把一条酱鲤鱼都快吃完了。哎，都要给人家做小了，你还有心情吃。”

司琴听了大笑：“我就准备吃饱了以后死给你们看的，不当饿死鬼。”

“好刚烈的性子。”陈泽轻轻地冲着司琴一笑。

司琴一时间被感动了。她吃着酱鲤鱼，突然没了话。然后感到有泪珠在眼眶里滚动，她掩饰地擦了一下眼睛，抬起头来对陈泽说：“陈泽同志，谢谢你。”

这一晚，司琴睡在阁楼的床上，听着睡在竹椅上的陈泽发出动听的鼾声，司琴怎么也睡不着觉。但她并没有感到失眠的难受，她在想着洪先芙和小阳光。她觉得她们拥有这个男人真的是最幸福的一件事，可惜，她们都不在了。司琴的泪沾湿了枕头，终是睡不着。司琴悄无声息地从床上坐了起来，开始认真端详睡梦中的陈泽。

陈泽突然从梦中惊醒，他以迅雷不及掩耳的速度从枕头底下抽出打开了保险的手枪，从竹椅上一跃而起，拿手枪对着面前的这个人。他看见司琴就坐在床沿上，仔细地盯着他看。

“吓我一大跳，你怎么还不睡呀？”

司琴一笑：“她真像你。”

陈泽还没反应过来。

司琴说：“那孩子。”

司琴坐在床沿上盯着月光下的陈泽已经看了很久了。她看得出了神，她越看越觉得小阳光就是同一个模子脱出来的小陈泽。

陈泽苦笑：“你怎么满脑子都是那孩子？睡吧。”

司琴又躺下了，努力让自己进入梦乡。

陈泽被司琴这么一闹，也失眠了。他躺在竹椅上，双手枕着头，出神地望着窗外的月亮，像之前无数个失眠的夜晚一样，他打开思绪，去想他的洪先芙和从没见过面的小阳光。

想着想着，陈泽就从椅上坐起来，看着躺在床上的司琴。

他就这么忘情地看着。

司琴迷迷糊糊中睁开眼，她看见陈泽目不转睛地盯着她看。她有些不好意思：“怎么你也睡不着了？”

陈泽："既然睡不着，干脆聊聊吧。"

"好啊。"

陈泽叹一口气："我怎么就觉得你这么像先芙！你是不是什么东西都学她。你看你讲话的口气、走路的姿势等等，包括你穿的衣服和你的发型，还有好多好多。"

"是吗？"经陈泽这么一说，司琴就想起这话福建佬和陈双田他们都曾说过，说她在模仿洪政委。

"我没有刻意地去模仿过，可是不知道怎么回事，我自己就觉得洪政委还在我的身边，在教我做事。"经陈泽这么一说，司琴意识到自己确实是在不由自主地学着洪先芙。

"你还在天天想着她？"

陈泽点点头。

司琴突然勇敢地对陈泽说："那你就天天看我好了。"

陈泽愣了一下，回避了司琴热辣的目光："睡觉吧，明天还有任务。"

6

陈泽写了一封长信，让司琴通过小东方交给了朱大龙。朱大龙看了长信后，思考了两天。他打电话给麻天道，要求麻天道到朱公馆来一趟。

麻天道一接到朱大龙的电话就高兴坏了。他知道朱大龙要跟他谈什么。他感叹，看来人失去了自由之后，总会权衡利弊识时务的。朱大龙已经被软禁了半年多。在这期间，刚开始他也没有少往朱公馆跑，也磨了不少的嘴皮子。但是朱大龙软硬不吃地就是不肯接受他代表日军提出的条件。这个条件实际上很简单，一是朱大龙彻底交出军权。二是朱大龙原来一直经营的不公开的实业要和大通株式会社全面合作。而这两点，在朱大龙看来，实际上都是要了他的命，他自然是不同意的。现在，朱大龙打电话了，肯定是要在这两方面做妥协了。

果然，朱大龙一见了麻天道，就表示自己想通了，因为这样下去跟活死人没有区别。他决定交出军权，在过渡期间只保留一个排的人用作保安护身。同时，他那不公开的实业生意，一次性卖给大通株式会社。这些事情完成以后，他要求让他全家到香港去。麻天道非常高兴，说日本人肯定会同意。但他也对老朋友最后离开内地到香港去表示惋惜。双方初步谈定，这些手续要在一个月内基本完成。

麻天道兴致勃勃地向日本驻军山本司令作了报告。山本司令也很高兴。但他也明确地跟麻天道表示，实际上，军部已经失去了耐心，朱大龙交不交军权这只是形式上的问题。他不交，就把他的部队强行缴械。倒是他的实业公司不合作有点麻烦。朱大龙要隐藏一些东西，那对日本方面是不利的。但是这两天军部催得很急，朱大龙如果再不和大通株式会社全面合作，交出他隐匿部分的话，那就决定拿朱大龙开刀了。

山本司令的交底让麻天道为朱大龙感到了后怕。他毕竟曾经跟朱大龙是拜把子的兄弟，他也不愿意朱大龙就这么一文不值地倾家荡产丢掉性命。他跟山本司令表示，现在朱大龙已经答应了两个条件，那整个事情安稳平顺地进行，是非常有利于支持大东亚圣战和稳定其他和平建国军的军心的。

根据规定，朱大龙这段时间还必须待在公馆里不得出去。他所有的指令，都可以通过他的副官发出。需要见面的十分重要的人要由日本军方派人陪同方可接见。

朱大龙偷偷地让小东方给司琴带了一张纸条。

陈泽在油灯下看完纸条后烧掉，脸上露出了欣慰的笑容。司琴和陈泽认识以来，还从来没有见到过他笑得这么舒心和灿烂。

陈泽解释："这张纸条拿到手，任务就完成了一半。"

看着司琴想问又不敢问的样子，陈泽感到好笑。陈泽说："我现在可以把这次任务的主要内容告诉你了。"司琴激动得像个小学生一样，正儿八经地坐在椅子上准备听他说。

陈泽卖起了关子："不，我们先得好好庆祝一下。上次我请你吃了酱鲤鱼，今天你得亲自下厨犒劳我。"

"好啊，你想吃什么？"

其实在这个阁楼里，并没有准备什么东西。陈泽原来有一个煤油炉，然后有几个鸡蛋、干面条，和一些海带、咸鲨鱼粒之类的干货，没有任何新鲜的蔬菜。

司琴说："我卧两个荷包蛋给你，我的荷包蛋卧得可好了。"

"那一言为定。你荷包蛋什么时候烧好了，我什么时候告诉你。"

司琴说："好嘞。"

陈泽从一个纸袋里掏出来一块灰白色的石块，翻过锡锅，在锡锅底下涂了涂。

司琴问：“你干吗呀？”

陈泽说我把锅底给你刮薄一点，烧得快。

司琴打好了两枚鸡蛋，开始烧水。可是奇怪了，平时五六分钟就开始冒热气，但是今天这口小锡锅烧了十几分钟都不冒热气，她感到奇怪：“不会啊，平时煮面条，水一会儿就开了。”

她反复检查了煤油炉和锅，都没问题，舀了一勺水出来，拿手指一试，根本不热。她禁不住问陈泽：“你使了什么坏呀？”

陈泽哈哈大笑：“你这辈子不要想把这锅里的水烧开。”

司琴急了：“你说呀，为什么？”

陈泽得意地说：“这水烧不开，就跟我们这次任务相关了。”

陈泽把锡锅里的水倒掉，把锅底翻过来，又拿湿布使劲地把锅底擦了个干净锃亮，然后对司琴说：“现在你再烧烧看。”

司琴重新点燃了煤油炉，水一会儿就开了。司琴奇怪极了，她把陈泽刚才用来磨锅底的那块石头拿起来看了看，也就是一块平常得不能再平常的石头。司琴问：“怎么这锅底被石头擦了水就烧不开了呢？”

陈泽笑道：“这可不是一块普通的石头，这叫钼矿石。”

陈泽用手蘸了水，在桌面上写出了“钼”字：“你可千万不要小看这玩意儿。涂了它以后，任何东西都很难被火烧热。如果这钼粉涂在炮弹或高速飞行的武器上，那就是绝不可少的隔热保护罩。我们联城地区有江南最大的钼矿。”

通过陈泽的一番介绍，司琴知道了是怎么回事。原来，日军侵占联城的主要目的，就是看中这里的钼资源。但这里的钼资源，原来都是一些小公司在分散开采和经营，产量非常低。矿洞也都在非常险峻的高山上。抗战爆发后，应国民政府的要求，在日军迫近联城的时候，大部分矿主都把矿洞给炸了，许多提炼出的钼精粉或者被转移，或者被卖掉，有的干脆就用水冲掉了。而日军的谍报人员在进攻联城前就知道了这个情况。同时他们知道了绿林武装朱大龙的非公开的实业公司主要经营的就是钼矿。他经营钼矿的所得，是养他的绿林武装的主要财源。只有朱大龙的十五处矿洞没有被炸掉，而且侦悉，朱大龙手里还有一千多吨加工好了的钼精粉。日军一占领联城，就通过麻天道诱捕了朱大龙。小和永的大通株式会社名义上是进驻联城地区搞民间贸易，但实际上始终盯牢的就是钼资源。随着太平洋战争的加速推进，日本军方对钼精粉的需求到了非常焦渴的地步。就在一个月前，军部严令山本司令在两个月内必须运出一千吨的钼精粉。这段时间正值春雨密集期，原来的矿洞根本不能开采，再加上这些矿洞的地势比较险要，即使开采出原石再炼成钼精粉，至少也要四五个月。时间不允许，日军知道朱大龙手中有货，就严令逼朱大龙和大通株式会社合作，以极低的价格把一千多吨钼精粉交出来。朱大龙一则因为这是他的命根子，他不做赔本的买卖。二则虽然被迫委身敌营，但他毕竟是有血性的中国人，他不想把这么珍贵的战略物资用于帮助日本人。所以就一直软硬不吃。中共情报部门获悉了日军最新的图谋，从世界反法西斯战争大局出发，决心破坏日军的这个计划。陈泽就是在这个背景下来到了联城，经过一番努力，他始终无法接近朱大龙，灵光闪现之下，他想起了司琴，于是他向上级请求召来了司琴协助他实施具体行动。陈泽给朱大龙的那封信，把日军的底牌跟朱大龙都说了，他要求朱大龙不要再采取消极硬杠的办法，而应当和共产党抗日武装合作，破坏日军抢运钼精粉的计划，然后再求脱身。中共地下党将全力以赴安全转移他的母亲和妻儿到解放区。事成以后满足他的条件，把他和家人送到香港。

按照陈泽的指示，朱大龙把全部一千多吨的钼精粉所储藏的山洞告诉了日本人。日本军方的专家来到了山洞所处之地，震惊于这个山洞的隐秘。这个山洞如不经知情人指引，普通人根本找不到！日本军方专家在矿洞里极为认真地检查了钼精粉，对质量非常满意。现在碰到的问题是，往山下的公路经过山洪的冲击，都已经毁损得不能通行了。于是这段时间，麻天道和朱大龙的部队共三千多号人日夜不息抢修公路。按照计划，一定要在二十天内修好通车，把钼精粉运到联城。

朱大龙在把矿洞地点告诉日本人的同时，也给陈泽开出了那张纸条。纸条上只有一个人的名字和住址联络暗号。这个人是朱大龙实业公司里最核心的一个亲信，他知道公司钼矿的所有机密。

陈泽如愿找到了朱大龙的这位亲信。

这几天春雨越来越勤，经常一下就是连着三四天。山本司令官心急如焚，他带着麻天道亲自到山区的修路现场督工。他严令麻天道又连夜挨家挨户抓了一千民工，上山修路。

陈泽这两天也在紧张地做着朱大龙家属的转移工作。陈泽开了几服草药让司琴拿进朱公馆，让小东方煮了给老太太喝，老太太喝了以后，血压和体温都高得吓人，还时不时地“晕厥”过去。日军军医来看了以后，两天都退不了烧，他不知是什么病，束手无策。朱大龙强烈要求连夜用车把他母亲运到省城医院去治疗。山本司令同意了，还专门派了辆军车，把小东方和朱大龙母亲及独子送到了省城的医院。

7

春雨越下越大，山洪开始到处暴发。

半夜，山本司令被麻天道的电话惊醒。麻天道告诉了他一个惊人的消息：储藏着一千多吨钼精粉的矿洞，突然涌进大量的山洪，钼精粉正在被冲走。

凌晨，不待天放晴，山本司令和麻天道不顾山路到处塌方的危险，爬上了矿洞。

只见矿洞里的钼精粉已被涌进的山洪冲得一干二净。负责矿洞守护的是麻天道手下的一位营长。他汇报昨天晚上为了抢救这些钼精粉，已经有十几位兄弟死于山洪。不待他说完，山本司令一枪打死了他。

司琴满心喜欢地在阁楼上做着午餐，她要好好地犒劳陈泽。陈泽从昨天晚饭后出去，一直到现在没回，司琴知道行动肯定成功了。因为行动失利的话，通知她立即撤离的警讯早就会到了。

司琴准备了非常奢侈的五个菜：鳗鱼鲞蒸油渣、红烧肉、豆腐丸子，还有一个炒苦麻和炒扁豆。她还特意给陈泽沽了三两土烧。司琴在镜子前把自己打扮了又打扮，她总觉得自己长得不好看。她在心里反复琢磨着陈泽说的那句话，那天晚上陈泽说她很像洪先芙。一想到等会儿就见到陈泽了，司琴心里感到莫名的慌乱，她摸了摸脸颊，竟觉得有些发烫。

陈泽回来了，他依然化着一脸的胡子装。回到了阁楼，他一脸喜悦难掩疲惫的神情。但他一看到这一桌丰盛的午餐，疲惫的神情立即飞到了天外。

他不禁一把紧紧地抱住了司琴。司琴被陈泽突如其来的举动弄傻了，她脑壳里一片空白，整个人就僵在陈泽的怀里，一动也动不了。

陈泽突然发现自己的失态，他急忙松开了手，非常抱歉地说："对不起，司琴同志，我失态了。"

司琴反应了过来，她两眼盯着陈泽轻轻地说："不，我愿意。"

这顿饭一开始就吃得很不自然，甚至可以说很尴尬。

陈泽没话找话地问："今天礼拜五是星期几？"

司琴回答："我不知道。"

两个人立即把脸都红了，很长时间无话。

两人默默地吃了几口，司琴把碗筷一推，干脆不吃了。她看着陈泽问："陈泽同志，是不是这次行动结束了以后，我们就要分开了？"

陈泽说：“是要分开的。”

司琴突然想哭，她说：“我不愿意。”

陈泽想了一下说：“我也不愿意。”

司琴又要说什么，陈泽截住了她的话头：“我知道你要说什么。我想有些话，等我们这次行动取得完全胜利以后再说，好吗？我会同意你说的每一句话。”

司琴瞬间被一股幸福的暖流击中，她抹着泪水，使劲地点了点头。

突然，一个人噔噔地冲上了阁楼。司琴一看，是牛胖！牛胖在国共合作时没有随主力北上，而是留在地方隐蔽了下来。他现在是中共联城地下县委的秘密交通站站长。

牛胖一见陈泽就大叫：“快，快，马上去开电台！”

牛胖不顾地下工作的联络规则，悍然冒着危险直奔药店而来，显然是有十万火急的情况发生！

秘密电台设在城郊五里地外径山寺旁边的一个野庙里。

陈泽装都没顾得上化，冲出药店，跳上了牛胖的黄包车。牛胖拉着陈泽直奔径山寺方向而去。

陈泽迅速架线接通了上级电台，随着电码的接收，陈泽的眉毛皱了起来。

军部对联城钼精粉损失事件非常震怒。在当晚得知后即派一少将专员星夜驱驰联城，几乎与山本司令和麻天道前后脚爬上了高山矿洞。一个由军部专员、特高课和大通株式会社等高级军官和高级专家组成的联合调查组当场就对现场进行了调查。他们发现事故发生得非常蹊跷，所有的矿洞中总共有三条矿洞进了洪水，这种现象在以前也会发生，这次春雨虽然大，但是还没到历年来最高的水平，这种情况下，三条矿洞竟然受到如此严重的破坏，令人难以置信。经过大通株式会社高级矿业专家现场勘查，发现山洪进洞的地方，不太符合自然生成的现象，不排除有人为的因素。经过综合判定，此次事故，人为破坏的可能性较大。特高课决定立即抓捕所有有关的人，包括朱大龙实业公司里面的十几位骨干和麻天道、朱大龙所属部队里面的二十多位军官。但是，这当中有三分之一的人已经跑掉了。军部自然开始怀疑朱大龙有问题，因为这一切证据表明变故都是从朱大龙开始转变态度同意合作以后发生的。

朱大龙明显感到危险在临近，但是他不敢跑。原因是他还没有接到中共地下党的通知，那就是他的母亲、小东方和儿子是否在省城的医院里已被安全转移走。如果他先走了，那他的母亲、小东方以及儿子就要被抓。

陈泽在郊外的野庙里接收着那台破旧的电台收到的指令，上级明确通知他，鉴于日军已经高度怀疑朱大龙涉案，随时可能拘捕他，上级已经决定提前转移朱大龙的亲属且已成功，请立即通知朱大龙举行起义，尽量把能够掌握的部队拉出来。

上级的这个指令让陈泽感到措手不及，因为按照原来的安排，准备在今天晚上转移朱大龙的亲属，然后让朱大龙在晚上举行起义。

陈泽关了电台，立即提了一桶煤油，牛胖则抱了一大堆事先准备好的干草，两人冲到庙外的田野里。他俩把干草垫在下面，浇上煤油，再在上面覆盖着半干的稻草和树枝。陈泽用汽油打火机点燃了火堆。火堆立即燃烧，随即生发出浓烟。这是陈泽和司琴约定好的信号。司琴一见到这个浓烟信号，必须立即跑去通知朱大龙。

窗外细雨霏霏。司琴站在阁楼的窗口，眺望着径山寺方向的天空。

径山寺方向的天空迷迷蒙蒙，一片雾气。司琴在窗口等着，始终没有看见陈泽发出的信号。没有信号发出之前，她不敢去通知朱大龙，如果朱大龙提前行动了，那么，他的亲属就要遭殃。这两者的先后次序是如此重要！

司琴两眼一眨不眨地看着远方的天空。远方径山寺方向的天空依然遍布着浓雾。

突然阁楼的楼梯响了，司琴非常警惕地掏出手枪对着楼梯口。

楼梯口先是冒出一个脑袋，继而拱出来整个身子。

是牛胖。牛胖是来做撤离的最后检查的。牛胖一见司琴，有点意外："你怎么还在这里？"

"我在等你们的信号。"

牛胖大惊："信号已经在半个小时前就已经发出了，你没看到？"司琴瞠目结舌："我，我没……"

牛胖冲到阁楼窗口前，指着远方的天空："看，还有烟！"

司琴一看远方径山寺的天空，变了魔法似的，浓雾似乎在消散，隐隐约约地可见有一缕轻烟在空中摇曳荡漾。牛胖很奇怪：

“半个小时都过去了，刚才烟很浓的，你怎么会没看到?”

司琴二话不说，不做任何解释，鞋也没穿，立即冲下阁楼，冲出药店，赤着脚，向着朱公馆方向一路疯狂地奔跑着。

司琴跑到了朱公馆对面的裕隆钱庄，在内线的接应下，冲上了裕隆钱庄的阁楼，伸出手，一把扯下了飘在春风中的黄色旗幡。

朱大龙看到了裕隆钱庄楼顶上的黄色旗幡被扯下，知道家人安全地转移了，嘿嘿地笑了。

他走出房门，门口的守卫制止他出去。他高呼：“老子就是抗日分子!”他掏出手枪对准自己脑袋开了一枪，轰然倒地。

原来，在半个小时前，朱大龙发现原来护卫他的二十多人的护卫队都被换成了麻天道的人，他就感觉事情不妙。他现在唯一担心的是他的母亲、小东方和儿子的安全。他刚才终于看到司琴发来的信息：家人已经安全了。他顿时如释重负。他知道起义已经不可能了，但他仍有逃生的机会。在他的房间里，有暗道可以通到街对面的一户人家，他可以偷偷跑掉。但他知道自己如果一跑，就会连累他的众多部下。他决定一人做事一人当，以自己的死来保住跟他同生死共患难了二十几年的弟兄们。

几乎就在朱大龙自杀的同时，特高课的人已经冲到了朱公馆的门前，准备拘捕朱大龙。特高课是在十分钟前接到朱大龙家人在戒备森严的省城医院神秘消失了的通报，他们知道一切都被证实了，必须立即抓捕朱大龙。但现在，他们看到的是朱大龙的尸体。

陈泽带着司琴撤到了乡下安全的地方。

朱大龙自杀的消息传来，陈泽难掩心中的悲愤，他冷冷地看着司琴：“这就是你想要看到的结果！”

“你胡说八道！”

“我怀疑你就是借刀杀人，公报私仇！这是什么行为，这是叛党！”陈泽的口吻不容置疑。

司琴气得全身发抖。一路上，她一直在辩解着她并没有看到陈泽发出的浓烟信号。陈泽就是不相信：“半小时过去了，牛胖还看得到，你会看不到？”这是陈泽逻辑的出发点和落脚点，无懈可击。现在，陈泽竟然从司琴公报私仇这个角度去理解这件事情，司琴终于爆发了：“混蛋！那你就向上级报告你的怀疑吧！”

陈泽斩钉截铁地说：“党性不允许我向党隐瞒任何东西。当然我也不会推卸我在这件事故上的任何责任。同时，我希望你站在党和人民的立场，老老实实地审视和交代你党性不纯的问题，接受组织的审查和审判！”

司琴转身，独自走入霏霏的冷雨之中。她感到特别无助，在风雨中抽泣不止。

第七章

1

毫无疑问，朱大龙之死和他的部队起义失败是一起非常严重的政治事故。

回到江南根据地，司琴和陈泽都被隔离了起来。对他俩的审查工作异常严格。从参加工作之前的经历开始了解起，一直到这次事故的发生，每个环节都进行了内查外调。在这次事故中，司琴如果确实公报私仇，那等待她的结果只有一个——死刑。

司琴拒不承认她看到了浓烟的信号。但陈泽和牛胖的证词对她是不利的。最终，从审问的整个过程看司琴的一贯表现，尤其在党性方面的表现都是很好的，加上司琴拒不承认对她的指控，为了慎重起见，组织上做出了开除司琴党籍的决定，军法处则以玩忽职守的罪名判处她有期徒刑五年，司琴逃过了一死。而陈泽因负有领导和组织责任，受到党内严重警告处分。

司琴被递解到一个山沟的监所里执行。

这是一个山清水秀的地方。尽管已是初秋，但司琴觉得空气中仿佛依然蒸腾着春天的气息。司琴在军法处的监舍里待了几个月的时间，过着与世隔绝的生活。到了这里，就像是戏文里唱的

"鸟入旧林，鱼入故渊"。她大口大口地呼吸着新鲜的空气，感到心情舒畅极了，浑身充满了活力。

她在里边的被服所里担任缝纫工，司琴学得非常快。监所的所长非常奇怪："看你整天没心思的样子，怎么好像不是到这里来服刑的，而是来学技术的?"

司琴一愣，继而一笑："对了，我不觉得是服刑。我是觉得一份新工作开始了。"司琴早已从隔离审查期间的不安、沮丧、愤懑解脱出来了。她觉得在最困难的时候，是洪先芙每天晚上在耳边对她说着悄悄话，把她心里的结一个一个地打开。她想明白了，现在必须认真做事情，向党证明她仍然是一个有党性、积极为党工作的人。革命工作到哪做都是一样的，哪怕她是一个戴罪之身。

陈泽得知司琴没有被判死刑，心里千斤重石落地，他长长地松了一口气。说实话，他一直生活在矛盾煎熬挣扎之中。他从来没有后悔过向组织如实地反映司琴的问题，他觉得这是作为一个共产党员必须做的事情，尤其作为像他这样家庭出身不好和有着复杂社会背景的人，在这种大是大非的原则问题上，必须毫不犹豫地向党袒露忠心。当然，作为组织者和领导者，他忽视了对司琴的思想帮助，甚至还一度和司琴儿女情长，这是党性不纯的表现，他是有责任的，组织上对他的处分他完全接受。尽管他这样想，他觉得在如实反映司琴的问题上自己并没有错。但是夜深人静的时候，他经常会莫名地感到一丝的不安和愧疚。他曾经一闪念，如果自己多承担点责任，司琴也许不会成为一个罪犯，但一有这个念头，他又狠狠地批评了自己：你是一个党员，一定要就事论事，实事求是，不管涉及谁！

想归想，陈泽还是鬼使神差地来到了司琴所在的监所。当然，对于见到司琴他是不抱希望的，他无非是想给自己一个心理安慰。但没想到司琴同意跟他见面。

两个人就面对面地坐在了一起。

不知怎么搞的，一接触到司琴凌厉的目光，陈泽就低下了头。

司琴冷静地问："我现在这个样子，就是你想看到的结果吧？"

陈泽一时无语。

司琴紧逼说："或许，你还想看到的是比这更严重的后果，那就是我会被判死刑。"

陈泽摇摇头。

司琴追问："那你想过没有，你一口咬定我公报私仇，我可能会是判死刑的下场？"

陈泽点点头："我想过。"

司琴终于止不住泪珠涌出眼眶："那就是说，即使我有可能被判死刑，你也要坚持反映我的问题？"

陈泽无言以对，半天才说："我是共产党员。我希望你像我一样，如果我碰到这样的问题，你也应当向组织上如实反映。"

司琴已经泪流满面，但她语气依然平静地问："你想过没有，你的设计就没有问题？你能保证你发烟雾信号的这个设计方案绝对可靠吗？春季雨天那么大的雾，你能保证我在那么远的距离，绝对能看得到看得清你的浓烟信号吗？"

“可是过了半个小时，牛胖同志仍然能够看得到。”

“那你相信会有偶然或者是例外的情况发生吗？”

“我在这之前已经做过三次试验。”

“那你能确保第四次第五次不出问题吗？”

陈泽沉吟了一下说：“请你相信科学。”

“你觉得你书读得比我多，科学就在你的手里了？你以为只有你有党性，我就没党性？”

陈泽回来以后，反复咀嚼着司琴说的每一句话。出乎他意料的是司琴的神情一直非常平静。她没有那种受到冤屈以后特别不服和狂躁的表现，也没有气馁颓废的表现，也许她是哀莫大于心死，心如止水了吧！

陈泽开始变得寝食难安。每到雨天，在助手的帮助下，他就会在野外点燃篝火，然后跑到五六里路距离的地方看烟气。他就这么坚持着，一直到了第二年的初春，陈泽终于在做到第二十一次的时候，在助手的佐证下，看到了司琴所描述的情况，也就是说，他没有看到那股浓烟。

陈泽的心颤抖了，他又在清明前后坚持做了十天。在这十天当中，出现了两次司琴所说的现象。陈泽立即找到了军法处，说明了他试验的情况。他的结论是：不排除司琴受冤枉的可能。

鉴于当初审判司琴的时候本身存在一些争议，又加上一段时间以来正在前线作战的十几位营连级指挥员联名向上级组织和军法处写信反映司琴优秀党性表现的材料，这些营连级指挥员都是原来司琴带出来的游击队员。军法处派出专家，又和陈泽做了几次试验，终于又出现了一次司琴所说的现象。

2

司琴被释放了，同时恢复了党籍。她背着行李，独自走在山路上。在离监所不远的一个山弯，一棵大树下，陈泽牵着一匹驴子在等着她。

“司琴同志，我向你悔罪。”

司琴冷淡地看了他一眼：“你是谁？”

司琴像一阵轻风，缓缓地从陈泽身边飘走了。

3

师政治部副主任和司琴谈话，组织上打算让她回原来的卫生队仍当队长。司琴想了一下说：“我想见王义政委。”

王义一见司琴，这次没有了笑眯眯的神情。他对司琴说：“你受委屈了，但你是幸运的，你要知道，在我们党的革命过程当中，被我们自己人误伤的同志不少。有些人可能就永远没有等来真相的机会。也就是说，他在人们心目中可能永远就是一个坏人了。你是因为有陈泽同志的努力，还有许多关心你的同志的努力，这些你都要记在心上。一切都过去了，把这件事情忘掉。重新振作起来，搞好工作。”

司琴嘀咕了一句："你说得真轻松。"

王义一下子没听明白："你说什么？"

司琴微微一笑："没说什么，我听组织的。但在工作这件事情上，我希望组织上认真考虑一下我的要求。"

"你有什么要求？"

"我不想再到卫生队干。"

王义："为什么？你原来在那不是干得很好吗？你跟那个医生的事情，组织上也早就已经翻篇了。"

司琴说："政委，你真想多了。我这人吧，就老是想学新的东西。他们都说我是老红军，可是我没有上过大战场。"

"你想上战场？那可不行。女同志不能到一线作战。"

司琴说："我已经想好了，我要到战地服务团。"战地服务团是随军作战，担任支援工作的单位，主要承担物资运输，伤员临时照料、运送等工作，也可以说间接参与一线的战斗。

王义想了一下："我们商量一下，再通知你吧。"

司琴如愿以偿地来到了战地服务团，当了二中队的队长。二中队的主要任务是组织和管理担架队，人员主要有救护员、担架员等，总共有两百多号人。战时如果加上临时征集的民工，那人数就会非常多。司琴很兴奋，这么多的人需要组织和带领，对她的领导能力是个很好的锻炼。她立即投入到熟悉人员和业务工作当中。经过几天的工作，她觉得这项工作比起卫生队来说，要繁杂得多；但从技术上来讲，比卫生队的医护工作就相对容易了。

刚来没几天，司琴就意外地遇见了福建佬。

她和福建佬的遇见，是在一个令人尴尬的情形下发生的——两位女人为了福建佬争风吃醋。

一位是战地服务团机关的女干事，一位是二中队里的女护理员兼担架员张二妞。两个女人在激烈地争吵着，言语间都是围绕着争夺福建佬的内容，充满着酸辣味，有的言词甚至不堪入耳。福建佬刚开始还会在两个女人中间劝解几句，后来干脆一屁股坐在石凳上看起了热闹。再到后来，忍无可忍了，他就把一根木制假肢高高举起重重地摔在地上，断成了两截，司琴远远地赶过来，看见了这一幕。两个女人的战争因为中队长的到来终告结束。女干事在人们的劝解中离开了二中队。

在办公室里，司琴意外地发现了福建佬的那根德国造的机械腿不见了。

“你的那根外国腿呢?”

福建佬说，早就碎成渣渣了。福建佬现在手上拿着的这根摔成两截的木制腿，跟刚才吵架的张二妞有关。

从这根断腿司琴知道了事情的缘由。张二妞和她的爸爸张福顺是江北人。在一次日伪军的清乡扫荡中，张二妞的母亲被日军凌辱致死。张二妞也被日军掳进了据点。母亲的下场在等待张二妞。张福顺在据点外哭天喊地，被惹恼了的日军把他拉到封锁沟里准备枪毙。正在这个时候，福建佬率队奇袭了据点，解救了张福顺父女。此时张福顺已经家破人亡了，他一跺脚，一把火烧了自己的土房，带着张二妞跟上了福建佬的队伍。但因为他年纪太大，参加不了新四军。父女俩就天天跟着福建佬的部队当炊事员、担架员，反正什么活儿都愿意干。张福顺父女待久了，新四军就把他们安排到战地服务团二中队担任杂工和护理工。按张福顺的话说，这辈子生是新四军的人，死是新四军的鬼。而张二妞则是非福建佬不嫁。这可难坏了有难言之隐的福建佬。而福建佬的这个难言之隐，除了游击队里那几个人知道，现在的新四军里，就没有什么人知道了。他以革命不成功坚决不结婚为理由，一直拒绝女干事和张二妞。但他越是这样，就越撩拨得两个女人黏他。尤其是张氏父女，就像狗皮膏药似的一有机会就粘在他的身上，甩都甩不脱。还有个重要的原因是，福建佬在奇袭日军据点的时候，他的那条德国假腿，被日军的歪把子机枪打了个粉碎。张福顺本身就是个木匠，还做过皮匠，他非常轻松地给福建佬做了一条木腿，挺好使。但木腿唯一不好的地方就是时间一长，把福建佬断腿处的皮肤磨损得非常厉害。如果福建佬要行走如常的话，就必须十天半月地来把假腿处理一次。本来福建佬的打算是，他每次打仗冲锋陷阵都身先士卒，不一定能够活到革命成功那一天。到时候，也就一死百了了。张二妞也在等着革命成功的那一天。一个月里能够见到一两次福建佬，她也就满足了。但没想到，福建佬在女同志面前非常抢手。服务团里的女干事早就对一身英雄气的福建佬爱慕在心。

福建佬采取这种低水平的拒绝方式，自然会引起两个女人的战争。司琴哭笑不得：“你这样处理总不是个事儿。”

“那你说怎么办？我是男子汉大丈夫，我能把那事儿说出去？”

司琴笑了一下："那也是。那你接下去怎么办？"

"是国民党让我断子绝孙的。我这下半辈子，就是找国民党算账，活着跟他们干，死了算！"

福建佬知道司琴已经恢复了党籍，并且在二中队当中队长，他非常高兴："我们这十几个同志都商量好了，只要你一天在监所里。我们就一天不停地向上级反映我们的不服。"

司琴被感动了，说："我受点委屈没什么，大家可不要为我的事情犯错误。"

"我吴富满这条命是你给的，为你犯错误，我愿意！我就见不得那个地主家的公子，要不是看在他最后为你做了证明让你平了反，我见到他，就敢把他往死里揍。我才不管他是什么部长！"

司琴从福建佬的嘴里才知道，陈泽现在已经是师敌工部的副部长了。

司琴帮福建佬套上修好的木腿。福建佬迈开步子走了几圈，非常满意地点了点头。他感叹："但这也是糟糕事，我可以把张二妞赶开，但我这腿离不开张老头。"

司琴莞尔一笑："女婿离不开丈母娘，媳妇舍不得公公，这两公婆就分不开了。看来你这女婿做也得做，不做也得做。"

福建佬烦了："你可要帮我做通张二妞的工作，但又千万不能让她知道实情。"

司琴："说这种事情，我的能力水平有限。我只能尽力而为。"

福建佬说："反正你就帮我给拖着，拖到我和国民党拼死为止。"

“你个老党员，不要整天说晦气话，散布悲观主义情绪。当心犯错误。”

福建佬大大咧咧地说：“不怕。好了，不说了，可能马上要有大行动了，我得先走了。”

从福建佬的话语中，司琴知道要有大行动了。

在接下来几天里，部队都在紧急动员转移。原来，新四军在对付日伪军的时候，还要防备国民党在背后捅刀子。战地服务团紧随着师部，开始了紧张的备战工作。

4

战斗在一个深夜里打响。

司琴所在的战地服务团紧跟着师部快速转移，试图跳出国民党军的包围圈。但在一条山沟里，他们遭到了国民党军的伏击。战至凌晨，部队撕开了国民党军的包围圈。

战地服务团在战斗部队的护卫下，大部分人都突围了出来。但是，司琴在清点人数的时候，发现她的二中队少了三副担架、十二个人，其中就有张福顺和张二妞父女俩。

司琴心急如焚，她问通信员：他们怎么没跟上来？通信员说，刚才还看见过。可能他们抬着三副担架行动不便，落在后面了。

司琴立即召集警卫排的人，重新向包围圈冲了过去。

在一棵大树下，司琴找到了张福顺张二妞父女以及其他人员。他们正在护卫着三位重伤员。面对着越来越近的敌人的枪声，他们显得不知所措。

司琴率警卫排掩护他们向突破口冲去。但是不一会儿，突破口就出现了大股的国民党军，他们又陷入了重围。司琴立即率领大家向高地上撤。他们遭到了国民党军的追击。在一个破庙里，司琴命令警卫排护卫着三副担架继续向高处转移，她和通信员等三位战士留在破庙里阻击敌人。

天色越来越亮，四周的敌人越来越近。司琴感到麻烦了，她命令大家把身上所有的证件和带字的东西毁掉，做了最后的准备。

突然，西南方面的敌人乱了起来，一股二十多人的着新四军军装的人撕破了包围圈，冲入了野庙。带队的是一位排长，战前曾到二中队来借过马车运给养，司琴认识他。他一见司琴就大叫“快跟我来”。包围圈的缺口，还有几十人的新四军在苦撑着。司琴他们五人内外接应跳出了小包围圈，钻进了一片森林，跳出了敌军的大包围圈。

司琴他们逃出生天，赶上了主力部队。

三天以后，司琴和通信员辗转回到了二中队驻地。

张福顺和张二妞父女俩一见到司琴就哭了。他俩说，我们都以为你牺牲了。当司琴得知三副担架的人都没事时，她笑了：“你们都活着，凭什么要让我死？”

在这次大突围的行动中，牺牲负伤了许多同志。战地服务团的工作非常重，尤其是重伤牺牲同志的后事处理，还有一些较重的伤员需要转送到相对安全的后方医院，这两样工作压得大家透不过气来。

需要转送的伤员一批批地运来。

第二天中午，司琴正蹲在地上吃饭，突然，她看到了前两天掩护他们突围出去的那个排长正在护送着一副担架快步过来。他一看见司琴就叫：“司队长，你赶紧准备一驾马车。医生说陈部长的伤，一定要平躺着运！”

陈部长？心里咯噔了一下。她站起来跑过去一看，陈泽躺在担架上。

陈泽神志还是清醒的，但是神态看上去非常虚弱。他一看见司琴，就显出开心的样子，逗趣地说：“见到你我很高兴。”

司琴心里说不出个滋味，一扭头就走。

排长急了：“司队长！”

司琴说：“我去准备马车。”排长跟了过来：“要快呀！”

司琴问：“他是怎么负伤的？”

“他是为了你们中队，为了你！那天你们几个没有突围出去，陈部长带着我们刚好路过。他一听就急了，就带着我们返回去找你们。我们排突进去接你们，他带着其他两个排堵着敌人，掩护我们。要没他，我们早完蛋了。但后来陈部长不幸负伤了。”

司琴愣了半天才问：“他伤在哪里？”

“胸部都打穿了，还好伤的是肺。但医生说这伤很重，很难说最后活得了。即使救回来，也得搭上半条命。”

司琴听了脚一软，一屁股坐在了地上。

排长慌了：“司队长，怎么回事？”

司琴说：“两天没吃过像样的饭，饿的。”

排长急忙从怀里掏出一个饭团给司琴，司琴三两口吃完，班长把她扶了起来。

陈泽坐马车走了。

司琴远远地跟在马车后头，跟了有两里地，在马车快要消失的时候，她突然看到马车上的被窝里伸出了一只手，费力地摇了摇，似乎在向她告别，司琴鼻子一酸，下意识地也摆了摆手，但没有举起来。

回到了中队，司琴看到一群人正在围着一副担架闹嚷着。张福顺和张二妞父女在焦急地呼喊着什么。尤其是张二妞一直在叫着：“救救他，救救他呀！”

司琴预感到了不祥，她急忙拨开人群一看，躺在担架上的是福建佬。司琴瞬间觉得天旋地转，通信员一把扶住了她。张二妞抓着司琴的肩膀：“司队长，赶紧救救他啊！”

司琴定下心来，认真地察看福建佬，连声呼唤：“老吴，老吴！”

一听到司琴的声音，福建佬眼睛微微睁开，但嘴巴说不出话来，他只是痴痴地看着司琴。司琴赶紧叫医生，医生就在旁边。他对司琴说：“吴营长伤的心脏和肝脏，是致命伤，但他硬挺了两三天，一定要到二中队来看你。”

司琴心里明白是怎么回事了。她俯在福建佬的耳边，轻轻对他说：“老吴，我在。我就在你身边，你看见了吗？你听见了吗？”福建佬用只有司琴听得到的声音“嗯”了一声。司琴大声说："老吴千万要挺住，我们一定会救活你。"福建佬咧嘴笑一下，轻轻地说："这回你是救不活我了。"司琴大怒："不行，你一定要活下去！否则要你来看我干吗?!"福建佬气若游丝的声音依然只有司琴听得清楚："看到你我就够了。"司琴："你胡说八道。我命令你给我活着!"福建佬轻轻地说："这回我不听你的话。我要走了，我就想对你说一句，这辈子我没福，下辈子，我一定要娶像你这样的女人。"福建佬头一歪，倒在司琴的肘弯里。

张二妞向司琴提出来，她生死都是福建佬的人，他的丧事要由她和她爹来办。司琴同意了。

按照规定，福建佬的遗体要清洗过，换上干净的衣服。

福建佬的遗体躺在一副门板上。旁边放着五六桶热水和一条制作精良的木制假肢以及一套新军装。张二妞的泪已经哭干了。她穿着一身崭新的红衣衫，那是当地新嫁娘的装扮。张二妞和父亲解开了福建佬衣服纽扣，脱了他的上衣，又开始解他的裤带，要给他洗身子。司琴突然冲了过来，对他俩说："我来洗。"

张二妞一把推开司琴："我的男人，谁都不能碰，我自己来洗。"

司琴想了一下说："你是新嫁人，手不能沾血。"

张二妞火了："我不在乎。我的男人谁都不能碰。"

司琴说："吴富满同志是战斗英雄，又是营级干部，按规定，他的遗体必须由我们中队领导亲自来处理。"

张福顺说："没听说过有这样的规定。"

司琴斩钉截铁地说："这规定现在就实行！"

司琴立即命令通信员叫来几个人，把张家父女拉开了。同时让警卫排的人背对遗体围成一圈，不让人们围观。她亲自用热水把福建佬的身体清洗得干干净净的，又安上了假肢，然后用了两匹白布，把他严严实实地包了起来，再给他套上新军装。

福建佬的墓碑上，落下了"妻张二妞立"的字样。吴富满终年三十二岁。

司琴被任命为战地服务团副团长。她到师部开会的机会多了，但是她一次也没看到过伤愈后的陈泽。一直到日本投降，她也没有看到他。她曾委婉地问过很多人，有的说他早就去世了，有的说他还在医院里疗伤，有的说他执行任务去了。鉴于他的工作有高度的保密性，司琴渐渐地就不再问了。但她经常会想起他，当然，是在想起洪先芙和小阳光的时候一起想的。

第八章

1

一九四九年，改天换地。

春天里，花香阵阵的时候，司琴随解放大军过了江。

秋天里，金风送爽的时候，司琴又进了军区的军政干校。

一九五〇年的元旦马上就要到了。军政干校里显得非常热闹。司琴是二期班的学员。二期班的学员主要来自军队和地方的文教卫等部门和单位，文艺骨干非常多。大家发现了司琴原来是演员出身，非要把她推出去演白毛女。

司琴虽说是民间演员，表演可以说是她的专业，但是自从她正式参加了革命以后，就不愿意再唱戏和表演了，因为她觉得唱戏和表演是一个欢乐的事情，而旧社会带给穷人的尽是苦难，所以，革命没成功之前，她不愿意唱和演的。现在革命成功了，她非常乐意唱一唱演一演。但是，表面上她还是要推一推："我都老太婆一个了，哪还能演得了小姑娘！"

大家哄笑起来："你才三十出头，正是演白毛女的好时光！"

司琴满心欢喜地答应了。

司琴日赶夜赶地和"大春"排练了两天，第三天下午就要先向军区领导汇报演出了。突然来了辆吉普车，两位省军区的同志不由分说把司琴给接走了，司琴连换洗的衣服都没有带。

司琴在车上得到的信息是，让她马上回家乡联城参加剿匪工作。事情的背景是，联城所在的中共地委书记和军分区政委在赴省委开会的途中，遭到土匪的袭击，一个班的警卫战士全部战死，两位首长也差点牺牲。这事震动了省委，省委向大军区汇报，大军区首长非常震怒。王义政委在亲自听取了有关方面报告以后，直接点名司琴回家乡去参加剿匪工作，限期在三个月内剿灭联城地区土匪。

“司琴同志，看来你很受领导重视。”省军区的同志说。

司琴淡然一笑：“我很清楚，这说明某人还活着，又是他让我去的。”

司琴的第六感很准。她说的某人，就是陈泽。

陈泽现在是联城所在省的省公安厅副厅长。

司琴先是一路坐火车，然后再换乘汽车，再坐轮船到了联城。虽然已是寒冬腊月，潮湿的空气中沁出丝丝刺骨的冰凉，但刚解放不久的联城一派欣欣向荣、生气勃勃的新气象，让司琴感到扑面而来的是笑容灿烂的一个城市。

但在这个城市灿烂的笑容的背后，中共联城县委的临时办公院子里，却是一片冰冷肃杀的气氛。独眼老四忧心如焚地坐在剿匪指挥部里，眼巴巴地盯着破旧的大院门口。他现在是中共联城县委书记，牛胖是县公安队的队长。

司琴和通信员在两位省公安厅同志的陪同下走进了县委大

院，和独眼老四、牛胖作了短暂的寒暄以后，转过头问陪同的公安厅的同志："你们那位陈副厅长呢？"陪同的公安厅同志也一头雾水，他们问独眼老四："我们的陈副厅长呢？"

独眼老四压低声音对司琴说："他出事了，否则也不会叫你来了。"

司琴心头一紧："他出什么事了？"

牛胖说："就在前两天，他的旧病发作了，差点要了他的命。现在还在专区医院里昏睡，没醒过来。他是在清醒的时候向上级要求调你来的。"

司琴："这事明确是麻天道他们干的吗？"

司琴指的是地委书记和军分区政委被袭击震动高层的事件。

"对呀，"独眼老四说，"也是这家伙命大，一直活到现在。我们从春天起剿到现在，大部分股匪都已经被消灭了。就他还带着几十号人到处捣乱。陈副厅长说因为你在这里打过游击，对这里的情况非常熟悉，麻天道也是你的老对手了，你对他也了解。"

司琴："你们也是当地人，怎么就没办法？"

独眼老四："不瞒你说，我们都没正儿八经地打过游击带过兵，搞军事这方面，还得你们大军的人来。"

司琴笑了笑说："我也没正儿八经带过作战部队啊！"

独眼老四说："你就不要客气了，陈副厅长说你带着一大帮人，能在山里待上三年，就说明你还是很有办法的。"

司琴："玩老鼠躲猫的游戏我会，现在要我当猫捉老鼠，这我还没干过。"

独眼老四："你当过老鼠，再来当猫，体会就比我们连老鼠都没当过的人更深。"

司琴一听乐了："还别说，这也是一个道理。"

"这可是陈副厅长说的。所以他看中了你，相信你肯定能帮我们完成任务。"

司琴了解了之前陈泽和独眼老四、牛胖他们的剿匪方法。他们也用了麻天道的那一套，即全面封山、分区划块蚕食、小分队持续追踪，甚至也在前段时间风急秋高的时候炼过山，虽然捞住了不少的鱼，但就是捉不住麻天道，还被他在伏击地委书记和分区政委这件事上狠咬了一口。

司琴想了一下说："也就是这些办法了，当初麻天道用这些办法对付我们，我们也差点被弄死。我也想不出别的办法。"这时候分区独立团的团长来了，他跟司琴说，他们独立团在联城只能再待半个月，半个月后，另有任务要走了。独眼老四急火攻心："你看你看，屋漏偏逢连夜雨，这催命似的！"

司琴叹气说："催这么急，我也没辙。这两天我得先了解了解情况再说。"

独眼老四："那你可得抓紧了，总共只有这么几天时间。"

司琴到房间安顿去了。她听见独眼老四在背后对独立团团长和牛胖叹气："我以为请了一个什么如来、观音来，真是！"

司琴暗自苦笑了一下。

2

司琴连夜提审了几个关在牢里的麻天道股匪骨干。她问了许多的问题，一直到第二天天亮，足足记了两大本笔记。记得问题细到不能再细，比如包括他们每顿吃什么、吃多少，他们都生过什么病、用草药治还是用西药治，平时开玩笑多不多、是什么内容的玩笑等等，许多鸡零狗碎的东西。

匆匆扒拉完早饭，司琴就带着通信员和独眼老四、牛胖等人到了余村和匪患比较重的几个乡村，又摸底调查了两天。两天下来，大家感觉也没摸到什么头绪。

司琴把大家召集起来，又开了两天的会。司琴并不会抽烟，但在这两天中，她竟然抽了五包烟，最后竟咳出血来。独立团团长不禁发牢骚："这天天开会，天天走访，就是不出兵，这又浪费了五六天。能弄出什么名堂?!"

独眼老四对司琴的做法和独立团要走本身心里就有气，听了这话就借题发挥："你在跟谁说话？她可是老红军正规部队出来的。"

独立团团长也火了："谁不是正规部队出来的?"

司琴淡淡地说："别吵了。大家一定要多商量商量，把意见拿出来摆一摆。"

又摆了两天，独立团团长后来干脆就不说话了。独眼老四也搞得没信心了，他私下问司琴："司琴同志，你这葫芦里卖的是什么药啊?”司琴无奈地说实话:“我这脑袋瓜没这么厉害,我真是无药可卖。我只能请大家提意见想办法。”

“那总不能就这么下去呀,再过个把星期,独立团就撤走了。”

司琴说:“那好吧,马上开会,我们做决定。”

这是这几天来大家听到的最好的消息。这个会开得很短,司琴说出了她的意见。

司琴说:“这两天讨论当中,我感到大家都提了很好的意见,比如元庆区区委书记说得很有道理,我觉得可以按他的办法试一试。”

独眼老四说:“那个大炮筒子,他说的什么办法我都忘了。”

司琴说:“他说让独立团和民兵再来一次大规模的上山搜剿活动,持续时间长一些。”

独眼老四彻底失望:“这叫什么办法?这都试过多少次了。”

司琴口气有些不容否定地说:“再试一次吧!趁独立团还在。”但她对这次的搜剿要求是,独立团和民兵们一定要连着搜山一个星期,其间不下山。独立团团长爽快地答应了:“行,别说七天,八天也可以。我们撤走前一定打好这一仗。但有一个要求,不要让我们的战士在山上饿着。”

独眼老四笑了:“我们动员全县的翻身农民都上山送饭。”

搜剿行动开始了。独立团的八百多号人,加上动员起来的民兵共有五六千人,浩浩荡荡地上了山,吃住都在山上,日夜不停地搜剿,把个联城地区的山区掀了个天翻地覆。司琴在山岗上轻轻哼着戏文:“五湖四海全熬干,看你龙王何处藏?”

一个星期到了,轰轰烈烈的搜剿行动偃旗息鼓,这次行动的最大成果是把邻省流窜过来的几百土匪给灭了,但麻天道依然没有下落。独立团只留下了一个连,主力被省里调到别的地方去剿匪了。

独眼老四气馁地对司琴说:“这事不怪你,这麻天道也太狡猾了。我都怀疑他是不是已经死在山里了。”

司琴说:“对,我们下午就开庆功会,庆祝麻天道被击毙。”

下午,全县剿匪庆功大会在联城中学的操场举行。两具在搜山过程当中在山洞里被火攻烧焦的土匪遗骸摆在会场里。上面摆着一块大木牌:匪首麻天道的下场!

一时间,麻天道被击毙的消息传遍了全县各个角落。省城的报纸也登出了“火攻匪首麻天道”的报道。

独眼老四说,这一招有欺骗上级领导的嫌疑。如果下次麻天道突然出来又杀一枪,那这个影响可不是闹着玩的。

司琴说,这事已向领导报告了,这是最后一招了。

司琴下令,全县民兵和独立团一连、县公安队封锁进山的道路。只允许下山的人进城里,不允许山下的人进到山里。而且重点封锁溪沟和树木连片的地方。

牛胖不理解:“那些地方狐狸都过不过去,人怎么过得去?”

司琴问:“那当年我们是怎么进到你家里的?”

牛胖顿时无话。

3

司琴同时把整个联城和各乡镇都封了，所有人都凭路条进出。与此同时，司琴要牛胖的公安队派出侦查员，重点了解封山封路以来，联城和各个乡镇村的肉贩、鱼摊，以及西药店、草药铺咳嗽药的销售情况。独眼老四有点不解：了解这些是要干什么呢？

司琴拍拍桌上堆着的十几本笔记本说，这是大家在讨论时提出来的各方面的意见和对土匪的审讯记录，我这两天一直在翻着笔记本，把里面这些东西串起来考虑，很有意思。我觉得从这里面去查，可以发现线索。

过了五天，查肉贩鱼摊和西药店草药铺的信息反馈了上来，共有上百条的信息。司琴和牛胖公安队下面的两位侦查员，花了两天时间，从一百多位可疑的消费者中理出来三位重点对象。

一位是莲花镇的布贩子毛雨秋，他从封山以来，隔天就会去不同的肉贩那里割两斤肉，买五六斤鸡蛋和五六斤鱼。同时也买过不少治咳嗽的草药和西药。第二位是联城中学的教师邓世发，他在这段时间里，家里买肉、鸡蛋、鱼和药的数量与毛雨秋差不多，他们家的人口跟毛雨秋家也差不多。第三位是余村的地主刘克敏家。这段时间买肉、鸡蛋、鱼和咳嗽药以及其他药都超过了前面二位的两倍。这三家平时都非常节俭，甚至可以说吝啬出名，这段时间为什么这么反常？

司琴让公安队持续三天秘密地观察了他们三家的情况。听了相关情况后，她心里更有数了。

在第四天的后半夜，司琴指挥县公安队突然同时对这三家进行了突击搜查。

在毛雨秋的家里，公安队发现他家锅灶刚灭火，余烬尚在。司琴得报大喜，立即策马赶往莲花镇的毛雨秋家里。在之前已经搜查了两遍的基础上，司琴亲自组织第三遍搜查。

她讯问毛雨秋："你为什么半夜起火?"

毛雨秋说："今天进了一批布，盘点库存和查验新货到晚上，又算了一会儿账，迟了饿了，就烧了点点心吃。"

"烧的是什么点心?"

"粉干。"

"有肉吗?"

毛雨秋想了一下："有点肉。"

"你烧了几碗?"

毛雨秋："我一个人嘛，就一碗。"

司琴认真查看了灶灰："不像啊，这么多的灶灰，可以烧五六碗啊。"

毛雨秋："这之前，我烧过热水，洗脚洗脸。"毛雨秋的回答滴水不漏。但是司琴明显发现，毛雨秋的眼神有些游移。在医院工作的时候，司琴从治精神病的医生那里了解到，从别人的眼神里可以看出他说话是否诚实。司琴虽然问不出什么，但预感到今晚将抓到非常重要的线索。于是她命令马上把在县城里执行搜查任务的唯一一条日本警犬调过来。

公安队再次对毛雨秋的家里里外外进行严密的搜查。毛雨秋的家是一个典型的二进江南院子。在第二进的一道墙边，司琴总感到有什么问题，她让日本警犬来闻。这头日本警犬一进入第二进就显得非常兴奋，拼命地对着墙壁狂叫个不停并抓挠着。这个时候，毛雨秋的脸色明显变了。司琴盯着他看："你紧张什么？这堵墙有什么问题？"毛雨秋一下子跪下来，指了指靠墙楼梯下面的一口水缸。公安队的人立即用两挺机枪把住了水缸的位置。

"里面什么人？"司琴轻声地问。

"麻天道，他小儿子，还有副官。"

"他小儿子几岁？"

"十三四岁。"

司琴命令毛雨秋把水缸挪掉。水缸挪掉以后，露出了一个单人可以爬进爬出的入口。毛雨秋喊道："麻团长，你们出来吧。"

里面没有动静，司琴命令机枪手往里面墙壁上打了一梭子。里面顿时传出来控制不住的狂咳声。

司琴对着里面喊："麻天道，想想你的儿子。否则，我要扔手榴弹了！"

里面传出了麻天道的叫声："别别别，我出来我出来。"麻天道和他的小儿子以及副官从夹墙里面爬了出来。麻天道爬出来后依然放肆地狂咳不止，显然，他被咳嗽憋坏了。

毛雨秋家的夹墙内空足有三十公分厚，长有三米，三四个人侧身藏着没有一点问题。毛雨秋的真实身份是国民党保密局的特务，联城解放前，他奉台湾方面秘密指令，和麻天道建立了联系，执行应变计划。自司琴实施全面封路封山行动后，麻天道就和手下秘密潜到莲花镇，近一个月来，就一直藏在毛雨秋家里，一有情况，就钻进夹墙。

与此同时，在联城中学的教师邓世发家里，抓住了中统秘密电台和交通组的三人。而余村的地主刘克敏家，则抓获了一个内外勾结秘密盗窃和走私征购粮食的团伙。

麻天道一落网，他的土匪组织自然就土崩瓦解，其他土匪也纷纷缴械投降。

4

公审处决麻天道的前夕，司琴亲自提审了麻天道。她最关心的是金虎当年怎么被他策反利用的，麻天道说的和陈泽当年说的差不多。司琴听后仰天长叹：虎子，你死得不冤。

军区王义政委正在省军区视察工作。他听说联城的剿匪工作取得了突破，麻天道被擒，十分高兴。第二天，他就来到了联城。他请司琴介绍了抓捕麻天道的经过、经验以及体会。

司琴说："我也就是听大家的，把大家的意见一点点记录起来加以归纳，然后和土匪们供述的情况进行对照和比较。"她经过研究，大家的主要意见分为两种，一种认为麻天道肯定不在山里了，另一种认为麻天道肯定还在山里。而麻天道到底在不在山里，这是确定剿匪工作重点和方向的前提所在。重点和方向错了，就是瞎子点灯白费蜡。司琴动员独立团和民兵五六千人连续八个日夜不停止地搜山，就是为了验证麻天道他们是不是在山上。司琴说："经过这样大规模和长时间日夜不停地搜山，我不相信麻天道在山里会搜不出来。为什么？因为当年我们在山上刚开始待的那几个月，麻天道搜剿的力度比我们现在的力度弱多了，我们都差点熬不下去。麻天道和中央军最长的一次是连剿了五天，我们不敢出去挖东西吃，差点全饿死，这次我们连剿了他八天，他受得了？这一点，土匪的供词也印证了，他们反映，之前最长的一次，我们剿了他们五天，在他们快吃不住劲的时候，我们下山了，他们就缓过了劲。"

王义政委听了连连点头。

司琴说："至于麻天道，他是一个在城里娇生惯养的人，能够在山里熬这么长时间，我是绝不相信的。如果在山里，他绝对会下山。第二个，我把山上封住，是怕他们重新跑回山里去。封山没必要把重点放在山路上，我们当年怎么敢走山路，都是走密林没路的地方和有水的山坑溪，所以把这些地方看牢就是了。第三个，我问了许多土匪，麻天道他们这帮人平时生活都是鸡鸭鱼肉惯了，突然让他们整天青菜萝卜，一两天可以，三四个月他们就得发疯。就算我们这些穷出身的，当年在山上如果三四个月没一点荤的，我们也吃不消。所以，藏在山下，他们还是要经常吃肉的。在我们严密封路的情况下，一般人不会从外乡买鱼买肉，只能在本地买。如果这段时间，有人在这方面消费多的话，情况就容易被我们掌握。我为什么在除了严查肉鱼蛋之外，还查治咳嗽的草药和西药的销售？我们山里人，在冬天刚开始都要患上咳嗽的。那些刚进山的人，更不用说得咳嗽上个把月。他麻天道六十多岁的人了，在山里待过一段时间，又是冬天，他如果不咳嗽个几个月我就不相信，那些我提审过的土匪没有一个没得过咳嗽病。”

司琴的介绍不断被大家的掌声打断。她最后谦虚地强调：“其实，这些都是大家共同讨论研究的，我只不过是做了归纳总结，然后把当年的我们和麻天道调个座位去想事情。”王义拊掌大笑：“好你个司琴，过分谦虚就是骄傲啊。”

独眼老四笑着说：“我看啊，你得感谢麻天道剿了你三年，把你这只老鼠剿成了一只狐狸精！”

会议室炸了锅。

独眼老四慌忙更正：“失言失言，失敬失敬！不是狐狸精，是山猫精。最后捉住麻天道这只大老鼠的大山猫！”

大家哄堂大笑。

中午吃饭的时候，王义突然说：“司琴同志，我发现你适合搞公安工作，你干校培训结束以后就到省公安厅去工作吧。”

司琴一听几乎跳了起来：“跟陈泽一起工作？没门！你让我随便到什么小单位当个政委吧！”

王义笑道：“你这个人还是适合搞业务工作。”

说到了陈泽，王义政委一定要拉着司琴，下午到地区行政公署临时医院去看正在养病的陈泽。司琴说：“剿匪工作虽然结束了，但这段时间在家乡有些个人的事情要抓紧处理一下，我真的没空。以后有时间我自己会去看。”

王义笑着批评：“司琴同志，这就是你的气量问题了，你还在记恨陈泽同志反映你问题的那件事情。我跟你说，从党性原则说，陈泽同志在那件事情上做得是对的，你不能意气用事。”

司琴想了一下，艰难地说：“那好吧，我跟你去。”

司琴见到陈泽，惊异得都不敢相认了。才四十岁不到的人，已满头白发，瘦得不成人形，说话也是有气无力的。

王义政委认真向医生了解了陈泽的情况。医生说，病员这次因为剿匪工作任务重，体力上透支过度，精神上压力过大，导致枪伤复发，病情比较严重，能不能熬过去都是个问题。这两天，因为剿匪工作顺利完成，心情好了，又能说话了，但仍不可掉以轻心。

王义政委安慰了陈泽后说：“军区和省军区正在军分区开一个军人转业和复员座谈会议，我马上要去会场。你们两个再好好谈谈，之前的误会再消除消除。”

王义政委走了。

“你终于来看我了。”陈泽欣慰的口气。

司琴沉默不语，两个人就这么默默地坐着。过了好久，司琴说：“你好好养伤吧。”她站了起来。

陈泽问：“你还会来看我吗？”

司琴背对陈泽，坚决地摇了摇头。

陈泽：“看来你还恨我，是吗？”

司琴转身看了陈泽一眼，淡淡地说：“现在不恨了。”

陈泽：“那你已经原谅我了？”

司琴扭过头，扔下一句：“不原谅。”

陈泽苦笑道：“是啊，谁会原谅一个明知道自己爱着的人可能会被判死刑，可仍然要检举她的人啊。况且，这根本是子虚乌有的事情。”

陈泽的这句话突如其来，如自天而降的一条绳索，瞬间勒得司琴全身动弹不得，她迈不开步子，感到天旋地转。当年那种令人窒息的委屈感、屈辱感、无助感，又在她几乎要忘掉的时候降临了，她努力使自己不要倒下去。一位护士迎面过来。她察觉到了司琴的异样，关切地问：“这位同志，你怎么啦？”司琴反应过来：“哦，没什么。”

在护士疑惑的目光中，司琴艰难地向前迈动脚步。

走出临时医院，司琴感到整个人仍处于临近虚脱的状态。她意识到，是陈泽刚才的这句话击中了她心底里最脆弱的地方，几乎让她精神崩溃。精神方面的刺激，引发了近两个月来超负荷工作，体力严重透支引起的应激反应。她感到浑身无力，走着走着，终于支撑不下去了，一屁股坐在路边的一块石头上。

也许是她的一身军装，引起了许多行人的注目，司琴于是努力做出在正常歇息的样子，想缓一口气，等待着体力的恢复。

两辆吉普车驶过来，在她的面前停下。随后下来一位首长模样的军人。

“这不是司琴同志吗，你怎么坐在这里？”

司琴抬头一看："哦，你，你是钟团长！"司琴知道钟团长现在已经是省军区副司令了，但她还是脱口而出，叫他的老职务。

司琴用力站起来："走累了，在这里歇息一下。你怎么也在这儿？"

"军区王义政委在这开会，我赶来陪他，路上耽搁了。"

司琴急忙说："那你赶紧去开会，别耽误了。"

钟副司令听司琴说准备迟些时候回联城，他劝阻："你这个时候回联城太迟了，还是住下吧。我们都有八九年没见面了。一起吃个晚饭，然后再好好聊聊。"

钟副司令让后面跟随的同志负责把司琴安顿好。

八九年没见到钟副司令，战火的硝烟并没有改变他多少，他依旧显得那么年轻英俊挺拔，让司琴感喟他生命力的强大。司琴在这八九年中，有时候还会想起他。她觉得钟副司令是个非常优秀的人才。当年，如果不是自己鬼迷心窍陷入刘医生布下的情网，她肯定会接受他的求爱。他现在情况怎么样？成家了吗？幸福吗？一想到这些，司琴突然感到脸颊热烫起来，她赶紧停止去想这些事情。但是，不知怎么搞的，司琴对晚上和他一起共进晚餐和叙旧，充满了期待。

谁知到了晚餐时间，工作人员来通知，首长因为今晚有紧急情况，不能陪她吃晚饭了。

司琴多少感到了扫兴和失望。吃饱喝足了以后，她很早就睡了。毕竟年轻，一觉睡到大天亮，司琴精神和体力完全恢复了，又生龙活虎地活泛了起来。

工作人员通知司琴和王义政委、钟副司令员一起吃早饭。

钟副司令员解释昨天晚上处置工作到很晚，他担心会影响司琴休息，就没有找司琴叙旧。

司琴听了以后，心里感到很温暖。钟副团长给她的印象一直很亲切、会体贴人，强悍硬朗的表面下，有着知识分子那种温婉的特质。

王义哈哈大笑："你就不怕影响我的休息？硬缠着我聊了大半夜，聊的又都是司琴同志。你是心里有鬼，不敢直接和司琴直说，非要绕圈子。"

司琴似乎听出了一些话，但她也不好接话茬，只好装糊涂傻乎乎地看着他们笑。

王义说："司琴同志你没听明白吧？昨天晚上，小钟跟我聊了大半夜，他说，算了，我还是直说吧。现在革命胜利了，司琴同志，我可是还要再给你做一次媒人。"

司琴脸一热："我都七老八十了，谁还能看得上我？"

王义说："才三十出头的人，就说这话了？！"王义转向钟副司令，"小钟，给我上！"

钟副司令稍犹豫了一下说："司琴同志，我一直单身。其实，我心里一直放不下你。"

司琴想了一下，笑道："那我可跟你说实话，我这辈子已经不能生孩子了。"

"那好啊！我已经有两个儿子了，没必要再生孩子了。"

司琴很诧异："你不是没结过婚吗？"

"这两个都是我战友的遗孤，我一直在收养着。你不生孩子，这样我们就可以把精力更多地投入到革命工作当中，不是更好吗？"

"你如果这样想的话，原则上我同意。"

王义哈哈大笑："爽快，军人就得这样！好吧，我终于完成我的任务了，这样，下星期，你俩都回省城，就把婚礼给办了。"

司琴最后突然对钟副司令提了个要求："既然以后就是自己人了，我有个要求，你这辆吉普车借我用两天。"

钟副司令："这是公车，你？"

司琴："我在这里有很多事情要尽快完成。没车不方便。"

王义："我批准了。"

司琴斜了一眼钟副司令："你看，还是王政委有人情味。"

王义接着说："司琴同志，你干校毕业后，我建议你的工作关系转到省军区去。小钟，你们那儿不是缺个干部处副处长吗？我觉得司琴挺合适。"

钟副司令说："我们两个在一起？那不合适。"

王义："不合适？那你调走，野战军那边正缺人。"

司琴说："我觉得我搞干部工作不合适。还是让我到个小单位当政委。"

"你又想当政委。为什么这么想当政委？"

司琴认真地说："对啊，这辈子我就想当政委。"

5

司琴坐着钟副司令的吉普车在联城山区转悠。当年他们打游击的地方，凡是能够通的山路，她都去看了一遍。

在刘根才带她吸引敌人远离的山路上，她重新点燃了几挂鞭炮，那清脆的爆响声久久地回荡不散，她分明听到了刘根才在大声地回应她。

在细田仔自缢的那棵大树下，她泪流满面。她给联城县委写了一封信，证明细田仔是在第一次国内革命战争年代因公殉职，要求把他的遗骨也迁入烈士陵园。

她找到了父亲的土坟，重新起了墓。她考虑了良久，把金虎的遗骸也收拢了来，放在了父亲的身边。想起金虎对她的好，她悄悄地哭了。金虎陪伴她度过了凄凉、孤寂、受人凌辱的童年和少年时光。他善良但也懦弱。但是在保护她的时候，他又会表现得非常勇敢。金虎爱她是爱到骨子里头去的，是可以为她牺牲生命的人。这个男人在他短暂的一生中都在想着如何保护她，带她过上最美好的生活。但是，他这种把她一个人作为自己生命全部意义的实质，说到底，是放大了的私心和私欲，为阶级阵营严重对立激撞的时代所不容，必然要被时代洪流毫不留情地毁灭。她觉得作为父亲最忠实的徒弟，让金虎陪伴师傅是最合适的。

司琴花精力最多的是寻找洪先芙和小阳光的遗骸，但是她一无所获。她茫然地望着幽森的山谷，听着阵阵的松涛声，偶尔似乎听到了夹杂在风声中的那一声婴儿稚嫩的喊“妈”声，她心里隐隐作痛。她知道她们母女俩在这群山中的某一处，永远在期待着她去寻找，这注定是需要她一生去完成的大课题。

司琴下了山，到联城县委大院向独眼老四和牛胖他们告别。

县委大院门口聚集着许多报名要求参加工作的年轻人。几条长条桌子摆成的简易报名处，拥动着一张张渴望着开始新生活的年轻的脸。司琴挤了进去，饶有兴趣地问了这些年轻人很多情况。这些年轻人大多数是联城各个学校的学生，其中大多是要求参军的，而工作人员则竭力做工作，让他们也报名参加地方工作，但显然作用不大。

蓦地，司琴感到人群中有一双眼睛在注视着她，她凝神一看，那双眼睛又消失了。她转过头，又感觉到那双眼睛的存在，但回头看时，又不见了，她以为是错觉。

过了一会，她挤出人群，准备离开报名处进到县委大院时，她感到这双眼睛在身后追随着自己。她蓦然回首，现在看清楚了，她惊呆了，她看到了洪先芙就站在她的面前，痴痴地盯着她看！

她揉了揉眼睛，以为自己看花了。再认真看，眼前这位穿着破旧但很整洁的姑娘，活脱脱就是一个洪先芙，是一个十六七岁的洪先芙！

司琴急切地迎着她走了过去，那位女孩子也向她走了过来。司琴一把抓住她的双手：“姑娘，你叫什么名字？”

那姑娘怯怯地说：“我姓洪，我叫洪先芙。”

司琴一下子昏了过去。

在县委招待所的小会议室里，独眼老四和牛胖在手忙脚乱地指挥工作人员劝退挤在会议室门口看热闹的人们。

司琴满眼泪水地看着这个叫洪先芙的姑娘，她急切地要弄清这是怎么回事，姑娘不肯回答司琴的任何问题，只是说："等我的阿娘来再说。"

一位六十多岁的尼姑挤了进来。姑娘立即站了起来，对尼姑说："阿娘，她应该就是我一直要找的妈妈。"她又对司琴说："我一看到你，我就觉得你是我的妈妈。我梦里想了十多年的妈妈就是你。"

尼姑道出了令人震惊的一幕。民国二十五年（一九三六年）的冬天，保安三团和民团又一次搜剿红军游击队。山里硝烟四起。当时尼姑正在城里买东西被围住上不了山，经过她再三说明和请求，作为特例，民团允许她回山上的庵里。她在经过一个山弯的时候，碰到了一批气势汹汹的保安三团的人。她就躲进了旁边的林子里，一直到晚上她才敢出来，但是迷了路。在迷路的过程当中，她听到了一个婴儿的哭声，一个埋在浅土里的婴儿被她抱了回来。这个婴儿的衣服里有张牛皮纸包着的信。信的内容明显是这个婴儿的母亲写给自己男人的第二封信，这个男人没有名字。女人在信里还详细地介绍了自己如何在山里含辛茹苦抚养小孩的情景。尽管信中还流露着女人对男人的种种数落以及怨和嗔，但最后的署名是：永远爱着你的先芙。从前面叙述当中，可以推导出这个女人姓洪。

好在这孩子命大，并没有让弹片伤到致命处，只是流血过多，处于昏迷状态。庵里的几个尼姑就把这个孩子偷偷地养大，并让她上了新学，一直上到联城中学。她们当然都知道，这个孩子肯定是共产党人的孩子。她们把这个秘密一直守到全国解放，一直到麻天道被活捉，然后被枪毙，尼姑们才觉得这天下真正是共产党的天下了。她们给孩子看了母亲的信，孩子哭着对她们说，她其实一直觉得她是有一个妈妈的，她经常在梦里和她的妈妈见面，她记得她妈妈的样子。她改了自己的名字，把她妈妈的名字洪先芙作为自己的大名，这样她就能够更容易找到她的妈妈。解放以后，热火朝天的新社会景象吸引着她。她和所有的同学一样，迫切渴望加入到时代的洪流中。她觉得，她是共产党的孩子，在共产党的队伍里，她肯定会找到她的妈妈。

今天，她是第一次走进共产党的队伍，立即就看见了司琴，她觉得这个年轻的女人，和梦中看到的妈妈一模一样，她在记忆深处那一声声的“妈”引导着她什么都不顾了，就一直追随着这个女人。

司琴颤抖着从老尼姑手里接过一个牛皮纸包。她小心翼翼地展开。看着洪先芙熟悉的字迹，司琴起身抱着姑娘，看了她脖子上的印记，又掀开她的衣襟，看了左腰上明显的弹痕。司琴不禁痛哭失声：“是的，孩子，我就是你的妈妈，我就是你第一声叫妈的人。我没有一天不在想着你！”

第二天一早，司琴和小阳光来到了陈泽的面前。

远远地，陈泽似乎感觉到了什么。他坐在轮椅上，看着晨曦下款款走来的两个人。他笑了。

司琴含泪对他说："我带着我们的小阳光来看你了。我们一家人永远不会再分开了。"

两个月后，省军区下达命令：任命司琴同志为省军区第二医院政治委员。

随任命通知书同时到的，还有一张省军区政治部颁发的结婚批准通知书：批准司琴同志和陈泽同志结婚。

2022年4月初稿

2022年9月完稿

2023年6月修改

杭州